GUILLAUME MUSSO

Traduit en 36 langues, plusieurs fois adapté au cinéma, Guillaume Musso est l'auteur français le plus lu.

Passionné de littérature depuis l'enfance, il commence à écrire alors qu'il est étudiant. Paru en 2004, son roman *Et après…* est vendu à plus de deux millions d'exemplaires. Cette incroyable rencontre avec les lecteurs, confirmée par l'immense succès de tous ses romans ultérieurs, *Sauve-moi*, *Seras-tu là ?*, *Parce que je t'aime*, *Je reviens te chercher*, *Que serais-je sans toi ?*, *La Fille de papier*, *L'Appel de l'ange*, *7 ans après…* et *Demain* fait de lui un des auteurs français favoris du grand public.

Le dernier roman de Guillaume Musso, *Central Park*, paraît chez XO Éditions en 2014.

Retrouvez toute l'actualité de l'auteur sur :
www.guillaumemusso.com

D0727928

QUE SERAIS-JE
SANS TOI ?

GUILLAUME MUSSO

QUE SERAIS-JE
SANS TOI ?

XO ÉDITIONS

Pocket, une marque d'Univers Poche,
est un éditeur qui s'engage pour la préservation
de son environnement et qui utilise du papier fabriqué
à partir de bois provenant de forêts gérées
de manière responsable.

© 2009, XO Éditions.
ISBN : 978-2-266-24580-7

À Ingrid,

*cette histoire écrite dans la magie
douloureuse de cet hiver-là...*

*J'ai toujours préféré la folie des passions
à la sagesse de l'indifférence.*

Anatole FRANCE

On la connaît tous...
Cette solitude qui nous mine parfois.
Qui sabote notre sommeil ou pourrit nos petits matins.

C'est la tristesse du premier jour d'école.
C'est lorsqu'il embrasse une fille plus belle dans
    la cour du lycée.
C'est Orly ou la gare de l'Est à la fin d'un amour.
C'est l'enfant qu'on ne fera jamais ensemble.

C'est quelquefois moi.
C'est quelquefois vous.

Mais il suffit parfois
d'une rencontre...

1

Cet été-là...

Le premier amour est toujours le dernier.

Tahar BEN JELLOUN

San Francisco, Californie
Été 1995

Gabrielle a 20 ans.
Elle est américaine, étudiante en troisième
année à l'université de Berkeley.
Cet été là, elle porte souvent un jean clair, un
chemisier blanc et un blouson de cuir cintré.
Ses longs cheveux lisses et ses yeux verts
pailletés d'or la font ressembler aux photos de

Françoise Hardy prises par Jean-Marie Périer dans les années 1960.

Cet été-là, elle partage ses journées entre la bibliothèque du campus et son activité de pompier volontaire à la caserne de California Street.

Cet été-là, elle va vivre son premier grand amour.

Martin a 21 ans.

Il est français, vient de réussir sa licence de droit à la Sorbonne.

Cet été-là, il est parti aux États-Unis en solitaire pour perfectionner son anglais et découvrir le pays de l'intérieur. Comme il n'a pas un sou en poche, il enchaîne les petits boulots, travaillant plus de soixante-dix heures par semaine : serveur, vendeur de crèmes glacées, jardinier…

Cet été-là, ses cheveux noirs mi-longs lui donnent des airs d'Al Pacino à ses débuts.

Cet été-là, il va vivre son dernier grand amour.

Cafétéria de l'université de Berkeley

— Hé, Gabrielle, une lettre pour toi !

Assise à une table, la jeune femme lève les yeux de son livre.

— Comment ?

— Une lettre pour toi, ma belle ! répète Carlito, le gérant de l'établissement, en posant une enveloppe couleur crème à côté de sa tasse de thé.

Gabrielle fronce les sourcils.

— Une lettre de qui ?

— De Martin, le petit Français. Son travail est terminé, mais il est passé déposer ça ce matin.

Gabrielle regarde l'enveloppe avec perplexité et la glisse dans sa poche avant de sortir du café.

Dominé par son campanile, l'immense campus verdoyant baigne dans une atmosphère estivale. Gabrielle longe les allées et les contre-allées du parc jusqu'à trouver un banc libre, à l'ombre des arbres centenaires.

Là, tout à sa solitude, elle décachette la lettre avec un mélange d'appréhension et de curiosité.

Le 26 août 1995

Chère Gabrielle,

Je voulais simplement te dire que je repars demain en France.

Simplement te dire que rien n'aura plus compté

pour moi pendant mon séjour californien que les quelques moments passés ensemble à la cafétéria du campus, à parler de livres, de cinéma, de musique, et à refaire le monde.

Simplement te dire que, plusieurs fois, j'aurais aimé être un personnage de fiction. Parce que dans un roman ou dans un film, le héros aurait été moins maladroit pour faire comprendre à l'héroïne qu'elle lui plaisait vraiment, qu'il aimait parler avec elle et qu'il éprouvait quelque chose de spécial lorsqu'il la regardait. Un mélange de douceur, de douleur et d'intensité. Une complicité troublante, une intimité bouleversante. Quelque chose de rare, qu'il n'avait jamais ressenti avant. Quelque chose dont il ne soupçonnait même pas l'existence.

Simplement te dire qu'un après-midi, alors que la pluie nous avait surpris dans le parc et que nous avions trouvé refuge sous le porche de la bibliothèque, j'ai senti, comme toi je crois, ce moment de trouble et d'attraction qui, un instant, nous a déstabilisés. Ce jour-là, je sais que nous avons failli nous embrasser. Je n'ai pas franchi le pas parce que tu m'avais parlé de ce petit ami, en vacances en Europe, à qui tu ne pouvais pas être infidèle, et parce que je ne voulais pas être à tes yeux un type « *comme les autres* », qui te draguent sans vergogne et souvent sans respect.

Je sais pourtant que si on s'était embrassés, je serais reparti le cœur content, me foutant de la pluie ou du beau temps, puisque je comptais un peu pour toi. Je sais que ce baiser m'aurait accompagné partout et pendant longtemps, comme un souvenir radieux auquel me raccrocher dans les moments de solitude. Mais après tout, certains disent que les plus belles histoires d'amour sont celles qu'on n'a pas eu le temps de vivre. Peut-être alors que les baisers qu'on ne reçoit pas sont aussi les plus intenses...

Simplement te dire que lorsque je te regarde, je pense aux 24 images-seconde d'un film. Chez toi, les 23 premières images sont lumineuses et radieuses, mais de la 24e émane une vraie tristesse qui contraste avec la lumière que tu portes en toi. Comme une image subliminale, une fêlure sous l'éclat : une faille qui te définit avec plus de vérité que l'étalage de tes qualités ou de tes succès. Plusieurs fois, je me suis demandé ce qui te rendait si triste, plusieurs fois, j'ai espéré que tu m'en parles, mais tu ne l'as jamais fait.

Simplement te dire de prendre bien soin de toi, de ne pas être contaminée par la mélancolie.

Simplement te dire de ne pas laisser triompher la 24ᵉ image. De ne pas laisser trop souvent le démon prendre le pas sur l'ange.

Simplement te dire que, moi aussi, je t'ai trouvée magnifique et solaire. Mais, ça, on te le répète cinquante fois par jour, ce qui fait finalement de moi un type comme les autres...

Simplement te dire, enfin, que je ne t'oublierai jamais.

Martin

Gabrielle lève la tête. Son cœur s'est emballé, car elle ne s'attendait pas à ça.

Dès les premières lignes, elle a compris que cette lettre était spéciale. Cette histoire, elle la connaît, bien sûr, mais pas exactement sous cet angle. Elle regarde autour d'elle, de peur que son visage ne trahisse son émotion. Lorsqu'elle sent les larmes lui monter aux yeux, elle quitte le campus et prend le métro souterrain pour rejoindre le cœur de San Francisco. Elle avait prévu de rester travailler plus longtemps à la bibliothèque, mais elle sait qu'à présent elle en sera incapable.

Assise sur son siège, son esprit vacille entre l'étonnement suscité par la lettre de Martin et le plaisir douloureux qu'elle a pris à la lire. Ce n'est pas tous les jours que quelqu'un lui consacre ce genre d'attention. Pas tous les jours non plus qu'on s'attarde davantage sur sa personnalité que sur le reste.

Tout le monde la croit forte, sociable, alors qu'elle est fragile et un peu perdue dans ses contradictions de jeune femme. Des gens qui la connaissent depuis des années ignorent tout de ses tourments, alors que lui a su lire en elle et a tout compris en quelques semaines.

Cet été-là, la chaleur a écrasé la côte californienne, n'épargnant pas San Francisco malgré son microclimat. Dans le wagon, les voyageurs semblent éteints, comme assommés par la torpeur estivale. Mais Gabrielle n'est pas avec eux. Elle est subitement devenue une héroïne médiévale, plongée dans une époque chevaleresque. Une époque où l'amour courtois fait ses premières apparitions. Chrétien de Troyes vient de lui envoyer une missive et il est bien décidé à transformer l'amitié qu'elle a pour lui...

Elle lit et relit sa lettre qui lui fait du bien, qui lui fait du mal.

Non, Martin Beaumont, tu n'es pas un mec comme les autres...

Elle lit et relit sa lettre qui la laisse heureuse, désespérée, indécise.

Si indécise qu'elle en oublie de descendre à sa station. Un arrêt de train en plus, à parcourir dans la chaleur, pour rentrer chez elle.

Bravo l'héroïne, *well done !*

Le lendemain
9 heures du matin
Aéroport San Francisco SFO

Il pleut.

Encore mal réveillé, Martin écrase un bâillement et serre la barre de l'autobus à la suspension fatiguée qui tangue dans un virage. Il porte sur ses épaules un manteau en moleskine, un jean troué, des baskets usées et un tee-shirt à l'effigie d'un groupe de rock.

Cet été-là, tous les jeunes ont quelque chose de Kurt Cobain.

Dans sa tête, les souvenirs de ces deux mois passés aux États-Unis se bousculent. Il en a pris plein les yeux et plein le cœur. La Californie l'a emmené tellement loin d'Évry et de la banlieue parisienne. Au début de l'été, il envisageait de passer le concours d'officier de police, mais ce séjour aux allures de rite de passage a tout changé. Le petit banlieusard a pris confiance en lui, dans ce pays où

20

la vie est aussi dure qu'ailleurs, mais où les gens ont gardé l'espoir et l'ambition de réaliser leurs rêves.

Et son rêve, à lui, c'est d'écrire des histoires. Des histoires qui toucheraient les gens, des histoires de personnes ordinaires à qui il arriverait des choses extraordinaires. Parce que la réalité ne lui suffit pas et parce que la fiction a toujours été présente dans sa vie. Depuis tout petit, ses héros préférés l'ont si souvent sorti de ses souffrances, consolé de ses déceptions et de ses chagrins. Ils ont alimenté son imaginaire, affiné ses émotions pour lui faire voir la vie à travers un prisme qui la rende acceptable.

La navette en provenance de Powell Street déverse les voyageurs devant le terminal international. Dans la bousculade, Martin attrape sa guitare sur le porte-bagages. Chargé comme un mulet, il sort le dernier de l'autobus, fouille dans sa poche pour mettre la main sur son billet et, le nez en l'air, essaie de se repérer dans ce dédale urbain.

Il ne la voit pas tout de suite.

Elle a garé sa voiture en double file, moteur allumé.

Gabrielle.

Elle est trempée de pluie. Elle a froid. Elle tremble un peu.

Il,Elle se reconnaissent. Il,Elle courent l'un vers l'autre.

21

Ils s'étreignent, le cœur battant, comme on fait la première fois, lorsqu'on y croit encore.

Puis elle sourit et le provoque :

— Alors, Martin Beaumont, tu penses vraiment que les baisers qu'on ne reçoit pas sont les plus intenses ?

Et ils s'embrassent.

Leurs bouches se cherchent, leurs souffles se mêlent, leurs cheveux mouillés s'emmêlent. Il a la main sur sa nuque, elle a la sienne sur sa joue. Dans l'urgence, ils échangent quelques mots d'amour maladroits.

Elle lui demande : « Reste encore ! »

Reste encore !

Il ne le sait pas, mais il ne connaîtra rien de mieux dans sa vie. Rien de plus pur, de plus lumineux ou de plus intense que les yeux verts de Gabrielle qui brillent sous la pluie, le matin de cet été-là.

Et que sa voix qui l'implore : Reste encore !

San Francisco
28 août – 7 septembre 1995

En payant un supplément de 100 dollars, Martin a pu reculer la date de son départ. Une somme qui va lui permettre de vivre les dix jours les plus importants de sa vie.

Ils s'aiment.

Dans les librairies des rues de Berkeley où plane encore un parfum de bohème.

Dans un cinéma de Reid Street où ils ne voient pas grand-chose du film *Leaving Las Vegas*, tellement ils se perdent en baisers et en caresses.

Dans un petit restaurant, devant un énorme hamburger hawaïen à l'ananas et une bouteille de Sonoma.

Ils s'aiment.

Ils font les imbéciles, ils jouent comme des gosses, se tiennent fort la main en courant le long de la plage.

Ils s'aiment.

Dans une chambre universitaire, où il improvise pour elle, sur sa guitare, une version inédite de *La Valse à mille temps* de Jacques Brel. Elle danse pour lui, d'abord langoureusement, puis de plus en plus vite, tournant sur elle-même, déployant ses bras, la paume de la main dirigée vers le ciel à la manière d'un derviche tourneur.

Il lâche son instrument et la rejoint dans sa transe. Ils forment une touple qui finit par s'abîmer sur le sol où...

... ils s'aiment.

Ils flottent, ils volent.

Ils sont Dieu, ils sont anges, ils sont seuls.

Autour d'eux, le monde s'efface et se réduit au simple décor d'un théâtre dont ils sont les uniques acteurs.

Ils s'aiment.

D'un amour dans le sang.

D'une ivresse permanente.

Dans l'instant et l'éternité.

Et en même temps, la peur est partout.

La peur du manque.

La peur de se retrouver sans oxygène.

C'est l'évidence et la confusion.

C'est à la fois la foudre et l'anéantissement.

Le plus beau des printemps, l'orage le plus violent.

Et pourtant, ils s'aiment.

Elle l'aime.

Au milieu de la nuit.

Dans sa voiture qu'elle a garée sur un parking de Tenderloin, le quartier chaud de la ville. L'autoradio vibre au son du gangsta rap et de *Smells Like Teen Spirit*.

C'est le kiff du danger, le corps de l'autre qui ondoie au milieu du ballet des phares, avec la menace de se faire attaquer par les gangs ou surprendre par les flics.

Cette fois, ce n'est pas un amour « bouquet de roses », un amour « petits mots doux ». C'est un amour « fer rouge » où l'on arrache plus qu'on ne donne. Cette nuit, entre eux, c'est le shoot, c'est le fix, c'est le flash du drogué. Elle veut lui montrer cette face d'elle-même, ce truc moins lisse derrière l'image romantique : la faille, la 24e image. Elle veut voir s'il va la suivre sur ce terrain ou la laisser en route.

Cette nuit, elle n'est plus son amoureuse, elle est son amante.

because the night belongs to lovers
because the night belongs to us.

Il l'aime.

Tout en douceur.

Sur la plage, au petit matin.

Elle s'est endormie sur son manteau. Il a posé la tête sur son ventre.

Deux jeunes amants, enveloppés dans le vent tiède, sous la lumière rose d'un ciel californien.

Leurs corps au repos, leurs cœurs cousus, cloués l'un à l'autre, pendant que le petit poste de radio posé sur le sable diffuse une vieille ballade.

8 septembre 1995
9 heures du matin
Aéroport San Francisco SFO

Fin du rêve.

Ils se tiennent dans le hall de l'aéroport, au milieu de la foule et du bruit.

La réalité a fini par remporter son match sur l'illusion d'un amour hors du temps.

Et c'est brutal. Et ça fait mal.

Martin cherche le regard de Gabrielle. Ce matin, les paillettes d'or ont disparu de ses yeux. Ils ne savent plus quoi se dire. Alors, ils s'étreignent, ils s'agrippent l'un à l'autre, chacun essayant de trouver dans l'autre la force qui lui manque. À ce jeu, Gabrielle est plus forte que lui. Ces jours de bonheur, elle savait qu'elle les volait à la vie alors que lui croyait qu'ils dureraient toujours.

Pourtant, c'est elle qui a froid. Alors, il enlève son manteau en moleskine et le pose sur ses épaules. D'abord, elle le refuse, genre *je suis une dure*, genre *même pas mal*, mais il insiste parce qu'il voit bien qu'elle tremble. À son tour, elle détache de son cou sa chaîne en argent d'où pend une petite Croix du Sud. Elle lui glisse le bijou dans la main.

Dernier appel. Ils sont obligés de se quitter.

Pour la énième fois, il lui demande :

— Ce petit ami en voyage en Europe, est-ce que tu l'aimes ?

Mais, comme toujours, elle lui met un doigt sur la bouche et baisse les yeux.

Alors, leurs deux corps se défont et il part vers la zone d'embarquement sans cesser de la regarder.

9 septembre
Paris
Aéroport Charles-de-Gaulle

Après deux escales et de multiples retards, le vol Aer Lingus se pose à Roissy en fin d'après-midi. À San Francisco, c'était encore l'été. À Paris, c'est déjà l'automne. Le ciel est noir, le ciel est sale.

Un peu déboussolé, les yeux rougis par le manque de sommeil, Martin attend ses bagages. Sur un écran de télé, une blonde siliconée hurle « Dieu m'a donné la foi ». Ce matin, il a quitté l'Amérique de Clinton, ce soir, il est dans la France de Chirac. Et il déteste son pays parce que son pays n'est pas celui de Gabrielle.

Il récupère sa valise et sa guitare puis entame son périple pour rentrer chez lui : RER B jusqu'à

Châtelet-Les Halles, RER D direction Corbeil-Essonnes jusqu'à Évry puis le bus pour la cité des Pyramides. Il voudrait se couper du monde grâce à la musique, mais les piles de son walkman ont rendu l'âme depuis longtemps. Il est désemparé, désorienté, comme si on avait injecté du venin dans son cœur. Puis il prend conscience que des larmes coulent sur ses joues et que des petits cons de sa cité le regardent en se foutant de lui. Il tente de retrouver une contenance : on ne montre pas de signes de faiblesse à Évry, dans un bus en direction des Pyramides. Alors il tourne la tête, mais réalise pour la première fois qu'il ne dormira pas avec elle cette nuit.

Et les larmes se remettent à couler.

Le lendemain.

Martin quitte la petite chambre qu'il occupe dans l'appartement HLM de ses grands-parents.

Ascenseur en panne. Neuf étages à pied. Boîtes aux lettres arrachées, disputes dans la cage d'escalier. Ici, rien n'a changé.

Il cherche pendant une demi-heure une cabine téléphonique qui ne soit pas saccagée, glisse dans la fente sa carte de cinquante unités et compose un numéro transatlantique.

À 12 000 kilomètres de là, il est midi et demi à San Francisco. Le téléphone sonne dans la cafétéria du campus de Berkeley...

49, 48, 47...

Le ventre noué, il ferme les yeux et dit simplement :

— C'est moi, Gabrielle. Fidèle à notre rendez-vous de midi.

D'abord, elle rit parce qu'elle est surprise et parce qu'elle est heureuse, puis elle éclate en sanglots parce que c'est trop dur de ne plus être ensemble.

... 38, 37, 36...

Il lui dit qu'elle lui manque tellement, qu'il l'adore, qu'il ne sait pas comment vivre sans...

... elle lui dit combien elle voudrait être là, en vrai, à côté de lui, pour dormir avec lui, l'embrasser, le caresser, le mordre, le tuer d'amour.

... 25, 24, 23...

Il écoute sa voix et tout remonte à la surface : le grain de sa peau, l'odeur du sable, le vent dans ses cheveux, ses « je t'embrasse »...

... ses « je t'embras(s)e », sa main qui s'accroche à son cou, ses yeux qui cherchent les siens, la violence et la douceur de leurs étreintes.

... 20, 19, 18...

Il regarde avec terreur l'écran à cristaux liquides de la cabine et c'est un supplice de voir les unités de la carte téléphonique s'égrener si vite.

... 11, 10, 9...

Puis ils ne disent plus rien, car leurs voix s'étranglent.

Ils écoutent seulement les cognements de leurs cœurs qui battent de concert et la douceur de leurs souffles qui arrivent à se mêler, malgré ce putain de téléphone.

... 3, 2, 1, 0...

En ce temps-là, on ne parlait pas encore d'Internet, d'e-mail, de Skype ou de messagerie instantanée.

En ce temps-là, les lettres d'amour parties de France mettaient dix jours pour arriver en Californie.

En ce temps-là, lorsque vous écriviez « je t'aime », il fallait attendre trois semaines pour avoir la réponse.

Et attendre un « je t'aime » pendant trois semaines, c'est pas vraiment humain lorsqu'on a vingt ans.

Alors, peu à peu, les lettres de Gabrielle s'espacent jusqu'à se faire inexistantes.

Puis elle ne répond presque plus au téléphone, ni

dans la cafétéria, ni dans sa chambre universitaire, laissant sa colocataire prendre le plus souvent ses messages.

Une nuit, excédé, Martin arrache le combiné et s'en sert pour fracasser les parois de verre de la cabine publique. La rage lui fait faire ce qu'il a toujours condamné chez les autres. Il est devenu comme ceux qu'il déteste : ceux qui détériorent les biens publics, ceux qui ont besoin de s'enfiler un pack de bière avant d'aller dormir, ceux qui fument des joints toute la journée en se foutant de tout : de la vie, du bonheur, du malheur, d'hier et de demain.

En plein désarroi, il regrette d'avoir croisé l'amour parce qu'à présent, il ne sait plus comment continuer à vivre. Chaque jour, il se convainc que demain tout ira mieux, que le temps guérit tout, mais, le lendemain, il s'enfonce encore davantage.

Un jour pourtant, Martin se dit qu'il ne pourra reconquérir Gabrielle qu'en y mettant tout son cœur. Il trouve alors dans l'action la force de refaire surface. Il retourne en fac, se fait embaucher au Carrefour d'Évry 2 comme manutentionnaire. La nuit, il travaille comme gardien dans un parking et commence à économiser chaque sou.

C'est là qu'il aurait dû avoir un frère plus âgé,

un père, une mère, un meilleur ami, quelqu'un pour lui conseiller justement de ne jamais « donner tout son cœur ». Parce que, lorsqu'on le fait, on prend le risque de ne plus jamais pouvoir aimer par la suite.

Mais Martin n'a personne à écouter justement, à part son « grand cœur de grand con ».

Le 10 décembre 1995

Gabrielle, mon amour,

Laisse-moi encore t'appeler comme ça, même si ça doit être la dernière fois.

Je ne me fais plus beaucoup d'illusions, je sens que tu m'échappes.

Pour moi, l'absence n'a fait que fortifier mes sentiments et j'espère que, de ton côté, je te manque toujours un peu.

Je suis là, Gabrielle, avec toi.

Plus proche que je ne l'ai jamais été.

Pour l'instant, nous sommes comme deux personnes qui s'adressent des signes, chacune sur la rive opposée d'un fleuve. Parfois, elles se rejoignent brièvement au milieu du pont, passent un moment ensemble, à l'abri des mauvais vents, puis chacune regagne sa rive, en attendant de se retrouver plus tard, pour plus longtemps. Car lorsque je ferme les yeux et que je nous imagine dans dix ans, j'ai en tête des images de bonheur qui ne me semblent pas irréalistes : du soleil, des rires d'enfants, des regards complices d'un couple qui continue à être amoureux.

Et je ne veux pas laisser passer cette chance.

Je suis là, Gabrielle, de l'autre côté du fleuve. Je t'attends.

Le pont qui nous sépare peut sembler en mauvais état, mais c'est un pont solide, construit avec des rondins d'arbres qui ont bravé bien des tempêtes.

Je comprends que tu aies peur de le traverser.

Et je sais que tu ne le traverseras peut-être jamais.

Mais laisse-moi un espoir.

Je ne te demande pas de promesse, pas de réponse, pas d'engagement.

Je veux juste un signe de toi.

Et ce signe, tu as un moyen très simple de me l'adresser. Tu trouveras avec ma lettre un cadeau de Noël particulier : un billet d'avion pour New York en date du 24 décembre. Je serai à Manhattan ce jour-là et je t'attendrai toute la journée au Café DeLalo, au pied de l'Empire State Building. Viens m'y rejoindre si tu crois que nous avons un avenir ensemble...

Je t'embrasse,

Martin

24 décembre 1995
New York
9 heures du matin

Les pas de Martin crissent sur la neige fraîche. Il fait un froid polaire, mais le ciel est d'un bleu limpide, à peine troublé par un souffle de vent qui fait virevolter quelques flocons.

Les New-Yorkais déneigent leurs trottoirs dans une bonne humeur alimentée par les décorations et les *Christmas Carols* qui s'échappent de la moindre boutique.

Martin pousse la porte du Café DeLalo. Il enlève ses gants, son bonnet, son écharpe et se frotte les mains pour se réchauffer. Il n'a plus dormi depuis deux jours et se sent fébrile et excité comme s'il était sous perfusion de caféine.

L'endroit est chaleureux et respire l'esprit de Noël, ployant sous les guirlandes, les anges en sucre et les bonshommes en pain d'épice qui pendent du plafond. Dans l'air flottent des odeurs mêlées de cannelle, de cardamome et de pancakes à la banane. En fond sonore, à la radio, les standards de Noël alternent avec de la pop contemporaine. Cet hiver-là, la folie Oasis bat son plein et *Wonderwall* passe toutes les heures sur les radios.

Martin commande un chocolat chaud recouvert de mini-marshmallows avant de s'installer à une table près de la fenêtre.

Gabrielle viendra, il en est certain.

À 10 heures, il vérifie pour la millième fois les horaires du billet qu'il lui a envoyé.

Départ – 23 décembre : **22 h 55** – San Francisco SFO
Arrivée – 24 décembre : **07 h 15** – New York JFK

Il ne s'inquiète pas : avec la neige, les vols auront des heures de retard. De l'autre côté de la vitre, une marée humaine se déverse sur le trottoir, comme une armée pacifique qui aurait troqué ses flingues contre des gobelets surmontés d'un couvercle en plastique.

À 11 heures, Martin parcourt le *USA Today* qu'un client a abandonné sur une table. Dans le journal, on débat encore sans fin de l'acquittement de O.J. Simpson, de la flambée de la Bourse et d'*Urgences*, la nouvelle série télé qui passionne les États-Unis. Cet hiver-là, Bill Clinton n'a pas encore rencontré Monica et affronte vaillamment le Congrès pour défendre ses mesures sociales.

Gabrielle viendra.

À midi, Martin pose le casque de son walkman sur ses oreilles. Les yeux dans le vague, il marche avec Bruce Springsteen dans *les rues de Philadelphie*.

Elle viendra.

À 13 heures, il achète un hot dog à un vendeur ambulant tout en ne quittant pas des yeux l'entrée du café, pour le cas où...

Elle va venir.

À 14 heures, il commence *L'Attrape-Cœurs*, le roman qu'il a acheté à l'aéroport.

Une heure plus tard, il en a lu quatre pages...

Elle viendra sûrement.

À 16 heures, il sort sa Game Boy, perd cinq parties de Tetris en moins de dix minutes.

Elle viendra peut-être...

À 17 heures, les employés du café commencent à le regarder d'un drôle d'air.

Une chance sur deux pour qu'elle vienne.

À 18 heures, l'établissement ferme ses portes. Il est le dernier client à quitter le café.

Même une fois dehors, il y croit encore.

Et pourtant...

San Francisco
15 heures

Le cœur serré, Gabrielle marche sur le sable face à l'océan. Le temps est à l'image de son humeur : le Golden Gate est noyé dans la brume, des nuages lourds cernent l'île d'Alcatraz et le vent se déchaîne. Pour avoir moins froid, elle s'est enveloppée dans le manteau de Martin.

Elle s'assoit sur la plage en tailleur et sort de son sac le paquet de lettres qu'il lui a écrites. Elle en relit certains passages. *Penser à toi fait battre mon cœur plus vite. Je voudrais que tu sois là, au milieu de ma nuit. Je voudrais fermer les yeux et les rouvrir sur toi...* Elle sort d'une enveloppe les petits cadeaux qu'il lui a envoyés : un trèfle à quatre feuilles, un edelweiss, une vieille photo en noir et blanc de Jean Seberg et de Belmondo dans *À bout de souffle...*

Elle sait bien qu'il se passe quelque chose de rare entre eux. Un lien très fort qu'elle n'est pas certaine de retrouver un jour. Elle l'imagine en train de l'attendre à New York, dans ce café où il lui a donné rendez-vous. Elle l'imagine et elle pleure.

À New York, le café a fermé depuis une demi-heure, mais Martin attend toujours, figé et frigorifié. À ce moment-là, il ne sait rien des vrais sentiments de Gabrielle. Il ne sait pas combien leur relation lui a fait du bien, combien elle en avait besoin, combien elle se sentait perdue et éparpillée avant lui. Il ne sait pas qu'il l'a empêchée de perdre pied à un moment délicat de sa vie...

La pluie commence à tomber sur le sable de San Francisco. Au loin, on entend le hululement lugubre de l'orgue marine qui vibre au son des vagues s'engouffrant dans ses conduits en pierre. Gabrielle se lève pour attraper le *cable car* qui remonte le long de la pente abrupte de Fillmore Street. Elle effectue comme un automate ce trajet qui la mène deux blocks derrière Grace Cathedral, au Lenox Medical Center.

Blottie dans le manteau de Martin, elle passe l'une après l'autre les portes coulissantes. Malgré les décorations de fête, le hall de l'hôpital est terne et triste.

Près d'un distributeur de boissons, le docteur Elliott Cooper reconnaît son visage et devine qu'elle a pleuré.

— Bonjour Gabrielle, dit-il en essayant de lui offrir un sourire rassurant.

— Bonjour docteur.

Martin l'a attendue jusqu'à 23 heures, seul dans le froid mordant de la nuit. À présent, il a le cœur vide et il a honte. Honte d'être monté en première ligne sans se protéger, avec son cœur en bandoulière, son enthousiasme juvénile et sa candeur.

Il avait tout misé et il a tout perdu.

Alors, il erre dans les rues : 42e, les bars, les rades, l'alcool, les rencontres que l'on sait mauvaises. Cet hiver-là, New York est encore New York. Plus celui de Warhol ou du Velvet Underground, mais pas non plus la ville aseptisée que l'on connaîtra plus tard. C'est un New York toujours dangereux et marginal pour qui accepte d'ouvrir la porte à ses démons.

Cette nuit-là apparaissent pour la première fois dans les yeux de Martin de la noirceur et de la dureté.

Il ne sera jamais écrivain. Il sera flic, il sera chasseur.

Cette nuit-là, il n'a pas seulement perdu l'amour.

Il a aussi perdu l'espoir.

Voilà.

Cette histoire ne raconte que les choses de la vie.

L'histoire d'un homme et d'une femme qui courent l'un vers l'autre.

Tout a commencé par un premier baiser, un matin d'été, sous le ciel de San Francisco.

Tout a failli se terminer une nuit de Noël, dans un bar new-yorkais et une clinique californienne.

Puis les années passèrent...

PREMIÈRE PARTIE

SOUS LE CIEL DE PARIS

2

Le plus grand des voleurs...

C'est pour les mêmes raisons qu'on déteste une personne ou qu'on l'aime.

Russell BANKS

**Paris, rive gauche de la Seine
29 juillet
3 heures du matin**

Le voleur

Paris baignait dans la nuit claire du cœur de l'été. Sur les toits du musée d'Orsay, une ombre furtive glissa derrière une colonne puis se détacha dans le halo d'une demi-lune.

Vêtu d'une combinaison sombre, Archibald McLean noua les deux cordes d'escalade au baudrier fixé à sa taille. Il ajusta le bonnet de laine noire qui descendait jusqu'à ses yeux lumineux, se découpant sur son visage enduit de cirage. Le voleur boucla son sac à dos et regarda la ville qui s'étendait devant lui. Le toit du célèbre musée offrait une vue impressionnante sur les monuments de la rive droite : l'immense palais du Louvre débordant de sculptures, la basilique meringuée du Sacré-Cœur, la coupole du Grand Palais, la grande roue du jardin des Tuileries et le dôme vert et or de l'Opéra Garnier. Plongée dans la nuit, la capitale avait un aspect intemporel. C'était le Paris d'Arsène Lupin, celui du *Fantôme de l'Opéra*.

Archibald enfila des gants d'assurage, détendit ses muscles et déroula la corde le long de la paroi de pierre. Ce soir, la partie serait difficile et risquée. Mais c'était aussi ce qui faisait sa beauté.

Le flic

— C'est de la folie !

En planque dans sa voiture, le capitaine de police Martin Beaumont observait à travers ses jumelles celui qu'il pistait depuis plus de trois ans : Archibald McLean, le plus illustre des voleurs de tableaux des temps modernes. Le jeune policier était au comble de l'excitation. Ce soir, il allait procéder à l'arrestation d'un voleur hors norme, comme on n'en rencontre qu'une fois dans une vie de flic. C'était un moment qu'il attendait depuis longtemps. Une scène qu'il avait maintes fois jouée dans sa tête. Un acte que lui envieraient aussi bien Interpol que tous les détectives privés engagés par les milliardaires qu'Archibald avait spoliés.

Martin régla ses jumelles pour obtenir l'image la plus nette. L'ombre insaisissable d'Archibald émergeait enfin de l'obscurité. Le cœur battant, Martin le regarda dérouler sa corde depuis le toit et se laisser glisser le long de la paroi du musée jusqu'à atteindre l'une des deux horloges monumentales qui donnaient sur la Seine. Un instant, le flic espéra apercevoir les traits de sa proie, mais Archibald était trop loin et lui tournait le dos. Aussi incroyable que cela puisse paraître, en vingt-cinq ans de carrière, personne n'avait jamais vu le véritable visage d'Archibald McLean...

Archibald s'immobilisa devant la partie inférieure de l'horloge de verre qui brillait d'une lumière pâle. Collé à ce cadran de sept mètres de diamètre, il lui était difficile de ne pas se sentir pressé par le temps. Il savait qu'il risquait à tout moment d'être repéré, mais il jeta néanmoins un regard sur la rue. Les quais étaient calmes sans être déserts : des taxis passaient par intermittence, quelques promeneurs nocturnes déambulaient, d'autres rentraient se coucher après une soirée prolongée.

Sans se précipiter, le voleur prit appui sur le rebord en pierre et décrocha de sa ceinture une roulette dotée de pointes à couronnes diamantées. D'un mouvement rapide, ample et régulier, il raya la surface vitrée, à l'endroit où les armatures en laiton se croisaient pour délimiter la sixième heure. Comme il s'y attendait, la molette griffa seulement le verre, dessinant une surface de la taille d'un petit cerceau. Archibald y fixa un jeu de ventouses à trois têtes, puis il s'empara d'un cylindre en aluminium de la longueur d'une lampe torche. Il promena le faisceau le long de la ligne de fracture avec dextérité et assurance, en multipliant les passages. Véritable fil à couper le verre, le rayon laser lui permit de pratiquer une incision fine et profonde. La fracture se propagea rapidement en suivant la ligne de l'incision. Lorsque le verre fut sur le point de céder, Archibald poussa le jeu de ventouses. La lourde plaque de verre se détacha d'un seul tenant, sans éclats ni cassure, et se coucha doucement sur le sol, libérant un passage circulaire, tranchant comme une guillotine. Avec l'agilité d'un acrobate, Archibald se glissa dans l'ouverture qui lui donnait accès à l'un des plus beaux musées du monde. À compter de cet instant, il avait trente secondes avant que l'alarme ne se déclenche.

Le nez collé à la vitre de sa voiture, Martin n'en croyait pas ses yeux. Archibald venait certes de réussir un coup d'éclat en s'introduisant dans le musée de manière spectaculaire, mais l'alarme allait se déclencher d'un moment à l'autre. La sécurité d'Orsay avait été sérieusement renforcée après l'effraction, l'année dernière, d'une bande d'individus éméchés qui étaient parvenus à pénétrer dans le musée en défonçant une issue de secours. Les soûlards avaient déambulé dans les galeries pendant plusieurs minutes avant d'être interpellés. Un temps qu'ils avaient mis à profit pour lacérer un célèbre tableau de Monet, *Le Pont d'Argenteuil*.

L'affaire avait fait grand bruit. La ministre de la Culture avait trouvé inadmissible que l'on puisse pénétrer à Orsay comme dans un moulin. Par la suite, les déficiences du musée avaient été passées au crible. En tant que membre de l'OCBC – l'Office central de lutte contre le trafic des biens culturels –, Martin Beaumont avait été consulté pour inventorier et sécuriser tous les accès possibles. En théorie, les célèbres galeries impressionnistes étaient désormais inviolables.

Mais dans ce cas, pourquoi cette putain d'alarme ne se déclenchait-elle pas ?

Archibald atterrit sur l'une des tables de la cafétéria. La grande horloge de verre donnait directement sur le Café des Hauteurs, au dernier étage du musée, près des salles consacrées aux impressionnistes. Le voleur regarda sa montre : encore vingt-cinq secondes. Il sauta au sol et monta les quelques marches qui menaient aux galeries. Les lentilles à infrarouge formaient une armada invisible de faisceaux longue portée couvrant un plan de détection qui s'étendait sur les cinquante mètres de couloirs. Il repéra le boîtier d'alarme et dévissa le panneau de protection avant d'y brancher un ordinateur portable miniature à peine plus gros qu'un iPod. Sur l'écran, les chiffres défilaient à une vitesse vertigineuse. Au plafond, les deux caméras munies de détecteurs thermiques n'allaient pas tarder à s'enclencher. Plus que dix secondes...

N'y tenant plus, Martin sortit de sa voiture et fit craquer ses articulations. Il était en planque depuis quatre heures et commençait à avoir des fourmis dans les jambes. Il n'avait plus l'habitude. À ses débuts, il avait parfois passé des nuits blanches à planquer dans des conditions invraisemblables : le coffre d'une voiture, une benne à ordures, un faux plafond. Le vent se leva d'un coup. Il frissonna et remonta la fermeture de son blouson de cuir. Il avait la chair de poule, ce qui n'était pas désagréable par cette chaude nuit d'été. Depuis qu'il travaillait à l'OCBC, il n'avait jamais connu pareille excitation. Ses dernières poussées d'adrénaline remontaient à cinq ans en arrière, l'époque où il bossait aux Stups. Un métier de chien lié à une période difficile de sa vie sur laquelle il ne regrettait pas d'avoir tiré un trait. Il préférait ce poste si particulier de « flic de l'art », qui conciliait sa passion pour la peinture et son engagement dans la police.

En France, ils n'étaient qu'une trentaine à avoir suivi la formation de haut niveau, dispensée par l'École du Louvre, qui leur permettait d'intégrer ce service de pointe. Même s'il menait dorénavant ses enquêtes dans le milieu feutré des musées et des salles des ventes, côtoyant davantage les antiquaires et les conservateurs que les dealers ou les violeurs, il restait un flic avant tout. Et un flic qui avait fort à faire. Avec plus de trois mille vols par an, la France était une cible privilégiée des « pilleurs de patrimoine », dont le trafic générait désormais des flux financiers comparables à ceux des trafics d'armes ou de stupéfiants.

Martin méprisait les voyous qui écumaient les chapelles des villages, faisant main basse sur les calices, les statues d'anges et celles de la Vierge. Il exécrait la bêtise des vandales qui s'amusaient à détériorer les sculptures dans les parcs. Il haïssait enfin les pillards qui travaillaient sur commande pour le compte de collectionneurs ou d'antiquaires véreux. Car, contrairement à une idée reçue, les voleurs d'objets d'art n'étaient pas des *gentlemen* solitaires. La plupart étaient de mèche avec le crime organisé et le banditisme le plus dur qui avaient mis la main sur les filières de « blanchiment » des toiles volées en organisant leur sortie du territoire.

Appuyé contre le capot de sa vieille Audi, Martin alluma une cigarette sans quitter des yeux la façade du musée. À travers ses jumelles, il distinguait le trou béant ouvert dans l'horloge de verre. Aucune alarme ne s'était encore déclenchée, mais il savait que ce n'était maintenant plus qu'une question de secondes avant qu'un cri strident ne déchire le silence de la nuit.

Trois secondes.
Deux secondes.
Une sec...
Une lueur de soulagement éclaira le visage d'Archibald lorsque les six chiffres se figèrent sur l'écran du minuscule ordinateur. Puis la combinaison gagnante clignota, désactivant ainsi les détecteurs de mouvements. Exactement ce qu'il avait prévu. Un jour, peut-être, il commettrait une erreur. Un jour, sans doute, il ferait le cambriolage de trop. Mais pas ce soir. La voie était libre. Le spectacle pouvait commencer.

3

Mon frère de solitude

Il y a deux sortes de gens. Il y a ceux
qui vivent, jouent et meurent. Et il y a ceux
qui ne font jamais rien d'autre que se tenir
en équilibre sur l'arête de la vie. Il y a les
acteurs. Et il y a les funambules.

Maxence FERMINE

Martin alluma une nouvelle cigarette sans parvenir à se calmer. Cette fois, c'était certain, quelque chose clochait. L'alarme aurait dû se déclencher depuis une bonne minute.

Au fond de lui, le jeune homme n'était pas mécontent. N'était-ce pas ce qu'il avait secrètement espéré : alpaguer Archibald tout seul, sans l'aide des gardiens ou des flics de la PJ, pour s'offrir un *mano a mano* hors témoins ?

Martin savait qu'un bon nombre de ses collègues étaient fascinés par les « exploits » d'Archibald et trouvaient gratifiant de traquer un tel criminel. Il est vrai que McLean n'était pas un voleur ordinaire. Depuis vingt-cinq ans, il donnait des sueurs froides aux directeurs de musée et ridiculisait toutes les polices du monde. Adepte du beau geste, il avait érigé le cambriolage en art, faisant preuve de virtuosité et d'originalité à chacun de ses vols. Il n'avait jamais recours à la violence, n'avait pas tiré le moindre coup de feu ni versé la moindre goutte de sang. Avec pour seules armes la ruse et l'audace, il n'avait pas hésité à dévaliser des hommes dangereux – l'oligarque mafieux Oleg Mordhorov ou le baron de la drogue Carlos Orteg –, quitte à se retrouver avec la mafia russe aux trousses et un contrat sur la tête lancé par les cartels sud-américains. Martin était régulièrement excédé par la façon dont les médias rendaient compte des méfaits du voleur. Les journalistes brossaient d'Archibald des portraits complaisants, le considérant davantage comme un artiste que comme un criminel.

Paradoxalement, les flics ne connaissaient pas grand-chose d'Archibald McLean : ni sa nationalité, ni son âge, ni son ADN. L'homme ne laissait jamais d'empreintes derrière lui. Sur les vidéos des caméras de surveillance, on distinguait rarement son visage et, lorsqu'on y parvenait, ce n'était jamais le même, tant l'homme maîtrisait l'art du déguisement. Le FBI avait eu beau promettre des récompenses importantes à quiconque fournirait un renseignement permettant son arrestation, il n'avait récolté que des témoignages contradictoires. Archibald était un véritable caméléon, capable de changer d'apparence physique et de rentrer dans la peau de ses personnages comme un acteur. Aucun receleur ni aucun complice n'avait jamais brisé la loi du silence. Autant de signes qui laissaient penser qu'Archibald travaillait seul et pour son propre compte.

À la différence de ses collègues et de la presse, Martin n'avait pas cédé à la fascination pour le personnage. Malgré son panache, McLean n'était qu'un criminel.

Pour Martin, le vol d'un bien culturel n'était pas assimilable à celui d'un autre bien. Au-delà de sa valeur marchande, toute création artistique avait quelque chose de sacré et participait à la transmission d'un patrimoine culturel accumulé au cours des siècles. Le vol d'une œuvre d'art constituait donc une atteinte grave aux valeurs et aux fondements de notre civilisation.

Et ceux qui s'y livraient ne méritaient aucune indulgence.

Silence religieux, aucun craquement, aucune présence : le musée était étrangement calme. Archibald pénétra dans les salles d'exposition avec le même recueillement que dans une église. L'éclairage nocturne du musée, aux tons vert émeraude et bleu de cobalt, plongeait les pièces dans une atmosphère de château hanté. Archibald se laissa gagner par l'ambiance. Il avait toujours pensé que la nuit, les musées reprenaient leur souffle, dans le silence et la pénombre, loin des exclamations de la foule et des flashes des touristes. À trop vouloir surexposer la beauté des œuvres, ne finissait-on pas par dénaturer leur intégrité et, à terme, par les détruire ? En un an, une toile pouvait aujourd'hui être soumise à autant de lumière qu'autrefois en cinquante ans ! Ainsi exhibés, les tableaux perdaient peu à peu leur éclat, se vidant de leur sève et de leur vie.

Il arriva dans la première salle, consacrée à Paul Cézanne. Depuis plus de vingt ans, Archibald avait « visité » des dizaines de musées, eu entre les mains certains des plus grands chefs-d'œuvre ; pourtant, il éprouvait à chaque fois la même émotion, le même frisson devant l'évidence du génie. Certains des plus beaux Cézanne se trouvaient dans cette pièce : *Les Baigneurs*, *Les Joueurs de cartes*, *La Montagne Sainte-Victoire*…

Le voleur dut se faire violence pour s'arracher à sa contemplation. Il piocha dans sa ceinture une fine tige en titane qu'il vissa solidement sur le pan de mur qui séparait cette galerie de la suivante.

Car Archibald n'était pas venu pour Paul Cézanne…

Martin écrasa le mégot de sa cigarette avec le talon de sa botte avant de regagner l'intérieur de la voiture. Ce n'était pas le moment de se faire repérer. S'il avait retenu quelque chose de ses dix années de service, c'est que même le plus génial des criminels finit par commettre une erreur. Telle est la nature humaine : tôt ou tard, la confiance entraîne le relâchement et le relâchement vous conduit à commettre une faute – même la plus infime – qui suffit à vous faire coffrer. Et le moins que l'on puisse dire, c'est qu'au cours des derniers mois Archibald avait multiplié les coups d'éclat, réalisant une série de cambriolages comme on n'en avait jamais vu dans le monde de l'art ; entre autres trésors, *La Danse* de Matisse au musée de l'Ermitage de Saint-Pétersbourg, une inestimable partition manuscrite des symphonies de Mozart à la Morgan Library de New York, un sublime nu de Modigliani à Londres… Enfin, trois mois auparavant, alors qu'il était en week-end dans son yacht, le milliardaire russe Ivan Volynski avait eu la désagréable surprise de se voir dérober le célèbre *N° 666* de Jackson Pollock, acquis chez Sotheby's pour près de 90 millions de dollars. Un vol qui avait particulièrement irrité l'oligarque qui – dit-on – avait acheté ce tableau à l'intention de sa nouvelle jeune compagne.

Martin alluma le plafonnier et sortit de sa poche un petit carnet en moleskine sur lequel il avait récapitulé les vols récents.

DATE DU VOL	ŒUVRE D'ART	ARTISTE	DATE DE LA MORT DE L'ARTISTE
3 nov	La Danse	MATISSE	3 nov 1954
5 déc	Manuscrits	MOZART	5 déc 1791
24 janv	Female nude	MODIGLIANI	24 janv 1920
6 fév	Portrait d'Adèle	KLIMT	6 fév 1918
8 avril	Le Mendiant	PICASSO	8 avril 1973
16 avril	La Maja nue	GOYA	16 avril 1828
28 avril	Triptyque funèbre	BACON	28 avril 1992

Les concordances étaient trop nombreuses pour croire à de simples coïncidences : à la façon d'un *serial killer*, Archibald McLean ne frappait pas au hasard, mais suivait un *modus operandi* précis. Comme pour leur rendre hommage, il semblait désormais organiser ses vols en fonction de la date anniversaire de la mort des artistes qu'il vénérait ! Suprême vanité ou manière de plus de narguer la police et de se construire une légende, il avait signé chacun de ses cambriolages par sa carte de visite ornée d'une Croix du Sud. Décidément, ce type était inclassable.

Lorsqu'il avait repéré cette façon de procéder, le premier réflexe de Martin avait été d'éplucher les notes d'Interpol, mais il n'avait trouvé aucune trace de ses déductions. Apparemment, il était le seul enquêteur au monde à avoir fait le lien entre les dates de vol des œuvres et celles de la mort des artistes ! Le jeune flic avait hésité à alerter son supérieur, le lieutenant-colonel Loiscaux, patron de l'OCBC. Finalement, il avait préféré garder l'information pour lui et agir en franc-tireur. Péché d'orgueil ? Sans doute, mais question de caractère aussi : Martin était un solitaire, pas très à l'aise et peu performant dans le travail en équipe. Sa pleine mesure, il la donnait lorsqu'il pouvait travailler à sa manière. Et c'est ce qu'il allait faire ce soir, en servant à l'OCBC la tête d'Archibald sur un plateau. Comme à chaque fois, le colonel Loiseaux et ses collègues ne seraient pas longs à s'en attribuer le mérite, mais Martin n'en avait cure. Il n'était pas devenu flic pour chercher les honneurs ou la reconnaissance.

Il baissa la vitre de son vieux coupé. La nuit était électrique, pleine de menaces et de promesses. Très haut, à travers les fenêtres de la façade du musée, on entrevoyait des lustres monumentaux qui témoignaient des fastes d'antan.

Il regarda sa montre, une Omega « Speedmaster » de collection, cadeau d'une ex-petite amie depuis longtemps disparue de sa vie.

Depuis quelques heures, on était le 29 juillet.

Le jour anniversaire de la mort de Vincent Van Gogh.

— Bon anniversaire, Vincent, lança Archibald en pénétrant dans la salle suivante, celle qui rassemblait certains des Van Gogh les plus célèbres : *La Sieste*, *Le Portrait du docteur Gachet*, *L'Église d'Auvers-sur-Oise*…

Il fit quelques pas dans la pièce et se planta devant le plus connu des autoportraits de l'artiste. Auréolé de vibrations mystérieuses, le tableau avait quelque chose de fantomatique avec ses couleurs turquoise et vert absinthe qui phosphoraient dans la pénombre.

Depuis son cadre en bois doré, Van Gogh lui lança un regard oblique, fixe et inquiétant. Un regard qui semblait le suivre et le fuir à la fois.

Des touches hachurées révélaient ses traits durs et émaciés. La chevelure orangée du peintre et sa barbe couleur de feu dévoraient son visage comme des flammes, tandis qu'au fond du tableau tourbillonnaient des arabesques hallucinées.

Archibald regarda la toile avec intensité.

Comme Rembrandt et Picasso, Van Gogh s'était souvent pris lui-même pour modèle. À longueur de tableaux, dans son style inimitable, il avait cherché jusqu'au vertige sa propre identité. On avait recensé plus de quarante de ses autoportraits : des miroirs sans complaisance qui permettaient de suivre l'évolution de sa maladie et de son tumulte intérieur. Mais cette toile était connue pour être celle à laquelle Vincent était le plus attaché. Peut-être parce qu'il l'avait peinte lors de son internement à l'asile de Saint-Rémy-de-Provence, moins d'un an avant son suicide, pendant l'une des périodes les plus fécondes mais aussi les plus douloureuses de sa vie.

Presque compatissant, Archibald ressentait un vrai trouble devant le visage torturé. Ce soir, la toile renvoyait au voleur l'image d'un frère de solitude.

Ce tableau, il aurait pu le voler depuis déjà dix ou vingt ans. Mais il avait préféré attendre cette nuit, qui serait l'apogée de sa carrière de voleur.

Un bruit de pas se fit entendre à l'étage inférieur, mais Archibald ne parvenait pas à détacher ses yeux de ceux du peintre hollandais, hypnotisé par son génie qui, d'une certaine façon, avait triomphé de sa folie.

Les interrogations soulevées par Van Gogh à travers ses autoportraits le renvoyaient aux questions qu'il se posait lui-même sur sa propre existence. Qui était-il vraiment ? Avait-il pris les bonnes décisions aux moments décisifs ? À quoi comptait-il consacrer le restant de sa vie ? Et surtout, trouverait-il un jour le courage de faire un pas vers *Elle* – la seule femme qui comptait vraiment – pour lui demander pardon ?

— Alors, on y va, Vincent ? demanda-t-il.

Par un jeu de lumière, le regard de Van Gogh sembla briller de façon plus vive. Archibald décida de prendre ce signe pour un assentiment.

— Bon, accroche ta ceinture. Ça risque de secouer quelque peu ! prévint-il en se décidant à ôter le tableau de sa cimaise.

Aussitôt, l'alarme se déclencha et un hurlement strident résonna dans tout le musée.

La puissance de l'alarme se fit entendre jusque dans la rue.

Déjà sur le qui-vive, Martin n'attendait que ce signal pour agir. Il ouvrit sa portière et sortit sur le trottoir après avoir récupéré son arme de service dans la boîte à gants : le pistolet semi-automatique

Sig-Sauer 9 mm qui équipait désormais la plupart des gendarmes et des flics de France. Il vérifia le chargeur à quinze coups et rangea le flingue dans son holster.

Pourvu que je n'aie pas à m'en servir...

Il manquait d'entraînement. Depuis sa mutation à l'OCBC, il n'avait pas tiré le moindre coup de feu, alors qu'aux Stups il utilisait son arme régulièrement.

Martin traversa les deux voies pour se poster sur le parvis du musée, à la perpendiculaire des quais de Seine. La rue de la Légion-d'Honneur était déserte à l'exception de deux SDF qui dormaient dans des sacs de couchage à l'entrée de la gare souterraine du RER C. Le jeune flic se dissimula derrière une colonne Morris et reprit sa planque depuis son nouveau poste d'observation. La tête dressée vers les toits, il repéra à travers ses jumelles une nouvelle corde tendue le long de la face est du musée et qui permettait d'atteindre l'un des balcons du premier étage.

Il sentit les battements de son cœur s'accélérer.

Ne tarde pas trop, Archie. Je suis déjà là. Je t'attends.

Dès qu'Archibald décrocha la toile, les grilles de sécurité s'abattirent à une vitesse fulgurante des deux côtés de la pièce pour piéger le voleur et bloquer sa fuite. Le même système de protection existait aujourd'hui dans tous les grands musées du monde : ne pas chercher forcément à empêcher les malfrats de s'introduire dans les bâtiments, mais s'assurer qu'ils ne puissent pas en sortir.

En quelques secondes, une armada de vigiles investit le niveau supérieur du musée.

— Il est là, pièce 34 ! lança le chef de la sécurité en pénétrant dans le couloir qui menait aux galeries.

Sans céder à la panique, Archibald enfila un masque respiratoire, chaussa de fines lunettes de protection bleutées et tira de son sac de quoi « disparaître ».

La patrouille se rapprochait, défilant à toute allure à travers les galeries impressionnistes. Lorsque les gardes déboulèrent devant la grille d'acier, ils furent accueillis par trois grenades dégoupillées que l'on venait de lancer sur le parquet. Saisis de panique, les vigiles restèrent cloués sur place. Puis les projectiles se déclenchèrent, libérant un gaz de couleur violacée. Instantanément, une fumée dense et piquante envahit la pièce, la plongeant dans un brouillard qui empestait le plastique brûlé.

— Le con ! Il nous enfume ! lâcha le responsable en reculant de plusieurs pas.

Les détecteurs de fumée ne furent pas longs à réagir et, cette fois, c'est l'alarme incendie qui se déclencha, ajoutant au vacarme ambiant. Immédiatement, un rideau métallique à lames plates coulissa tout autour de la pièce, protégeant les tableaux du déluge des extincteurs automatiques qui ne tarderaient pas à se mettre en place lorsque la chaleur de la pièce deviendrait trop vive.

Au même moment, le commissariat du VIIe arrondissement reçut en direct des images numérisées provenant des caméras installées à Orsay. Le système de télé-sécurité qui reliait l'alarme du musée aux services de la PJ se déclenchait parfois par erreur, mais cette fois, l'alerte fut jugée sérieuse et, sans perdre de temps, trois voitures de police partirent toutes sirènes hurlantes vers le célèbre musée de la rive gauche.

— Je ne comprends pas à quoi il joue ! maugréa le chef de la sécurité, un mouchoir plaqué sur le visage pour se protéger de la fumée.

Il attrapa son talkie-walkie et aboya ses ordres au poste de sécurité :

— Envoyez des gars par les escaliers du fond. Je ne veux pas qu'on le perde de vue !

Derrière les barreaux de la grille, il ne distinguait

qu'une ombre informe qui se mouvait dans la salle des Van Gogh. Avant que la fumée ne noie toute la galerie, il scruta la salle à travers ses lunettes à infrarouge. *A priori*, il n'y avait aucun danger pour que le voleur se fasse la belle : autant qu'il pouvait le voir, les barreaux métalliques à l'autre extrémité de la pièce s'étaient eux aussi abattus, interdisant toute possibilité de fuite. *Les flics n'auront qu'à le cueillir lorsque nous débloquerons les issues*, pensa-t-il, tout à fait rassuré.

Ce qu'il n'avait pas vu, c'était la fine tige en titane qui avait arrêté la grille à cinquante centimètres du sol…

Un mince sourire éclairait le visage d'Archibald tandis qu'il rampait sous la herse avant de ressortir du musée par où il était entré. Toute l'opération n'avait pas pris plus de cinq minutes.

Cinq minutes qui lui avaient suffi pour décrocher du mur un tableau d'une valeur inestimable.

4

Deux hommes dans la ville

> *Il n'y a que les ennemis qui se disent la vérité ; les amis et les amants mentent sans cesse, pris au piège dans la toile du devoir.*
>
> Stephen KING

Après une course sur les toits, Archibald attrapa la corde pour la nouer à son mousqueton avant de se laisser glisser jusqu'au balcon. Sans reprendre son souffle, il enjamba la balustrade et atterrit sur l'épaisse verrière dépolie qui surplombait l'entrée du musée. Puis, avec une souplesse féline et presque sans élan, il sauta de plusieurs mètres pour se réceptionner sur le parvis.

Pas mal ton numéro, l'acrobate... jugea Martin, toujours en planque derrière sa colonne Morris. Le jeune flic sortit son arme, prêt à intervenir. Enfin, il touchait au but ! Sans qu'il sache vraiment pourquoi, le célèbre voleur avait fini par contaminer son esprit jusqu'à l'obsession. Il s'était juré d'être le premier à percer son mystère. Malgré le manque de renseignements sur McLean, il avait essayé de dresser son portrait psychologique, s'efforçant de penser comme lui pour anticiper et comprendre sa logique. Ce n'était pas de la fascination. C'était autre chose : une curiosité insatiable doublée d'un lien invisible reliant deux joueurs d'échecs. Celui qui unissait Broussard et Mesrine, Roger Borniche et Émile Buisson, Clarice Sterling et Hannibal Lecter...

Bon, arrête ton délire. Sors de ta cachette et coffre-le !

Pourtant, malgré les injonctions de son esprit, Martin restait figé, spectateur passif d'un film dont il n'était pas le héros. À présent que sa traque allait aboutir, il ressentait un drôle de vide au creux du ventre. D'où venait cette hésitation ? Pourquoi ce besoin, cette envie malsaine de jouer au chat et à la souris ?

Pour faire durer le plaisir ?

Archibald, lui, ne perdait pas de temps. Vif comme l'éclair, il disparut un bref instant derrière le kiosque à journaux de la rue de la Légion-d'Honneur pour en ressortir métamorphosé. Il avait troqué sa tenue de camouflage contre une veste claire et un pantalon de toile.

Sa maîtrise du travestissement n'est pas une légende, pensa Martin. Plus que son nouvel accoutrement, c'était l'allure même du voleur qui semblait différente : plus lourde et plus courbée, comme si Archibald avait pris dix ans en dix secondes.

Mais le plus surprenant restait à venir.

C'est du délire !

À la lueur de l'éclairage public, le jeune flic observait le voleur en train d'enfourcher... un Vélib' : l'un des vingt mille vélos en libre-service que la municipalité mettait à la disposition des touristes et des Parisiens. En quelques mois, la silhouette massive du deux-roues couleur gris souris s'était imposée comme l'une des icônes des rues de la capitale. Apparemment, McLean devait l'apprécier, même s'il en faisait un usage bien particulier, en ayant pris soin de cadenasser son engin à un réverbère avant de grimper sur le toit du musée !

Alors qu'un concert de sirènes annonçait l'arrivée des flics du commissariat du VIIe, Archibald avait déjà rejoint le quai Anatole-France. Martin hésita à prendre sa voiture puis il y renonça. Avec le jeune capitaine dans son sillage, Archibald remonta le long de la Seine, tournant le dos à l'Assemblée nationale et pédalant vers l'île de la

Cité. Les trois voitures de flics s'arrêtèrent place Henry-de-Montherlant, juste devant l'entrée du musée, débarquant une dizaine d'agents en uniforme qui s'engouffrèrent comme un seul homme par l'entrée principale.

Pas une seconde, ils ne se doutèrent que le cycliste qu'ils avaient croisé quelques instants plus tôt était l'homme qu'ils étaient venus arrêter.

Totalement pris de court, Martin s'interrogeait sur la marche à suivre. Archibald avait rejoint le trottoir qui longeait les quais et pédalait à un rythme plutôt tranquille, à contresens de la circulation. Pas une seule fois, il ne se retourna pour voir s'il était suivi. Sur le trottoir d'en face, Martin ne le quittait pas d'une semelle. Heureusement, le Vélib' était bien visible – bandes réfléchissantes sur les roues, éclairage puissant à l'avant et à l'arrière –, ce qui permettait de ne pas le perdre de vue. En plus, la bécane était entièrement carénée, traînant une armure qui encapsulait ses câbles et ses freins, mais devait peser une tonne et couper toute velléité de se prendre pour Bernard Hinault.

À présent, le vent soufflait fort, faisant claquer le bouquet de drapeaux tricolores de l'hôtel de la Caisse des Dépôts. Martin était tendu, mais il avait la situation sous contrôle : même si Archibald le repérait, il ne pourrait pas lui échapper. Pas à cette distance. Martin faisait un footing sérieux presque tous les matins, courant jusqu'à l'épuisement pour repousser ses limites. Si l'autre essayait de piquer un sprint, il ne le laisserait pas démarrer. Toutefois, il était obligé de rester sur ses gardes, ne voulant prendre aucun risque de se faire distancer.

Les deux hommes dépassèrent le pont Royal, avec son dos-d'âne et ses arches en plein cintre, qui reliait la rue de Beaune au pavillon de Flore.

Archibald semblait goûter sa promenade nocturne, pédalant nonchalamment, humant l'air de la nuit avec la délectation d'un touriste. À l'avant de sa bicyclette, deux branches soutenaient un panier métallique qui faisait office de porte-bagages. Archibald y avait calé un sac marin kaki, tout droit sorti d'un surplus militaire. Un sac qui contenait un tableau de Van Gogh d'une centaine de millions d'euros...

Quai Voltaire, il se paya le luxe de ralentir encore son allure, flânant devant les galeries, les librairies d'art et les vitrines des antiquaires chic.

C'est ça, joue les touristes à présent ! soupira Martin.

Pourtant, presque malgré lui, le flic se laissa gagner par le charme du quartier. De nuit, le quai

Voltaire semblait hors du temps et il suffisait de pas grand-chose pour s'imaginer un siècle en arrière. Du temps où Ingres et Delacroix avaient leur atelier dans le quartier, du temps où Baudelaire écrivait *Les Fleurs du Mal* dans un hôtel tout proche...

Une publicité agressive placardée sur un Abribus ramena brusquement Martin à la réalité. Archibald roulait maintenant devant les boîtes métalliques des bouquinistes. Certaines avaient été récemment taguées et la teneur des messages ne volait pas bien haut : *Djamila, je t'aime – Régis est un con – Sarko Facho – Ségo est à la politique ce que Paris Hilton est à la culture.*

Juste après le pont du Carrousel, le voleur apprécia en connaisseur le magasin Sennelier, *Les Couleurs du quai*, qui avait fourni en peintures et en toiles aussi bien Cézanne que Modigliani ou Picasso. À côté, deux plantons en faction taillaient une bavette devant l'appartement de l'ancien président Chirac. Archibald passa devant eux en souriant.

Puis le voleur se lassa de jouer au touriste et pressa son rythme. Pas assez cependant pour que Martin se sente en danger. Les lampadaires étaient nombreux sur cette portion de rue. Alors que la passerelle métallique du pont des Arts se dessinait à l'horizon, la circulation sembla se ranimer lorsque plusieurs taxis déboulèrent à toute vitesse dans le couloir de bus. Côté Seine, deux employés d'entretien nettoyaient le pont d'une longue péniche aménagée en restaurant. Un véhicule vert et blanc « Propreté de Paris » s'était garé sur un bout de trottoir, warnings allumés et moteur tournant, mais son chauffeur s'était évaporé.

À présent, Archibald pédalait sec. Il passa comme une flèche devant la coupole de l'Institut, forçant Martin à courir à un rythme plus soutenu. Dans la tête du jeune flic, des intentions contraires se bousculaient. Fallait-il arrêter McLean tout de suite ou prendre le risque de le pister le plus loin possible ? Car même avec Archibald sous les verrous, rien ne garantissait que l'on puisse un jour dénicher son fabuleux butin et récupérer les dizaines de toiles sur lesquelles il avait fait main basse. Une image traversa la tête du jeune flic, celle de l'Aiguille creuse, la cachette mythique d'Arsène Lupin, aménagée dans les falaises d'Étretat, dans laquelle était entreposé son trésor : *La Joconde*, les plus grands Botticelli, les Rembrandt les plus sombres... À coup sûr, la caverne de McLean ne devait rien avoir à lui envier.

C'est moi qui l'ai trouvé. Je suis plus fort que lui. Je peux l'arrêter n'importe quand...

Sous les arbres touffus du quai de Conti, Archibald adopta un rythme plus lent, ce qui n'était pas pour déplaire à Martin. Une voiture de police patrouillait sur les quais, non loin de la vedette des sapeurs-pompiers, mais elle traquait davantage les SDF que les cambrioleurs. Archibald ne leva même pas un sourcil et poursuivit sa balade vers l'île de la Cité.

Lorsque la silhouette du Pont-Neuf se découpa à l'horizon, Martin se posa pour la première fois la question : dans cette chasse à l'homme, était-il certain de ne pas jouer le rôle de la proie ?

Quai des Grands-Augustins, le voleur abandonna sa bicyclette au pied de la fontaine Wallace, dont les quatre cariatides soutenaient avec grâce une vasque en fonte ornée de dauphins et de divinités fluviales.

Archibald récupéra le sac marin et le cala sur son épaule avant de s'engager sur le Pont-Neuf. Pris de court, Martin sortit à nouveau son arme, comme par réflexe, mais n'eut d'autre choix que d'emboîter le pas à Archibald, le suivant à découvert, sur le même trottoir.

Avec ses balcons en demi-cercle et les centaines de figures fantastiques qui ornaient ses corniches, le plus ancien pont de Paris était aussi le plus envoûtant. Ses douze arches traversaient les deux bras de la Seine, dessinant une élégante ligne brisée dont le dos-d'âne culminait en un terre-plein central, à l'extrémité de l'île de la Cité.

Le pont était étrangement vide, balayé par le vent vif. Véritable caméléon, Archibald avait retrouvé souplesse et endurance. Son rythme de course n'avait rien à voir avec celui du cycliste pépère qu'avait filé Martin jusqu'à présent. En quelques secondes, il avait dépassé les deux premières terrasses semi-circulaires qui surplombaient les corniches.

Essoufflé et en sueur, bras armé tendu à l'oblique, canon pointé vers le sol, le jeune flic fut parcouru par un éclair de panique. Peut-être une voiture l'attendait-elle de l'autre côté du pont. Peut-être un complice allait-il surgir pour lui prêter main-forte. Cette fois, les risques de perdre Archibald étaient trop importants pour continuer la filature. Martin leva le cran de sûreté de son arme, tira sur le ressort de la culasse et fit une première sommation.

— Police, halte !

Le voleur ralentit brusquement sa course.

— Halte ou je fais feu ! enchaîna Martin pour profiter de l'effet de surprise.

Cette fois, Archibald s'arrêta net.

— Gardez vos mains en évidence et retournez-vous lentement !

Sans se le faire répéter, Archibald s'exécuta et,

pour la première fois, Martin contempla les traits du voleur.

Archibald était un homme d'une soixantaine d'années, bien conservé. Ses cheveux brun argenté et sa barbe taillée court brillaient dans la nuit. Ses yeux verts très clairs, presque rieurs, illuminaient un visage aux traits harmonieux qui avait gardé quelques traces noirâtres de crème de camouflage. Rien dans son expression ne reflétait la peur ou la surprise. Au contraire, tout respirait en lui l'amusement et la sérénité.

— Salut Martin, belle nuit, n'est-ce pas ?

Le jeune flic sentit son sang se glacer…

Putain, comment sait-il qui je suis ?

… mais essaya de ne pas trahir sa surprise.

— Bouclez-la et posez votre sac au sol !

Archibald lâcha le sac qui tomba à ses pieds. Martin remarqua, cousu sur la toile du paquetage, l'écusson de la Royal Air Force, l'aviation de l'armée britannique.

— Si tu voulais vraiment m'arrêter, c'est devant le musée qu'il fallait le faire, Martin.

Comment sait-il que…

— Tu as eu ta chance et tu l'as laissée passer, conclut le voleur.

L'homme avait une voix de basse et traînait un accent écossais, roulant légèrement les *r*. Martin pensa à la voix de Sean Connery, qui gardait fièrement l'accent prononcé de son pays d'origine quelle que soit la nationalité du personnage qu'il jouait.

— Tendez-moi vos mains ! cria Martin en sortant une paire de menottes de la poche de son blouson.

Cette fois, l'Écossais n'obtempéra pas.

— Tu n'as commis qu'une erreur, mais c'est la pire de toutes : tu t'es laissé la possibilité de perdre alors que tu pouvais gagner. Une hésitation toujours fatale…

Martin était paralysé par ce brusque changement de rôles. Archibald continua :

— Les perdants sont toujours battus par euxmêmes, pas par leurs adversaires, mais ça, je crois que tu le sais déjà.

Le vent soufflait plus fort. Une bourrasque souleva un nuage de poussière, obligeant Martin à se protéger le visage. Imperturbable, McLean poursuivit :

— Parfois, il est plus facile de perdre que de payer le prix que réclame la victoire, n'est-ce pas ?

Comme Martin ne répondait pas, Archibald insista :

— Avoue au moins que tu t'es posé la question !

— Quelle question ? demanda Martin malgré lui.

— « Si j'arrêtais McLean aujourd'hui, quel serait le sens de ma vie demain matin ? »

— Le conditionnel n'est pas de mise : je vous arrête aujourd'hui. Maintenant.

— Allez, fiston, reconnais que tu n'as que moi dans ta vie.

— Je ne suis pas votre fiston, OK ?

— Tu n'as pas de femme, pas d'enfants, pas la moindre petite amie régulière depuis des lustres. Tes parents ? Ils sont morts tous les deux. Tes collègues ? Tu en méprises une bonne partie. Tes supérieurs ? Tu trouves qu'ils ne reconnaissent pas ton travail.

McLean avait beau être sous la menace d'un flingue, il gardait une assurance étonnante. Martin avait une arme et Archibald n'avait que les mots. Pourtant, à cet instant, les mots étaient plus efficaces qu'un pistolet automatique.

Comme pour étayer ses paroles, les yeux d'Archibald pétillèrent. Il émanait de lui un mélange de rudesse et de raffinement.

— Sur ce coup-là, tu as présumé de tes forces, p'tit gars.

— Je ne crois pas, mentit Martin.

Il chercha à se rassurer, serrant son pistolet, mais l'arme semblait peser une tonne. Il avait les mains moites et, malgré les grips qui entouraient la crosse, le Sig-Sauer lui glissait des mains.

— Ce soir, tu aurais dû faire venir tes collègues, assena l'Écossais.

Il attrapa le sac en toile posé à ses pieds comme si le moment était venu pour lui de prendre congé et en sortit l'autoportrait de Van Gogh qu'il brandit d'une main au-dessus du vide.

— C'est le tableau ou moi ! prévint-il, faisant mine de le balancer dans le fleuve.

Martin sentit l'affolement le gagner. Ses yeux étaient scotchés au tableau, dont le bleu intense formait un halo hypnotique.

Quelque chose ne collait pas. À sa connaissance, Archibald était un esthète, un vrai connaisseur. Pas le genre d'homme à risquer de saccager un tel tableau, même pour assurer ses arrières. Certes, l'année dernière, il s'était distingué en sabotant l'exposition polémique de Jeff Koons au château de Versailles. La bombe artisanale qu'il avait placée sur le homard géant accroché dans l'un des salons avait pulvérisé la sculpture de l'artiste contemporain. Mais Jeff Koons n'était pas Vincent Van Gogh...

— Ne faites pas le con, McLean !

— Pas facile comme choix, hein ?

— Jamais vous n'oserez ! le défia Martin. Je vous connais mieux que vous ne le pensez.

— Dans ce cas... *hasta la vista*, fiston ! cria

Archibald en jetant de toutes ses forces la toile vers les eaux sombres du fleuve.

Pris de panique, Martin grimpa sur le rebord de la terrasse qui surplombait la corniche. À cause du vent, la Seine était aussi houleuse qu'une mer agitée. Martin avait toujours détesté nager et n'avait plus mis les pieds dans une piscine depuis le concours de lieutenant de police où il avait frôlé la note éliminatoire. Mais cette nuit, que pouvait-il faire d'autre ?

Il prit sa respiration et sauta dans l'eau noire.

La vie de Van Gogh était entre ses mains.

Archibald traversa le deuxième bras de la Seine puis descendit vers le port du Louvre où était garée une voiture anglaise de collection. Il s'installa au volant et rejoignit le quai François-Mitterrand avant de se fondre dans la nuit.

5

Les amants du Pont-Neuf

> *J'aurais dû avoir deux cœurs, le premier insensible, le second constamment amoureux, j'aurais confié ce dernier à celles pour qui il bat et avec l'autre j'aurais vécu heureux.*
>
> Amin MAALOUF

Quai Saint-Bernard, 3 h 20

— On se bouge, les gars, on a une intervention au Pont-Neuf !

Le capitaine Karine Agneli entra dans la salle de repos du quartier général de la Brigade fluviale de Paris.

— Diaz et Capella, vous venez avec moi. Un type vient de se foutre à l'eau.

Les deux lieutenants emboîtèrent le pas à leur « patronne » et, quelques secondes plus tard, les trois policiers prenaient place sur *Le Cormoran*, l'une des vedettes de ronde utilisées pour surveiller le fleuve parisien.

L'embarcation semblait glisser sur les flots huileux où se reflétait l'or liquide déversé par les réverbères.

— Font chier, ces suicidaires ! maugréa Diaz. C'est le quatrième cette semaine.

— Ouais, peuvent pas se jeter sous les trains, plutôt ! approuva Capella.

— Déconnez pas avec ça, les mecs ! les engueula Karine.

En toute saison, les ponts de Paris attiraient effectivement les désespérés, mobilisant la brigade qui évitait plus d'une centaine de suicides par an. Mais l'été, avec les quais débordant de monde, les interventions se multipliaient. Entre les paris stupides de fin de soirée et les accros de « Paris Plage », de plus en plus de gens se risquaient à piquer une tête dans le fleuve. Pourtant, en dépit des promesses d'un ancien maire, on ne pouvait toujours pas se baigner dans la Seine. Avec le trafic fluvial, le danger de se faire éperonner par une péniche était bien réel. Sans parler des risques de contracter la leptospirose, une bactérie diffusée par l'urine des rats. Un sale truc qui pouvait vous laisser paralysé et même vous être fatal.

La vedette continua sa course – quai d'Orléans, port Saint-Michel, quai des Orfèvres… – avant de ralentir à proximité du Pont-Neuf.

— Tu vois quelque chose ? demanda Capella.

— Putain, il est où, ce con ? renchérit Diaz.

Les yeux rivés à ses jumelles, Karine Agneli essaya de garder son calme. En ce moment, ses gars étaient nerveux. La semaine dernière, à hauteur du quai de la Tournelle, l'un des navires de la Compagnie des Bateaux-Mouches était entré en collision avec une vedette louée par des touristes. Coincé contre la pile du pont, le bateau de plaisance avait coulé à pic. La brigade était intervenue rapidement, mais pas assez pour remonter l'un des enfants, un gosse de trois ans qui avait péri noyé. Aucun des flics de la Fluviale n'avait commis la moindre faute. Il n'empêche : la disparition de l'enfant avait été vécue comme un traumatisme dans le service.

— Il est là ! cria soudain Karine, en pointant son index en direction du square du Vert-Galant.

La vedette se rapprocha lentement de la berge.

— J'y vais, décida la jeune femme en bouclant sa combinaison et en enfilant son masque.

Avant que les deux hommes aient pu émettre la

moindre objection, elle avait déjà plongé. Corps allongé, jambes souples et mouvements aériens des bras : il ne lui fallut que quelques secondes pour porter secours à l'homme en train de nager vers la rive.

Lorsqu'elle arriva à son niveau, elle s'aperçut qu'il s'accrochait à un tableau comme à une planche.

— Vous êtes des amateurs ! Vous n'êtes pas des professionnels !

L'index menaçant de la ministre de l'Intérieur pointait alternativement le directeur du musée, son chef de la sécurité, le directeur de la PJ ainsi que le chef de l'OCBC. En moins d'une demi-heure, une réunion de crise avait été organisée dans l'enceinte même du musée d'Orsay.

— Ça ne va pas se passer comme ça ! tonna la ministre.

Première personne issue des banlieues et de l'immigration à accéder à ce niveau de responsabilité, sa surexposition médiatique l'avait transformée en icône républicaine. Intelligente et ambitieuse, elle symbolisait à la fois l'ouverture à la gauche et la diversité. Elle était connue pour son franc-parler ainsi que pour sa loyauté sans faille au président de la République qui la surnommait parfois la « Condoleeza Rice française ».

— Vous êtes des incapables, voilà !

En tailleur gris Paul Smith et chemise blanche agnès b., elle arpentait depuis cinq minutes la salle Van Gogh, déversant sa colère sur ceux qu'elle estimait responsables de ce nouveau vol. Ses cheveux d'ébène retombant en mèches lisses encadraient son regard noirci au khôl, froid et cassant comme du cristal. À côté d'elle, son homologue à la Culture n'osait pas intervenir.

— On dirait que ça vous amuse d'être la risée de ce voleur ! cria-t-elle en désignant la carte de visite qu'Archibald McLean avait épinglée sur le mur, à la place de l'autoportrait de Van Gogh.

Le long couloir consacré aux impressionnistes grouillait de policiers et s'était transformé en annexe de commissariat. On avait relevé toutes les grilles d'acier et des projecteurs agressifs avaient remplacé la lumière douce et bleutée que l'on maintenait la nuit. Dans la salle Renoir, des enquêteurs de la 3e DPJ interrogeaient le personnel de sécurité. Salle Monet, d'autres officiers visionnaient sur un écran de contrôle les images fournies par les caméras de surveillance, tandis qu'une équipe de la police scientifique jouait aux *Experts* dans la salle Van Gogh.

— Il faut retrouver ce tableau sans tarder, trancha la ministre. Il en va de votre carrière.

Une superbe DB5 argentée remontait la voie Georges-Pompidou. La voiture venait d'un autre temps, les années 1960, celui de l'âge d'or d'Aston Martin. Au volant, Archibald se sentait dans un univers à part, vestige d'une époque disparue : celle du vrai luxe britannique, élégant sans être ostentatoire, sportif sans être rude, raffiné tout en restant masculin. Une voiture qui lui ressemblait.

Il accéléra légèrement, dépassa le quai de la Rapée, le pont de Bercy et s'engagea sur le périphérique. Pour un objet de collection, la vieille DB5 tenait bien la route. Considérant les voitures comme des œuvres d'art, Archibald ne conduisait que des exemplaires uniques. Et celle-ci avait une histoire très particulière puisqu'elle avait « joué » dans les premiers James Bond, *Opération Tonnerre* et *Goldfinger*. Construit à une époque où les films n'étaient pas encore pollués par les effets numériques, le bolide avait conservé son arsenal de gadgets, maintenus en l'état par ses collectionneurs successifs : mitraillettes dissimulées dans les clignotants, plaques minéralogiques rotatives, système d'écran de fumée, pare-brise blindé, mécanisme pour déverser de l'huile et des clous sur la chaussée, lames rétractables pour lacérer les pneumatiques de poursuivants trop pressés...

Il y a deux ans, au terme d'une vente aux enchères épique et médiatisée, la voiture avait été vendue pour plus de 2 millions de dollars à un mystérieux homme d'affaires écossais.

— Martin Beaumont ! s'exclama Karine Agneli, encore dans l'eau.

Diaz et Capella, les deux officiers de la Brigade fluviale restés sur le bateau, hissèrent Martin sur la vedette et lui tendirent une couverture.

— Qu'est-ce que tu fous dans la Seine au milieu de la nuit en te servant d'un tableau comme planche de natation ? demanda la jeune femme en attrapant la main d'un de ses lieutenants pour rejoindre à son tour l'embarcation.

Claquant des dents, le jeune flic s'enroula dans la couverture. Il plissa les yeux et regarda en direction de la voix familière qui l'interpellait.

Cheveux clairs coupés court, légères taches de rousseur, allure sportive et élancée : Karine Agneli n'avait pas changé. C'était toujours un beau brin de fille, enthousiaste et de bonne humeur. Son exacte opposée. Ils avaient travaillé ensemble aux Stups pendant deux ans. Elle avait été sa partenaire dans plusieurs missions d'infiltration. À l'époque, le travail de terrain était toute leur vie. Il n'y avait pas de cloison entre leur boulot et leur cœur. C'était une période à la fois exaltante et terrible. Jouer les agents infiltrés vous révélait des côtés de votre personnalité que vous auriez préféré ne pas connaître et vous forçait à vous aventurer sur des territoires d'où l'on ne revenait jamais indemne. Pour éviter de sombrer, ils s'étaient aimés. Accrochés l'un à l'autre, plutôt. Une relation ponctuée de moments de grâce, mais qui n'avait jamais trouvé son équilibre.

Un bref instant, des souvenirs vénéneux remontèrent à la surface comme par effraction. Leur histoire était ce qu'ils avaient connu de meilleur et de pire. Comme la dope.

À la lueur des réverbères, Karine observait Martin. L'eau ruisselait le long de ses cheveux, tombant en gouttes sur sa barbe de trois jours. Elle le trouva amaigri et fatigué, même si son visage avait gardé quelque chose d'enfantin.

Se sentant observé, Martin lui lança :

— Tu sais que tu es diablement sexy dans ta petite combinaison ?

Pour toute réponse, elle lui jeta une serviette au visage, qu'il utilisa pour éponger délicatement l'autoportrait de Van Gogh.

Karine était belle comme une sirène et semblait épanouie. Comme lui, elle avait quitté les Stups pour un service moins destructeur. Aux yeux des gens, les types de la Fluviale étaient des secouristes plus que des vrais flics, ce qui leur valait davantage de considération.

— Ce tableau, c'est l'original ? demanda-t-elle en s'asseyant à côté de lui.

Au rythme d'un bateau de plaisance, la vedette venait de dépasser l'île Saint-Louis et s'apprêtait à accoster port Saint-Bernard. Martin sourit :

— Archibald McLean, ça te dit quelque chose ?

— Le cambrioleur ? Bien sûr.

— Je l'ai eu au bout de mon flingue, ragea Martin.

— C'est lui qui t'a balancé à la flotte ?

— On peut dire ça.

— C'est étrange parce que...

Karine se troubla.

— Parce que quoi ?

— Le type qui a téléphoné à la brigade pour signaler ton plongeon : il a dit qu'il s'appelait Archibald.

Les lignes pures et dépouillées de l'Aston Martin fendaient la nuit à pleine vitesse. Dans l'habitacle,

Archibald respirait l'odeur du bois précieux et de la moquette pure laine. À côté de lui, sur le siège passager en cuir patiné, il avait posé le sac aux couleurs de la Royal Air Force qu'il conservait depuis l'époque de son service militaire.

Tout à l'heure, sur le Pont-Neuf, devant le jeune flic, il avait senti une décharge d'adrénaline. Une émotion inattendue qu'il avait du mal à expliquer. Derrière son côté fonceur, ce jeune homme avait quelque chose de touchant. C'était surtout de son regard qu'il se souvenait : le regard d'un enfant triste et solitaire qui avait encore tout à apprendre.

Dès qu'il eut rejoint l'A6 – la fameuse autoroute du Soleil –, Archibald fit vrombir le moteur six cylindres, libérant ses 280 chevaux. Il aimait la vitesse, il aimait se sentir vivant.

Karine et Martin sautèrent dans un même élan sur la berge du port Saint-Bernard.

— Il faut que tu me conduises au musée d'Orsay, dit-il.

— Change de vêtements d'abord, tu es trempé. Capella va te prêter des fringues pendant que je sors la voiture.

Martin suivit le lieutenant dans le local tout en longueur qui bordait le fleuve. Lorsqu'il en ressortit, il se sentait bizarrement accoutré dans l'uniforme très « années 1980 » que lui avait refilé le policier et qui tenait davantage du déguisement que de la tenue d'intervention : polo bleu gitane, pantalon marine en polyester, blouson coupe-vent XXL.

Un pick-up Land Rover, équipé de pare-buffles et d'une platine de treuil, s'arrêta à son niveau.

— Monte, proposa Karine en ouvrant la portière passager. Tu es beau comme un...

— Épargne-moi les vannes, s'il te plaît.

Le 4×4 démarra dans un crissement de pneus.

Si la circulation était très fluide, les abords du musée étaient inaccessibles. Place Henry-de-Montherlant, les Scenic et les 307 de la police se mêlaient aux véhicules officiels et aux voitures des reporters.

— Allez, va jouer les héros ! plaisanta Karine en s'arrêtant juste après le parvis.

Martin la remercia. Il s'apprêtait à descendre du véhicule lorsqu'elle l'arrêta :

— Tu portes toujours la montre, remarqua-t-elle en désignant la *Speedmaster* argentée qu'elle lui avait offerte cinq ans plus tôt.

— Et toi la bague, répondit-il.

La main droite de la jeune femme pianota doucement sur le volant et les trois anneaux entrelacés de la *trinity* brillèrent dans les premières lueurs de l'aube : or rose, or gris, or jaune.

Un échange de cadeaux hors de prix pour leur maigre salaire de flic. À l'époque, toute leur prime de résultat – et même davantage – y était passée. Un geste qu'aucun des deux ne regrettait.

Quelques secondes, l'idée que leur histoire n'était peut-être pas terminée refit surface. La vie venait de les réunir à nouveau à la faveur d'étranges circonstances. Peut-être était-ce un signe. Peut-être pas…

Puis le moment de doute se dissipa. Martin ouvrit la portière et emporta l'autoportrait avec lui. Avant de traverser la rue, il regarda une dernière fois le Land Rover. Karine avait baissé sa vitre et lui lança en souriant :

— Fais gaffe à tes belles petites fesses, Martin, et apprends à nager. Je ne serai pas toujours là pour te repêcher !

— Une bande de tocards, voilà ce que vous êtes !

Alors que Martin s'approchait de la salle Van Gogh, il reconnut la voix de crécelle de la ministre de l'Intérieur. Il s'arrêta sur le seuil de la pièce où l'on entendait voler les mouches entre les bordées d'insultes.

— Une bande de fumistes, de nullards…

Martin aperçut la silhouette familière de son patron, le lieutenant-colonel Loiseaux, ainsi que le visage crispé du directeur de la PJ qu'il avait croisé lorsqu'il travaillait au quai des Orfèvres. À leur droite se tenait Charles Rivière, le président-directeur d'Orsay.

— ... un ramassis de foirards inutiles !

Les trois hommes avaient une mine déconfite et aucun n'osait tenir tête à la ministre. Pour arriver à leur poste, ils étaient tous passés par l'école du cirage de pompes et avaient appris à encaisser les insultes sans broncher.

— Allez ! Bougez-vous et retrouvez-moi ce putain de...

— Ce putain de tableau est ici, madame, lança Martin en s'avançant vers elle.

Instantanément, tous les regards se tournèrent vers lui. Au milieu de la salle, il brandissait l'autoportrait au niveau de sa tête comme l'avait fait Archibald sur le pont.

Interloquée, la ministre le détailla en fronçant les sourcils.

— Qui êtes-vous ? demanda-t-elle enfin.

— Capitaine Martin Beaumont, de l'OCBC.

Déjà, Charles Rivière s'était précipité vers lui pour lui arracher le tableau des mains.

Décidé à jouer franc-jeu, Martin se lança dans

un récit complet, racontant comment il était parvenu à identifier le mode opératoire de McLean, ce qui l'avait incité à planquer devant le musée avec l'espoir de coincer le criminel en flagrant délit. Le jeune flic n'était pas naïf et ne s'attendait pas à recevoir des félicitations : il n'avait pas réussi à arrêter Archibald, mais, pour la première fois, le voleur avait été tenu en échec.

Lorsqu'il termina son exposé, il y eut un moment de flottement. La ministre regarda Loiseaux qui, pour retrouver une contenance, ne sut rien faire d'autre que de laisser éclater sa colère :

— Nous aurions pu coincer McLean si vous nous aviez alertés à temps, Beaumont ! Mais non, vous avez préféré travailler en solo ! Toujours cette condescendance envers vos collègues !

— Sans moi, le tableau aurait disparu, se défendit Martin.

— Ne croyez pas vous en tirer à si bon compte, capitaine !

La ministre leva la main et fusilla Loiseaux du regard pour mettre fin à ses reproches. Toute cette cuisine interne ne l'intéressait pas. Par contre, elle voyait là un moyen de retourner la situation à son avantage. Devant la presse, il faudrait faire passer ce jeune flic pour un héros. La police française avait récupéré le tableau en un temps record. C'est sur cela qu'il fallait insister, pas sur le dysfonctionnement d'un service. Nul besoin de mentir. Simplement, ne pas dire toute la vérité. Simplement, faire de la politique. En plus, ce Martin Beaumont avait une belle gueule et les médias allaient l'adorer. Au final, l'échec de l'arrestation de McLean se transformerait en joli coup de pub pour la police et donc pour elle. Si tout se passait bien, elle pourrait même poser pour *Paris Match* en jean et perfecto, entourée du Van Gogh et de flics taillés comme des dieux du stade.

Cette idée séduisante fut soudain réduite à néant lorsque le directeur du musée déclara d'un ton consterné :

— Désolé, Beaumont, mais vous vous êtes fait avoir dans les grandes largeurs.

— Comment ça ? s'inquiéta Martin.

— Le tableau est bien imité, mais c'est un faux.

— C'est impossible. Je l'ai vu le sortir de son sac et je ne l'ai pas quitté des yeux.

— Regardez vous-même : la signature.

— La signature ? Mais quelle…

Van Gogh n'avait signé aucun de ses autoportraits. Martin se pencha vers la toile posée à plat sur un tréteau. Vincent Van Gogh avait signé très peu d'œuvres – pas même une sur sept – et lorsqu'il le faisait, par exemple pour *Les Tournesols*, c'était toujours par son prénom. Or, sur le tableau qu'il avait devant les yeux, ce n'était pas le prénom *Vincent* qui se détachait en petites lettres disjointes, mais une autre griffe rédigée dans un alphabet rieur :

Archibald

L'Aston Martin quitta l'autoroute en direction de Fontainebleau et s'engagea sur la départementale qui menait à Barbizon. Archibald regarda sa montre et ne put s'empêcher de sourire en imaginant la tête que ferait le p'tit gars lorsqu'il s'apercevrait de la supercherie. Avec précaution, il ouvrit le grand sac en toile posé à côté de lui pour faire émerger un bout de l'autoportrait – le vrai cette fois – et poursuivre son dialogue imaginaire avec le peintre.

— Alors Vincent, pas mal notre petite plaisanterie, non ?

L'éclairage des réverbères faisait briller le regard tourmenté du peintre. Archibald entretenait une relation compliquée avec les chefs-d'œuvre qu'il dérobait. Jamais il ne s'était senti réellement propriétaire d'une œuvre. À vrai dire, ce n'étaient pas les tableaux qui lui appartenaient, mais lui qui appartenait aux tableaux. Même s'il avait de la difficulté à l'admettre, il savait pertinemment que le vol était devenu une drogue. À intervalles réguliers, il était en manque. Son corps et son cerveau réclamaient une nouvelle œuvre, une nouvelle aventure, un nouveau danger.

Dans le poste de radio, une station classique diffusait un enregistrement de Glenn Gould qui égrenait les *Variations Goldberg*. Le voleur se força à ralentir pour ne pas arriver trop vite à sa destination et briser le moment magique qu'il était en train de vivre. Une promenade au clair de lune avec Van Gogh et Bach : pouvait-il exister meilleure compagnie ?

Pour que le plaisir soit complet, il attrapa dans la poche intérieure de son imperméable une flasque argentée contenant un whisky écossais de quarante ans d'âge.

— À la tienne, Vincent ! dit-il en buvant une gorgée du nectar cuivré.

L'alcool lui brûla délicieusement l'œsophage. Sa gorge s'emplit d'une multitude de parfums : amande grillée, chocolat noir, cardamome…

Puis il se concentra sur sa conduite, quittant la départementale à hauteur du Bois-Dormant pour s'enfoncer dans une petite route de campagne. Au bout de quelques kilomètres, il atteignit une propriété clôturée d'un mur d'enceinte, en limite de la forêt de Fontainebleau et de Malesherbes. D'un clic sur la télécommande, Archibald ouvrit le portail électrique et la voiture s'avança dans l'allée qui traversait le parc et menait à une belle demeure en pierre du début du XIXe siècle, mangée par le lierre et entourée de marronniers centenaires. Tous les volets de la maison étaient clos, mais l'endroit n'était pas laissé à l'abandon : les haies étaient taillées et la pelouse venait d'être tondue.

Il gara l'Aston Martin dans les anciennes écuries transformées en immense entrepôt à l'intérieur duquel on trouvait à la fois une moto tout-terrain, une vieille Jeep de l'armée, un side-car d'avant-guerre, ainsi qu'une vieille Bugatti entièrement désossée. Mais l'essentiel de la place était occupé par un hélicoptère Colibri dernier cri, couleur bordeaux et noir. Archibald inspecta l'appareil, vérifia le niveau de carburant et le sortit du hangar grâce au chariot de guidage. Une fois dans le cockpit, il se coiffa d'un casque, mit en marche la turbine et augmenta progressivement les gaz. Il avait placé l'hélico face au vent et n'eut plus qu'à tirer sur le pas général pour le faire décoller.

— Ouvre grand les yeux, Vincent ! Je suis sûr que tu vas adorer le monde vu d'en haut.

6

Paris s'éveille

La tour Eiffel a froid aux pieds
L'Arc de triomphe est ranimé [...]
Les gens se lèvent, ils sont brimés
C'est l'heure où je vais me coucher
Il est cinq heures
Paris se lève
Il est cinq heures
Je n'ai pas sommeil.

Musique de Jacques Dutronc
Paroles de Jacques Lanzmann
et Anne Ségalen

Quai Anatole-France, 5 h 02

— Hé ! C'est ma voiture !
À peine sorti du musée, Martin eut la désagréable

99

surprise de voir sa vieille Audi se faire embarquer par la fourrière.

— À quoi vous jouez, là ! hurla-t-il à l'agent verbalisateur.

— Désolé, monsieur, mais vous êtes garé sur un couloir de bus et la mise en fourrière a déjà débuté.

— Je suis flic ! J'étais en planque avec ma voiture !

— Ce véhicule n'appartient pas au parc de la police nationale, objecta l'agent. Nous l'aurions vu lorsque nous avons rentré l'immatriculation pour les vérifications d'usage.

— Je suis là, maintenant. Alors rendez-moi ma caisse, OK ?

— Si vous êtes flic, vous connaissez la procédure : pour interrompre le remorquage, il vous faut acquitter une amende, ainsi que les frais correspondant à l'enlèvement.

Martin regarda sa vieille TT version 98. Encristée dans les griffes du remorqueur, elle faisait bien son âge et même davantage : porte enfoncée, carrosserie couturée de multiples rayures... Autant de cicatrices du temps où il travaillait aux Stups. Au mépris des textes de loi, il avait toujours utilisé dans son métier son véhicule personnel plutôt que les Citroën merdiques de la police. À l'arrière de l'Audi, on trouvait même l'impact d'une balle perdue, souvenir de l'arrestation musclée d'un dealer. Peut-être était-il temps d'en changer. Ce n'était pas l'envie qui lui manquait, mais il n'avait pas un sou vaillant sur son compte en banque.

— C'est bon, je vais payer, soupira Martin.

Il fouilla dans la poche du coupe-vent, mais ne trouva pas son portefeuille, qu'il avait laissé avec son blouson dans les locaux de la Fluviale.

Résigné, il prit la fiche descriptive de l'état du véhicule que lui tendait l'agent et regarda le remorqueur s'éloigner.

Il retourna ses poches : il n'avait pas le moindre euro pour prendre un taxi ou se payer un ticket de métro. Tant pis, il était bon pour une balade matinale à travers Paris.

Il y a des jours comme ça...

Le Colibri survolait la campagne normande.

L'hélicoptère était doté d'une cabine spacieuse offrant un confort de vol appréciable ainsi qu'une excellente visibilité. De plus, son rotor de queue caréné le rendait très silencieux.

Archibald enclencha le pilote automatique et but une nouvelle rasade de whisky. Il ferma les yeux pour mieux se perdre dans les saveurs de l'alcool. Ce n'était pas bien raisonnable, mais peu de choses l'étaient dans sa vie, alors...

Après une heure de vol, il était passé à la verticale du Mont-Saint-Michel puis de Saint-Malo. La baie de Saint-Brieuc traversée, il s'abandonna à la beauté des paysages du nord du Finistère qui alternaient plages de sable, petites criques et ports de pêche, puis il repéra l'île de Batz au large de Roscoff. Le GPS émit un signal lui notifiant qu'il était à moins de trois minutes de son lieu de pose. Il coupa son pilote automatique, fit une approche face au vent d'ouest et se posa dans le parc arboré de l'une des belles maisons de l'île. Incrustée dans la roche, la propriété avait les pieds dans l'eau, un long ponton, deux anneaux d'amarrage et un garage avec *slipway*.

Archibald ne resta que quelques minutes sur le sol breton, le temps de refaire le plein de carburant. Il respira l'air iodé et vivifiant et mit le cap sur l'Écosse.

Abîmé de fatigue, Martin remontait le boulevard Raspail. La nuit avait été longue, marquée par l'excitation et la déception. Il s'était pris pour un grand flic, mais il n'en avait pas l'étoffe. McLean avait joué avec lui et il s'était laissé manipuler comme un bleu, tombant à pieds joints dans ses pièges. Il s'était figuré qu'il pourrait baiser le système à lui tout seul. Il s'était cru plus malin que ses collègues et, surtout, il avait sous-estimé son adversaire : le vieux avait non seulement un cerveau, mais aussi des couilles. Il était capable de prendre des risques énormes et de bluffer comme un joueur de poker. Cette fois, Martin ne pouvait que capituler : l'insolence et l'intelligence du voleur forçaient vraiment l'admiration.

Le jeune flic traversa la place Le Corbusier et arriva au niveau de l'hôtel Lutetia. La façade Art déco du palace de Saint-Germain-des-Prés brillait de mille feux dans le bleu nuit du petit matin. Sur le tapis rouge de l'entrée, le portier et le voiturier attendaient la sortie de deux riches clients en discutant devant une Lamborghini dernier modèle et une berline allemande aux vitres fumées. Le luxe des lieux renvoya Martin à sa petite vie de fonctionnaire, incapable de se payer une nouvelle voiture, incapable de saisir la chance de sa vie lorsqu'elle se présentait.

Carrefour Vavin, boulevard du Montparnasse. Balzac, statufié par Rodin et drapé dans sa robe de moine majestueuse, avait des allures fantomatiques. Martin réfléchissait à son avenir professionnel, bien compromis par son échec de cette nuit. Il ne perdrait pas son poste, mais les six prochains mois allaient être difficiles. Loiseaux le mettrait au placard en l'envoyant en mission de conseil auprès du ministère de la Culture, le privant ainsi de terrain et d'action.

XIVe arrondissement, le bâtiment avant-gardiste de la fondation Cartier. Tout en transparence, la façade de verre laissait voir un jardin intérieur immense où plusieurs centaines d'espèces végétales évoluaient au fil des saisons sous l'œil des passants. Mais ce matin, Martin n'était pas d'humeur à observer les plantes. Il n'arrivait pas à se défaire du souvenir d'Archibald. Il avait observé ses moindres gestes, traqué la moindre inflexion de sa voix, cherchant à saisir en lui une vérité enfouie, le début d'une explication. Il se souvenait de l'assurance qu'il dégageait, de son regard, de cette capacité qu'il avait de lire en lui. Archibald n'était pas comme il l'avait imaginé. En trois minutes de confrontation, il en avait plus appris sur lui qu'en près de quatre ans d'enquête. À présent, il connaissait son âge et son visage. Il avait aussi la conviction que tous ces vols avaient un sens caché. L'argent n'était pas la principale motivation d'Archibald, il en était certain. Il y avait autre chose de plus secret et de plus intime.

Place Denfert-Rochereau, la circulation commençait à se densifier. Près du pavillon de gauche, quelques touristes japonais faisaient déjà la queue pour visiter les catacombes et frémir en parcourant les galeries souterraines où étaient conservés des millions d'ossements parisiens, anciens « locataires » du cimetière des Innocents.

Martin étouffa un bâillement. Il avait envie d'un café, d'une cigarette et d'une bonne douche. Sa petite baignade dans la Seine l'avait enrhumé et lui faisait traîner une odeur douteuse.

Avenue Reille, il retrouva les contours rassurants du réservoir de Montsouris, la plus grande réserve d'eau potable de la ville, camouflée sous une collinette aux flancs gazonnés. L'endroit était verdoyant, presque champêtre, mais protégé par une multitude de caméras : l'eau collectée ici provenait des rivières du sud-est parisien et approvisionnait une bonne partie des quartiers de la capitale.

En arrivant square Montsouris, il se força à chasser de son esprit l'image obsédante d'Archibald. Le visage de Karine, son ancienne coéquipière, s'imposa progressivement. Il avait fait le malin devant elle, mais il avait été ému de la revoir. Le souvenir de son sourire et de ses yeux rieurs était à la fois douloureux et apaisant. Il faisait écho à cette solitude qui le cernait depuis l'enfance. Une solitude qu'il recherchait comme une protection, mais qui finirait par le détruire.

L'hélicoptère survolait le nord de la mer d'Irlande et se rapprochait de la côte des Highlands écossais. Porté par un vent du sud-ouest, le Colibri avait parcouru près de 700 kilomètres et ses réservoirs étaient presque à sec. Archibald aperçut l'immense yacht à trois ponts, long de 50 mètres, qui battait pavillon des îles Caïmans.

Capable d'embarquer 70 000 litres de carburant, le *Couach 5000* pouvait traverser l'Atlantique en dix jours à une vitesse de trente nœuds. Archibald considérait ce bateau fonctionnel comme son sanctuaire. Une forteresse au design avant-gardiste, conçue pour naviguer par tout temps dans les coins les plus reculés. Un 4 × 4 des mers, prêt à affronter les bourrasques et les situations d'urgence.

Il se posa en douceur à l'arrière de l'*upper deck*, sur une vaste plateforme transformée en helipad, attrapa son sac marin et sauta à terre. Le vent soufflait, mais il n'y avait pas un seul nuage à l'horizon. Un soleil radieux éclaboussait le pont où les quatre hommes d'équipage – des anciens de la Navy qui ne connaissaient pas sa véritable identité – saluèrent leur patron. Archibald échangea quelques mots avec eux et monta l'escalier qui conduisait au pont principal.

— Bonjour, Effie.

— Bonjour, Archie.

Avec ses cheveux ramenés en chignon, sa tenue stricte et son allure distinguée, Miss Euphenia Wallace ressemblait à une gouvernante anglaise de la plus pure tradition. Depuis dix ans, cette médecin « retraitée » du *Secret Intelligence Service* était la fidèle femme de confiance de McLean. Tout à la fois gouvernante, garde du corps et confidente, elle protégeait l'identité de son employeur qu'elle était seule à connaître. Sous ses allures *old school*, cette championne de tir et ceinture rouge de taekwondo tenait davantage du *bodyguard* que de Mary Poppins.

— Tout s'est bien déroulé ?

— Aucun problème.

Les portes de verre s'ouvrirent sur un salon à la décoration luxueuse et minimaliste avec ses appliques de cristal, son parquet en acajou blanchi, ses sièges en cuir et ses meubles aux lignes épurées. Une étonnante baie vitrée proposait une vue à 360° et inondait le salon de lumière, donnant l'impression d'être encore au grand air.

Archibald sortit la toile de son sac pour la présenter à Effie. Elle resta sans voix pendant quelques secondes, contemplant l'autoportrait avec une réelle émotion.

— Et le jeune policier ? demanda-t-elle.

107

— Il a marché à fond, exactement comme je l'avais prévu.

— Tant mieux.

— Tu étais inquiète ?

— J'ai relu son dossier. Ce flic me paraissait imprévisible. Je trouve que tu prends trop de risques.

— Le jeu en valait la chandelle, non ? fit-il en montrant le Van Gogh. Et puis, nous avons identifié tous les flics qui me poursuivent. Je les surveille. Je connais plus de choses sur eux qu'eux sur moi.

— Celui-ci est différent.

— Non, il est comme les autres.

— Il a deviné pour les anniversaires des peintres, objecta Effie.

— Pfft, se moqua Archibald en haussant les épaules. N'importe quel âne l'aurait deviné.

— Il te traque depuis trois ans.

— Le FBI me traque depuis vingt-cinq ans !

Les bras croisés, le voleur fixa d'un air songeur un grand écran plat qui, grâce à une caméra sous-marine, retransmettait en direct la vie subaquatique autour du navire.

— Ce jeune homme a encore tout à apprendre, trancha-t-il au bout d'un moment. Il est impatient et mal dans sa peau, avec des pics de vantardise au milieu d'un désert de confiance. Trop prétentieux sur ses qualités de flic et souffrant d'un manque évident d'estime de soi pour tout le reste.

— Il pourrait devenir dangereux.

— Pour être dangereux, il lui faudrait s'instruire et pour s'instruire, il lui faudrait être moins orgueilleux.

McLean s'installa devant la table de verre sur laquelle un cuisinier venait de déposer l'un de ses plats favoris : tournedos Rossini et pommes grenailles sautées au thym.

Jugeant que la conversation était terminée, Effie s'apprêtait à quitter le salon de fort méchante humeur lorsque Archibald la rappela.

— Ce type, Martin Beaumont…

— Oui ?

— J'aimerais relire son dossier.

— Je te l'apporte.

Martin s'engagea square Montsouris, une ruelle pavée et pentue qui rappelait les plus beaux coins du quartier de Beacon Hill dans le vieux Boston. Le long du sentier arboré se côtoyaient les ateliers d'artistes et les pavillons bourgeois construits dans les Années folles à l'heure de gloire de l'Art nouveau. Plus il s'enfonçait dans la rue, plus la végétation se faisait luxuriante. Le lierre grimpant s'accrochait aux façades, les glycines embaumaient le passage, tandis que l'architecture devenait plus baroque avec ses colombages multicolores, ses balcons sculptés, ses vitraux en lucarne et ses frises de mosaïques. Ce paradis de verdure respirait le calme et passait pour l'une des rues les plus prisées de la capitale. Un endroit dans lequel n'aurait jamais pu habiter un flic qui gagnait deux mille euros par mois...

Pourtant, Martin poussa le portillon d'un petit jardin qui menait à un atelier de peintre coiffé d'une verrière.

La maison appartenait à une vieille Anglaise, Violet Hudson, muse et dernière épouse du peintre américain Henry Hudson, l'une des figures des Nabis, ces artistes férus d'ésotérisme et de spiritualité qui, à l'orée du XXe siècle, avaient participé à tous les combats de l'avant-garde. Hudson était mort en 1955, laissant une bonne partie de ses œuvres à sa femme. Au fil des années, la cote du peintre avait grimpé en flèche, mais Violet avait toujours refusé de se séparer de ses tableaux, des nus splendides et sensuels qui la représentaient à l'acmé de sa beauté, les cheveux flottants, le corps caressé de drapés vaporeux, qui rappelaient à la fois Klimt et Mucha.

Deux ans auparavant, au milieu de la nuit, la vieille dame s'était fait agresser et ligoter pendant que l'atelier était dévalisé d'une bonne partie de ses toiles. L'OCBC s'était occupé de l'affaire et Martin qui adorait le peintre s'était passionné pour cette enquête. Le vol avec violence n'était pas un travail de pro, ni un contrat passé par un collectionneur. Il traduisait la précipitation et l'improvisation. Martin avait parié sur l'acte d'un toxico, pressé d'aller dévaliser une petite vieille pour se procurer de l'argent facile. Grâce à quelques indices qu'il avait gardés du temps de son passage aux Stups, il avait remonté facilement la piste du voleur, parvenant à retrouver la plupart des tableaux dans des consignes de la gare du Nord.

Martin s'était pris d'amitié pour Violet, dont il appréciait la culture et l'excentricité. À l'issue de l'enquête, la vieille dame lui avait demandé de superviser l'installation d'un système d'alarme et de la conseiller pour assurer son patrimoine. Elle cherchait également un locataire pour arrondir ses fins de mois et le jeune flic avait su gagner sa confiance.

Sans faire de bruit pour ne pas réveiller sa logeuse, il emprunta le petit escalier en spirale qui le conduisit directement au premier étage de la maison – l'ancien atelier du peintre où il s'était installé. Après être resté longtemps sous la douche, il se jeta sur son lit et sombra dans un sommeil agité.

7

Les duellistes

> *Je sais maintenant que ce qui fait d'un homme un imbécile, c'est son inaptitude à suivre même les bons conseils qu'il se donne à lui-même.*

William FAULKNER

— Hello, *Mr. Bad Guy.*

D'un air pensif, Archibald gratta la tête du chat qui se frottait contre sa jambe. L'animal ronronna de plaisir et étira de tout son long sa fourrure noir et roux qui brillait au soleil comme des écailles de tortue.

McLean se leva de table et prit le chat dans ses bras pour aller s'installer au creux d'un canapé. Il piocha un Cohiba long et fin dans la boîte à cigares ouverte devant lui et attrapa le rapport consacré à Martin Beaumont.

Rédigé par une officine privée, celui-ci était bien fourni : photos volées, comptes rendus de filatures, relevés de factures téléphoniques, données bancaires... On y trouvait surtout la copie intégrale de son dossier professionnel à l'en-tête de la Préfecture de police. Autant de données collectées dans la plus grande illégalité, mais, à l'heure de la guerre économique et de l'essor du renseignement privé, certains flics ripoux monnayaient leur accès aux fichiers prétendument sécurisés de l'administration.

Tout homme a un prix, dites-moi le vôtre, pensa Archibald en chaussant de fines lunettes de vue.

Martin Beaumont, né de père inconnu le 5 juin 1974 à Antibes dans le sud de la France. Sa mère, Mylène, travaille pour une entreprise d'entretien. Le soir, depuis des années, elle fait le ménage à la bibliothèque municipale. Souvent, elle y emmène son fils, qui en profite pour faire ses devoirs et s'initier à la lecture.

Mai 1988 : Mylène se tue dans un accident de voiture, à Nice, près de la promenade des Anglais. Son fils de quatorze ans est grièvement blessé. Il passe deux jours dans le coma, mais sort de l'hôpital trois mois plus tard sans autres séquelles que quelques cicatrices sur le torse.

Jusqu'à son bac, Martin va vivre chez ses grands-parents, de modestes employés domiciliés dans la cité des Pyramides, à Évry. Les photocopies de ses bulletins scolaires témoignent d'un élève sérieux et appliqué, surtout dans les matières littéraires.

En *1992*, il décide pourtant de passer un bac scientifique qu'il obtient davantage grâce à ses notes en histoire (19), en philosophie (17) et en français (18) qu'en maths (7) et en physique (6). Il reçoit également un deuxième prix de conservatoire en violon.

La même année, il quitte l'appartement de ses grands-parents après avoir obtenu une bourse et une chambre en Cité U.

1995 : licence de droit à la Sorbonne. Puis part pendant deux mois à San Francisco pour perfectionner son anglais. Se trouve un petit boulot à la cafétéria de l'université de Berkeley.

1996 : double maîtrise : droit et histoire de l'art pour laquelle il obtient une mention « très bien », grâce à son mémoire de fin d'études consacré à la collaboration entre Alfred Hitchcock et le graphiste Saul Bass.

1997-1999 : réussit du premier coup le concours d'officier de police et effectue sa formation à l'École nationale supérieure des officiers de police de Cannes-Écluse, dont il sort troisième de sa promotion.

2000 : choisit d'être affecté à la Brigade des stupéfiants de Nanterre sous prétexte que son meilleur ami d'enfance est mort d'une overdose avant d'avoir pu fêter son dix-huitième anniversaire. Rapidement, on repère ses qualités et il devient l'un des piliers de la brigade en participant à de nombreuses descentes dans les boîtes parisiennes. Grâce à son look d'étudiant, il prend une part active au démantèlement du trafic de drogue à l'intérieur de l'université. Une affaire médiatisée qui débouche sur la saisie de milliers de comprimés d'ecstasy, de quatre cents grammes de cocaïne et des premiers échantillons de GHB.

2002 : pour suivre son patron, il est muté à la Brigade des stupéfiants de Paris. Là, il travaille sur des affaires plus délicates. Trois ans avant que la loi Perben ne légalise le dispositif, il fait partie, avec une dizaine d'autres flics, des agents sélectionnés pour surveiller de l'intérieur les réseaux des trafiquants. Un monde cloisonné, à la marge de la légalité et des hiérarchies classiques. Un monde de « zombies », le surnom que s'est donné le groupe, en référence à leur apparence physique qui doit leur permettre de se fondre parmi les toxicos. Se fondre signifie en l'occurrence leur fournir des armes, des véhicules et des faux papiers, acheter et transporter de la dope, mais aussi accepter à l'occasion de prendre un rail de coke ou un shoot d'héroïne pour donner le change. Sans, bien sûr, que votre nom apparaisse jamais dans le dossier.

C'est à cette époque que Martin commence une relation amoureuse avec sa « couvreuse », Karine Agneli, la flic chargée de le suivre à distance et de rédiger la procédure.

Le métier est pénible, mais permet de beaux coups de filet : démantèlement de plusieurs labos clandestins de crystal meth, interpellation sur l'autoroute du Sud d'un convoi de trois bolides partis en *go fast* depuis Barcelone, saisie de deux cents kilos de cannabis et de quatre kilos de cocaïne. Autant d'affaires qui lui permettent de passer au grade de capitaine en un temps record.

Puis les choses se compliquent fin 2003. Subitement, Martin semble ne plus supporter son rôle d'agent *undercover*. À l'issue d'une affaire confuse et glauque, il demande sa mise en disponibilité qui lui est refusée. Sa hiérarchie préfère l'orienter vers les psychologues maison qui, à coups de rapports fumeux, le qualifient *d'asocial*, de *personnalité borderline*, ou lui annoncent qu'il souffre de *troubles bipolaires*.

Au terme d'un bras de fer de plus d'un an, il obtient finalement sa mutation à l'OCBC, l'Office central de lutte contre le trafic des biens culturels, en janvier 2005. Sous les ordres du colonel Loiseaux, il redevient le flic performant qu'il avait cessé d'être, affichant le meilleur taux d'élucidation de l'Office. En même temps, il suit une formation continue à l'Institut d'études supérieures des arts où il obtient de bons résultats. Son nouveau travail semble le passionner. Pourtant, le comportement de Beaumont se radicalise : il devient rétif au travail en équipe, s'enferme dans une démarche solitaire et se met à dos la plupart de ses collègues. Loiseaux laisse faire, car Martin est un bosseur qui, en plus, a le bon goût de ne pas se mettre en avant, lui permettant souvent de s'attribuer ses mérites. L'OCBC a besoin de résultats, surtout sur les affaires médiatisées comme le vol de deux toiles de Picasso dans le propre hôtel particulier parisien de la petite-fille du peintre. Encore une fois, c'est Martin qui obtient le tuyau décisif qui conduit à l'interpellation des trois malfaiteurs par la BRB. Estimés à cinquante millions d'euros, *Maya à la poupée* et le *Portrait de Jacqueline* sont retrouvés en bon état et Loiseaux s'offre son quart d'heure de gloire au journal télévisé.

Archibald tournait les pages du rapport avec de plus en plus d'intérêt.

Les derniers feuillets étaient consacrés à un volet plus personnel de la vie du flic. Son nom apparaissait deux fois au Stic, le fichier tentaculaire des infractions qui recensait les noms des victimes et des gardés à vue. Deux affaires liées à la prostitution qui impliquaient la même femme : une Ukrainienne connue sous le nom de Nico, qui tapinait du côté de la porte d'Asnières. Les photos où on les voyait ensemble n'étaient pas des clichés glauques, mais dégageaient au contraire quelque chose de romantique : un dimanche après-midi au jardin du Luxembourg, une promenade au Champ-de-Mars, une soirée de printemps sur la grande roue des Tuileries, un dîner partagé dans un restaurant place Dauphine.

Autre zone d'ombre : ses rendez-vous hebdomadaires à la Maison de Solenn, la structure médicale du XIVe arrondissement, spécialisée dans la prise en charge du mal-être des adolescents. Malgré ses efforts, le détective qui l'avait suivi n'avait pas réussi à connaître l'identité du jeune patient auquel Beaumont avait rendu visite.

Pensif, Archibald referma le dossier. Absorbé par la biographie de Martin, il en avait oublié d'allumer son cigare.

En tout cas, Effie avait raison : ce flic était différent des autres.

Martin sentit une langue baveuse lui chatouiller le visage.

— Mandoline ! Fous-moi la paix !

Mais le cocker anglais ne l'entendait pas de cette oreille. Martin finit par jouer quelques minutes avec la chienne. Mandoline était un vrai pot de colle, elle ne supportait pas la solitude et mordillait tout ce qui lui tombait sous la dent. Il l'avait ramassée dans la rue, au détour d'une perquisition chez un receleur de Montparnasse. Le type s'était fait la belle depuis plusieurs jours, abandonnant son chien qui hurlait à la mort devant la porte. Martin l'avait embarqué dans sa voiture, direction le refuge de la SPA d'Orgeval. Pendant la demi-heure de trajet, Mandoline avait trouvé le moyen de baver sur la sellerie et de perdre ses poils partout. Pourtant, en arrivant sur le parking, elle lui avait fait le coup des sanglots et du regard triste et il s'était laissé avoir…

Le jeune flic regarda l'heure : midi passé. Torse nu et en caleçon, Martin se leva et traversa l'ancien atelier pour gagner le coin cuisine. Tout en longueur, l'étage était agencé à la manière d'un loft lumineux. Sans être bordélique, l'endroit était « décoré » de façon éclectique et foutraque qui traduisait la personnalité de son locataire. Sur une bibliothèque en bois cérusé, une collection de mangas côtoyaient les classiques de la Bibliothèque de la Pléiade, les grands romans russes se mélangeaient aux albums de Sempé, tandis qu'une figurine guerrière de Dark Vador menaçait de son sabre laser un Tintin en résine tout droit sorti du *Lotus bleu*.

Dans un coin de la pièce, au pied de la dernière sculpture d'Henry Hudson – le visage d'une jeune fille fantomatique qui émergeait d'un bloc de marbre –, une console Playstation croulait sous une pile de jeux vidéo. Sur le mur, des affiches d'expositions récentes : Modigliani au Luxembourg, Nicolas de Staël à Beaubourg, Picasso au Grand Palais. À côté de la bibliothèque, des étagères métalliques supportaient une collection de plusieurs centaines de DVD : tout Hitchcock, Truffaut, Lubitsch, Kubrick, Tarantino, des dizaines de séries américaines téléchargées en *peer-to-peer*, quelques films hongkongais, quelques pornos…

Martin ouvrit la porte du frigo pour s'emparer d'une canette de Coca Zero et d'une plaquette de beurre. Il trouva des tranches de pain de mie dans le placard et se prépara quatre tartines de sa spécialité : moitié Nutella, moitié lait concentré. Entre les bouchées sucrées, il avala un comprimé d'Effexor et un autre de Veratran : cocktail léger d'antidépresseur et d'anxiolytique pour faire taire les bruits de l'enfance, le frisson de l'aiguille, les fantômes du passé et la peur de demain. Sans doute aurait-il mieux fait d'enfiler ses baskets et d'aller courir une heure, mais il n'était pas dans l'un de ses jours vertueux. Tout en mangeant, il alluma son iPod connecté à des enceintes et programma une playlist hétéroclite.

Il faisait beau. La lumière éclatante qui arrosait le jardin l'incita à s'installer sur la terrasse. Avant de sortir, il enfila un tee-shirt qui fit disparaître *l'étoile surplombant la dune*, le dessin tatoué sous sa clavicule, celui de la dernière page du *Petit Prince, « le plus beau et le plus triste paysage du monde »*, où l'enfant était apparu sur la terre et où il avait disparu.

Sur la petite table en fer, il posa son ordinateur portable et sa canette de Coca entamée. Pensif, il alluma le Mac en se remémorant les événements de la veille. Le bureau de son ordinateur avait besoin d'un grand ménage. L'écran était envahi de documents et d'articles téléchargés. Mais dans ce désordre, une icône plus brillante que les autres se repérait au premier regard. Le dossier, illustré d'une Croix du Sud, était sobrement intitulé : ARCHIBALD. Il cliqua sur l'icône et accéda aux dizaines de gigaoctets de données qui compilaient toutes les informations collectées sur McLean :

scans d'articles de presse, communiqués d'Interpol, rapports détaillés des vols effectués sur le territoire français, descriptifs et photos des œuvres dérobées, films d'actualité. Quelque part dans les entrailles de l'ordinateur se trouvait le secret d'Archibald McLean. Tous ces vols avaient un sens caché, Martin en était certain. Le point faible du « roi de la cambriole » ne tenait pas dans sa technique, mais dans la motivation de ses vols. Qu'est-ce qui faisait courir McLean ? Martin ne pourrait jamais l'arrêter sans avoir d'abord répondu à cette question.

Découragé par l'ampleur de sa tâche, il rentra dans la maison. Il se coucha sur le lit et tira d'une enveloppe en carton deux feuilles de papier à cigarette qu'il colla l'une à l'autre en les humectant. Puis il attrapa son paquet de Dunhill et fendit l'une des tiges pour en récupérer le tabac. Enfin, il préleva dans sa réserve une petite barrette de cannabis emballée de papier alu. Avec son briquet, il brûla l'un des bouts et le dispersa au-dessus du tabac. Il allait allumer le joint lorsqu'une force invisible le poussa à retourner sur la terrasse pour s'installer devant l'écran de l'ordinateur. Archibald était plus fort que le shit.

Martin se fit d'abord du café, puis commença à parcourir méthodiquement des documents qu'il avait déjà lus des dizaines de fois. À la lumière de sa rencontre avec McLean, il espérait trouver un indice, une piste qu'il aurait précédemment négligée. La carrière du voleur s'étalait sur près de vingt-huit ans et était rythmée par un nombre impressionnant de coups d'éclat.

1982 – Premier vol connu d'Archibald : le cambriolage de la Lloyd's Bank, en plein cœur de Londres, l'un des plus gros casses jamais réalisés en Grande-Bretagne. La première fois aussi qu'il laissait sur les lieux du crime sa célèbre carte de visite ornée de la Croix du Sud.

1983 – Paris. Une série de vols chez les plus célèbres joailliers de la place Vendôme : Cartier, Van Cleef et Boucheron. Des numéros de déguisement dignes du transformiste Fregoli pour un butin faramineux.

1986 – Musée national de Suède. Cinq minutes lui suffisent pour s'emparer de deux Renoir et d'un Watteau.

1987 – Musée Guggenheim de New York : vol d'un Kandinsky et d'un Mondrian.

1990 – Anvers. Muni d'un faux passeport, Archibald réussit à gagner la confiance d'une employée de la banque des diamantaires. La jeune femme lui remet un accès VIP à la salle des coffres, lui permettant ainsi de faire main basse sur une trentaine de diamants bleus pour la bagatelle de vingt millions de dollars.

1993 – Paris. Il pénètre dans l'hôtel particulier de Pierre Berès, le plus grand libraire du monde, et en ressort avec le joyau de sa bibliothèque, le livre parfait : l'exemplaire original d'*Une saison en enfer*, dédicacé par le poète : *à P. Verlaine, A. Rimbaud.*

1998 – Boston. Le plus grand vol d'œuvres d'art de tous les temps sur le sol américain. McLean effectue une razzia à la Rebecca Stewart Foundation : deux Rembrandt, un Vélasquez, un Manet, un vase chinois de la dynastie Ming ainsi qu'un bronze de Rodin. Un butin estimé à près de trois cents millions de dollars. Aujourd'hui encore, le FBI n'avait pas classé l'affaire et le *district attorney* de Boston répétait à chaque conférence de presse qu'il ne prendrait pas sa retraite avant d'avoir fait enfermer McLean.

2001 – Dans le coffre d'une banque de Philadelphie, il s'empare du *One Cent Magenta* de 1856 : l'un des timbres les plus chers au monde, un rectangle de papier de moins d'un gramme et d'à peine 1 cm^2. Le Graal des philatélistes.

2005 – Le vol que l'Angleterre ne lui pardonnera jamais. McLean humilie la famille royale en s'introduisant au château de Balmoral, la résidence d'été de la reine, et en repartant avec le Vermeer préféré de la souveraine, ainsi qu'avec une dizaine de dessins de Léonard de Vinci. Pour narguer

Scotland Yard, Archibald se paie même le luxe de laisser un message sur le mur : *À Sherlock Holmes de jouer maintenant !*

2007 – L'année des milliardaires français. François Pinault d'abord avec le vol d'un Andy Warhol au palazzo Grassi de Venise. Puis Bernard Arnault, délesté d'un beau Basquiat.

Absorbé par son travail, Martin mit plusieurs secondes avant de se rendre compte que quelqu'un frappait à la porte de sa chambre.

— Entrez ! invita-t-il en levant la tête et en glissant le joint dans sa poche.

Archibald sortit du petit ascenseur de verre qui arrivait directement dans sa chambre. La *master cabin* occupait la plus grande partie du pont supérieur. Meublée dans le style Art déco, elle était plus chaleureuse que le salon avec sa cheminée et son mobilier géométrique incrusté de plaquettes de nacre et d'ébène.

Archibald s'installa à sa table de travail. Un profond abattement le saisit brusquement. Paupières closes, il se massa les tempes pour chasser un début de migraine. Après chaque vol d'envergure, il éprouvait une certaine lassitude, proche du *baby-blues*. Mais là, c'était différent, il n'avait jamais été aussi épuisé et il dut se faire violence pour ouvrir les yeux. Au milieu du bureau, une grande enveloppe kraft était posée à son intention. Il palpa l'étui cartonné sans se décider à l'ouvrir. Depuis près de vingt ans, la même enveloppe lui parvenait chaque semaine : le rapport d'un détective privé californien chargé d'une filature très serrée.

Il décacheta l'enveloppe à contrecœur et se plongea dans la lecture du compte rendu avec un mélange de curiosité et de répulsion. À l'intérieur, des photos d'une jeune femme ainsi qu'un relevé minutieux de son emploi du temps et des gens qu'elle fréquentait. Une transcription de ses conversations téléphoniques et du contenu de ses courriels, le diagnostic d'un médecin qu'elle avait consulté et la liste des médicaments prescrits. Les clichés avaient été pris à San Francisco et à Sausalito, une petite ville de la baie. Ils montraient une femme d'une trentaine d'années, à la beauté sauvage et mélancolique et au regard dur et fuyant.

Elle.

Comme à chaque fois, Archibald se persuada que cette intrusion dans l'intimité de sa fille était la dernière. Il fallait qu'il trouve le courage de lui parler. Il fallait qu'il passe de la peur à l'amour.

Son amour était fort.

Mais à chaque fois, la peur prenait le dessus.

— Si vous continuez à si mal vous nourrir, vous finirez par tomber malade !

Mrs. Hudson pénétra dans l'antre de son locataire et posa d'autorité un plateau-repas sur la table de la terrasse. La vieille Anglaise avait mitonné un *english breakfast* de sa spécialité : toasts à la marmelade d'oignons, bol de porridge, tourte aux rognons, gelée tremblotante couleur grenadine…

— Hum, ça sent bon ! fit Martin sans grand enthousiasme.

Sa logeuse n'était pas précisément un cordon-bleu, mais il lui était reconnaissant de ses attentions. Elle prenait soin de lui comme lui prenait soin d'elle.

— Je vous ai mis votre courrier ainsi qu'un paquet qu'on vous a livré ce matin. Pour ne pas vous réveiller, je me suis permis de signer le bon de livraison à votre place.

Martin la remercia. Son courrier se résumait à sa facture France Telecom ainsi qu'à la publication sous plastique qu'éditait sa mutuelle tous les deux mois. Il jeta les enveloppes sans même les avoir décachetées puis s'intéressa au paquet : un Chronopost contenant un petit coffret en bois de santal marqueté.

Martin ouvrit la boîte pour découvrir une bouteille de champagne couchée dans son écrin.

DOM PÉRIGNON
ROSÉ VINTAGE 1959

Il fronça les sourcils et inspecta le coffret à la
recherche d'une carte de visite.

Rien.

Il retourna le Chrono : le paquet avait été
posté la veille, peu avant midi, dans un bureau
du VIe arrondissement. En tout cas, son admirateur
secret ne s'était pas foutu de lui. Dom Pérignon
était la marque de champagne la plus célèbre du
monde. Une bouteille millésimée devait coûter une
véritable fortune.

Une intuition le ramena devant son ordinateur où
il lança le programme TREIMA. La photothèque
de l'OCBC était unique au monde et contenait
la description détaillée et les images de plus de
quatre-vingt mille biens culturels volés en France
et à l'étranger. Grâce à cet outil, un objet saisi
lors d'une perquisition pouvait être immédiatement
identifié et restitué à son propriétaire. Martin avait
chargé la base sur son ordinateur portable pour
pouvoir l'emporter avec lui sur le terrain. Il entra
quelques données et, presque instantanément, le

logiciel rendit son verdict : les bouteilles avaient été volées l'année dernière, dans des circonstances jamais élucidées, juste après une vente aux enchères. Martin cliqua sur le lien hypertexte qui renvoyait à une dépêche d'agence évoquant la vente :

Enchère record
lors d'une vente historique
à New York !

Le 25 avril dernier a eu lieu chez Sotheby's une vente exceptionnelle de bouteilles de champagne, parmi lesquelles deux flacons historiques de *Dom Pérignon Rosé Vintage 1959* adjugés pour la somme de 84 700 dollars.

Considéré comme le joyau de Dom Pérignon, ce vin mythique n'a été produit qu'à trois cents exemplaires et jamais commercialisé. La plupart des bouteilles furent servies en 1971 au gotha mondain réuni lors des fêtes somptueuses données pour l'anniversaire de la fondation de l'Empire perse.

> Depuis, le millésime avait disparu
> du marché pour réapparaître avec
> éclat à cette vente historique.

Le jeune flic n'en crut pas ses yeux : la bouteille qu'il avait devant lui valait donc plus de 40 000 dollars ! Il poursuivit sa lecture avec fébrilité. Sur le vol lui-même, on ne savait presque rien. Une seule chose était certaine : lorsque le nouvel acheteur s'était présenté pour prendre possession de son bien, les bouteilles avaient disparu, remplacées par la carte de visite la plus redoutée des milieux de l'art.

Martin resta un moment immobile, paralysé par le « cadeau » qu'il venait de recevoir.

Dans sa tête s'affrontaient des voix contraires. Bien sûr, cette bouteille n'était pas à lui. C'était une pièce à conviction qui devait être restituée à son propriétaire, mais...

— Je vous offre une petite coupe, Mrs. Hudson ?

— C'est pas de refus, répondit la vieille Anglaise en s'asseyant sur la terrasse. Ça me changera de mon sherry.

Martin ouvrit la bouteille avec d'infinies précautions, curieux de savoir si, après cinquante ans, le champagne avait conservé ses bulles. Il trinqua avec Mrs. Hudson et porta la coupe à ses lèvres. Il ne fut pas déçu : le vin était sublime et donnait l'impression de boire de l'or ou un élixir de longue vie.

Alors, comme régénéré, Martin leva la coupe vers le ciel. Philosophe, il se dit que la valeur d'un homme se jugeait aussi à celle de ses ennemis.

Il avait perdu la première manche, mais le combat ne faisait que commencer.

Vêtu d'un pull à col roulé, Archibald rejoignit Effie à l'avant du *fly*, l'endroit le plus élevé du yacht, aménagé en salle de sport en plein air. Une serviette autour du cou, l'Anglaise enchaînait les exercices depuis plus d'une heure : haltères, Power Plate, sac de frappe, tapis roulant… Archibald lui proposa un apéritif, mais elle secoua la tête en agitant sa bouteille d'eau minérale. Le voleur haussa les épaules, mais ne fut pas surpris. Effie vivait comme une ascète, s'interdisant certains des plaisirs qu'offrait la vie : la nourriture raffinée, les vins fins, le sexe facile.

Archibald s'installa dans le fauteuil en osier qui faisait face à la mer. L'air s'était rafraîchi et le soleil couchant était à la lutte avec les nuages. De leur combat rapproché giclaient des traînées de sang pourpre et écarlate qui embrasaient le ciel. Il attrapa la bouteille de champagne posée dans le seau à glace à côté de lui et sourit en vérifiant l'étiquette.

DOM PÉRIGNON
ROSÉ VINTAGE 1959

Il ouvrit la bouteille avec soin, s'en servit une coupe et leva son verre en direction du sud-est.

Là où se trouvait la France.

Là où se trouvait Paris.

Et il trinqua avec l'ennemi invisible à qui il avait porté le premier coup d'épée.

8

La clé du paradis

*Notre vie est un livre qui s'écrit tout seul.
Nous sommes des personnages de roman
qui ne comprennent pas toujours bien ce
que veut l'auteur.*

Julien GREEN

**5 mois plus tard
20 décembre – 7 heures du matin
Nanterre, siège de l'OCBC**

— Cette fois, vous devez m'écouter, patron !

Les cheveux en pétard, le teint pâle, le visage
mangé par une barbe de plusieurs semaines,
Martin faisait le siège du bureau du colonel Loiseaux.

Inflexible, le chef de l'OCBC se tenait devant la porte, bien décidé à ne pas céder à son subordonné.

— Vous n'avez rien à faire ici, Beaumont !

— On doit discuter.

— Il n'y a rien à discuter. Vous êtes affecté au ministère de la Culture jusqu'en février.

— J'en ai ma dose de leurs missions à la con. Vous savez où ils m'envoient aujourd'hui ? À Rouen pour y former les employés du musée de la Céramique.

— Et alors ? C'est sûrement un très beau musée.

— Arrêtez de vous foutre de moi et remettez-moi sur le terrain. C'est là que je suis utile.

Le militaire s'emporta :

— Vous vous êtes mis dans la merde tout seul, capitaine, et pour le moment, je n'ai pas la moindre envie de vous en sortir. Et puis…

Il marqua une hésitation avant de laisser libre cours à son indignation :

— Et puis fringuez-vous autrement, bordel ! Vous êtes officier de police, pas lycéen !

Martin soupira. C'est vrai qu'il n'était pas reluisant : jean élimé, Converse en fin de vie, blouson de cuir qu'il portait comme une seconde peau depuis dix ans. Sans parler des cernes autour des yeux et d'un manque de sommeil chronique.

Ces derniers mois avaient été difficiles. Malgré

sa mise au placard, il avait continué à enquêter en solitaire, faisant presque quotidiennement sa tournée des indics, procédant dans le monde de l'art comme dans celui de la drogue : en laissant prospérer les petits trafiquants pour récolter le jour venu un tuyau capable de faire tomber un vrai réseau. Il avait protesté lorsqu'on lui avait suspendu ses codes d'accès informatiques, mais, sans être un hacker aguerri, il s'était débrouillé pour pirater un mot de passe et continuer à accéder aux bases de données confidentielles de manière à suivre les enquêtes qui l'intéressaient.

Quant à ses nuits, il les passait devant son ordinateur ou plongé dans les livres. Il avait mis à plat toute son enquête sur Archibald, avait relu tous les documents disponibles et s'était même déplacé à ses frais pour interroger d'hypothétiques témoins liés à d'anciennes affaires. Surtout, il avait dévoré des ouvrages de psychologie et était retourné voir les psychiatres qui l'avaient emmerdé du temps des Stups. Officiellement pour consulter lui-même, mais en réalité pour les interroger sur la psychologie du voleur. Désormais, il n'avait qu'une obsession : se mettre dans la peau de McLean, entrer par effraction dans sa tête. Devenir Archibald.

Depuis cinq mois le voleur ne s'était pas manifesté. Finis les vols et les provocations ! Martin s'était senti déstabilisé, en manque de matière. Puis il avait compris : après l'autoportrait de Van Gogh, Archibald ne savait tout simplement plus quoi voler ! Dans sa logique, chaque vol suivait un crescendo, chaque œuvre dérobée devait provoquer une émotion ou une difficulté supplémentaire pour procurer sa décharge d'adrénaline. À l'affût d'une occasion, le voleur préférait attendre et Martin était forcé d'en faire autant. Il commençait à trouver le temps long lorsque la situation s'était brusquement débloquée sous la forme d'un communiqué de Christie's arrivé dans sa boîte mail au milieu de la nuit dernière. La célèbre maison de vente aux enchères annonçait une vente exceptionnelle et mystérieuse à San Francisco, la veille de Noël. Après quelques coups de fil et quelques recherches, Martin s'était convaincu qu'Archibald allait frapper de nouveau. Mais ses investigations ne serviraient à rien si Loiseaux ne le laissait pas partir aux États-Unis.

— Beaumont ! Vous allez louper votre train pour Rouen !

Martin haussa les épaules. Le patron de l'OCBC inséra de la monnaie dans le distributeur de lavasse et lui tendit un gobelet cartonné.

— Réintégrez-moi aujourd'hui et je vous amène l'affaire de votre carrière, promit le jeune policier.

L'œil de Loiseaux se fit plus brillant. C'était un bon flic : spécialiste de la police scientifique, il avait été l'un des principaux artisans du fichier français d'empreintes génétiques, mis en place au lendemain de l'affaire Guy Georges. Ses résultats à la tête de l'OCBC étaient honorables, mais le courant n'était jamais passé entre Martin et lui, principalement parce qu'il n'avait pas de passion pour l'art. Loiseaux marchait à l'ambition et ne considérait son poste que comme un marchepied vers des fonctions plus prestigieuses.

— C'est quoi, cette affaire ?

— L'arrestation d'Archibald McLean.

— Décidément, chez vous, c'est une fixette !

— Chacun sa came.

— C'était la dernière fois qu'il fallait venir me voir, Beaumont. Lorsque McLean était en France.

— Bon, ce type, vous voulez l'arrêter ou pas ?

Pour toute réponse, Loiseaux ouvrit la porte de son bureau.

Martin le suivit, son ordinateur portable sous le bras. La pièce était froide et impersonnelle : un « bureau de chef », vaste et fonctionnel, aménagé en petite salle de réunion. Au-delà des fenêtres, Nanterre ployait sous la grisaille. Noyées dans le brouillard, les tours du quartier Préfecture donnaient des envies d'ailleurs. Martin connecta son

MacBook sur l'écran mural et diffusa le diaporama qu'il avait préparé.

La première image représentait une vue aérienne de San Francisco.

Loiseaux s'installa dans son fauteuil.

— Alors, qu'est-ce qu'il va voler cette fois, votre Archibald ? Le Golden Gate ?

— Mieux que ça.

Le patron de l'OCBC croisa les bras et fronça les sourcils.

— C'est-à-dire ?

— *La Clé du paradis.*

New York
Staten Island Hospital
16 heures

La cafétéria de l'hôpital était située au premier étage et dominait un petit parc enneigé.

Assis sur la banquette d'une table solitaire, Archibald McLean n'avait pas touché à son café. Le dos courbé, le visage marqué par la fatigue, il se sentait seul, délaissé, perdu. Depuis quelques semaines, des douleurs aiguës striaient son dos et son abdomen. Il avait perdu du poids, traînait un sale teint jaunâtre et n'avait plus d'appétit pour rien.

Après avoir sans cesse repoussé l'échéance, il s'était résolu à prendre rendez-vous dans ce centre de soins, où il avait enchaîné les examens depuis la veille. On avait analysé son sang, palpé sa vésicule, scanné son abdomen et on lui avait même glissé un tube dans le duodénum. On lui avait promis les résultats et un premier avis médical avant la fin de la journée. À présent, il était vidé de toute énergie, avait des vertiges, mal à la tête et envie de vomir.

Surtout, il avait peur.

En cette fin d'après-midi, la grande salle de la cafétéria était presque vide. Des flocons glacés s'accrochaient aux vitres, complétant les décorations de Noël un peu désuètes qui tapissaient les murs. Près du comptoir, la voix grave de Leonard Cohen s'éleva d'un poste de radio et cueillit Archibald par surprise. Saisi par l'émotion, il se força à boire une gorgée de café, se frotta les paupières et ferma les yeux. La chanson faisait remonter en lui des souvenirs qu'il s'employait d'habitude à repousser. Des images ensoleillées, au goût de nostalgie : la Californie du début des années 1970. Une époque bouillonnante, libérée et tolérante, qui vibrait encore d'une énergie contestataire et pacifiste.

Une parenthèse enchantée. Un jeune couple amoureux au volant d'une décapotable.

Valentine.

Le temps des rires, de l'amour complice et de l'insouciance.

Le temps de Pink Floyd, de Gratefull Dead, du rock psychédélique et du San Francisco Sound.

Valentine, lumineuse et radieuse avec son accent français et la façon qu'elle avait de prononcer son prénom.

Le temps des petits déjeuners au lit, des balades en bateau, de la fureur des corps, de la fureur des cœurs.

Valentine, son souffle, sa chaleur, l'empreinte de ses baisers qui marquait encore ses lèvres.

Valentine, ses cheveux défaits, son odeur de lavande, la musique des battements de son cœur, la carte au trésor de ses grains de beauté.

Le temps où ils étaient heureux.

Puis l'image se fane, s'estompe, s'obscurcit et le bonheur s'infecte de venin.

Archibald ouvrit les yeux comme s'il se réveillait en sursaut. Il se sentait oppressé, cerné par une tristesse abyssale qui menaçait de l'engloutir et contre laquelle il luttait depuis trente ans. C'est pour cela qu'il était devenu « Archibald McLean », le voleur recherché par toutes les polices du monde. Vivre dangereusement vous forçait à rester sur vos gardes, l'esprit en éveil. Seul expédient qu'il ait trouvé pour échapper au fantôme de Valentine.

Une brûlure intense irradia soudain dans son dos et sous ses côtes. Il se pencha en avant pour calmer la douleur et faillit pousser un cri. Avec sa main droite, il chercha la flasque de whisky dans la poche intérieure de son manteau. Il l'ouvrit et la porta à ses lèvres.

— À votre place, je ne ferais pas ça.

Comme pris en faute, Archibald leva la tête. Un homme à la stature imposante se tenait devant sa table, un dossier cartonné sous le bras.

— La Clé du paradis, quésaco ? demanda Loiseaux.

— C'est un diamant, répondit Martin. Un diamant maudit et mythique, entouré de mystère et de légende.

Le bureau du chef de l'OCBC baignait dans la lumière grisâtre du petit matin.

Martin appuya sur une touche de son clavier pour faire apparaître sur le mur la photo d'une pierre précieuse de forme ovale qui miroitait d'un bleu profond pigmenté d'une pointe de gris.

— Il pèse 65 carats et mesure 3 centimètres de

long, précisa le jeune flic. Mais c'est surtout sa couleur qui fascine les gens depuis plus de trois siècles.

Loiseaux fixait l'écran, intrigué par le diamant bleu.

— La pierre a la réputation de porter malheur à celui qui la possède, expliqua Martin.

— D'où vient-elle ?

Le diaporama continuait de défiler, affichant des images que Martin commentait :

— D'après la légende, le diamant provient des fabuleuses mines de Golconde en Inde. Serti dans la statue d'une déesse, il a été dérobé dans un temple par un contrebandier, Jean-Baptiste Charpentier. Un acte sacrilège dont le forban fut la première victime.

Le colonel invita Martin à continuer.

— Charpentier ramena le diamant en Europe et réussit à le vendre à Henry IV, mais il périt déchiqueté par une meute de chiens enragés. Quant au roi, il fit tailler la pierre en forme de cœur pour l'offrir à Gabrielle d'Estrées, son grand amour.

Un portrait apparut sur l'écran : celui d'une jolie jeune femme aux cheveux dorés et à la taille de guêpe.

— Quelques jours plus tard, la favorite, enceinte de six mois, décéda brutalement dans d'atroces souffrances. Certains voulurent y voir un empoisonnement, sinon une strangulation par le Démon, tant son agonie fut terrible.

— Et le diamant ?

— Il fut enterré avec la défunte, mais réapparut mystérieusement au cou de Marie-Antoinette. On raconte qu'elle le portait sur elle lors de son arrestation à Varennes…

— Et que devint le bijou pendant la période révolutionnaire ?

— Il fut sans doute volé avec l'ensemble des joyaux de la Couronne pour réapparaître à Londres en 1860, entre les mains d'une riche famille industrielle dont les membres allaient connaître en quelques années les pires revers de fortune : dépravation, ruine, suicides.

À un cliché de manoir anglais succéda celui d'une ancienne arme à feu, d'un bordel londonien, d'une vieille seringue qui aurait pu appartenir à Sherlock Holmes.

À présent, Loiseaux était piégé par l'histoire. Comme dans un bon polar, il voulait connaître la suite et fit signe à Martin de poursuivre.

— La Clé du paradis changea régulièrement de main au début du XXᵉ siècle. Un prince d'Europe orientale l'offrit à une petite femme des Folies-Bergère qui finit par le tuer d'un coup de revolver. Et lorsque le sultan Abdulhamid s'en empara, il perdit quelques mois plus tard le trône de l'Empire ottoman…

— Vous êtes sûr que tous ces faits sont avérés ? demanda Loiseaux, incrédule.

— Pour la plupart, oui, affirma Martin. Dans les années 1920, la pierre atterrit chez le bijoutier Pierre Cartier, qui la tailla dans sa forme actuelle, avant de la céder à un riche banquier éperdument amoureux d'Isadora Duncan.

— La danseuse ?

— Oui, elle n'avait reçu son bijou que depuis quelques jours lorsqu'elle trouva la mort à Nice, étranglée par son écharpe qui s'était prise dans les rayons de la roue de sa décapotable. Quant au banquier, il perdit sa fortune et se suicida pendant la Grande Dépression.

Des unes de journaux défilèrent sur l'écran, évoquant la mort tragique de la star de l'entre-deux-guerres, suivies d'images de la crise économique des années 1930 : sans-abri s'agglutinant autour des soupes populaires, hommes d'affaires ruinés en quelques heures qui se précipitent du toit des buildings.

— Et ensuite ?

— Le diamant échut entre les mains de l'homme d'affaires Joe Kennedy qui l'offrit comme cadeau de mariage à son fils aîné, Joseph, programmé depuis sa naissance pour devenir un jour président des États-Unis.

— Sauf qu'en 1944, le bombardier de Joseph explosa au-dessus de la Manche.

— Exact, confirma Martin. Une mort prématurée qui allait déterminer le destin politique de son jeune frère, John Fitzgerald, jusque-là plutôt jeune homme dilettante, à la santé fragile, plus intéressé par les femmes et le journalisme que par la politique…

— JFK a-t-il réellement récupéré le diamant maudit ?

— Personne ne saurait le dire avec certitude, admit Martin. Pour certains, le diamant bleu aurait été retrouvé au cou de Marilyn Monroe, la nuit de sa mort, pour d'autres, JFK l'avait dans la poche de son costume, lors de son assassinat à Dallas. D'autres enfin, jurent que Carolyn Bessette le portait en 1999 lorsque l'avion privé de son mari, John-John, s'écrasa dans l'océan Atlantique. Mais rien n'est moins sûr.

— Et à qui appartient le diamant aujourd'hui ?

— À Stephen Browning, le milliardaire américain, ou plutôt au groupe Kurtline dont il est le plus gros actionnaire. C'est un puissant fonds d'investissement américain dont l'action…

— … vient de perdre une bonne part de sa valeur, devina Loiseaux.

En guise de confirmation, Martin afficha sur son écran une courbe montrant l'effondrement boursier du groupe ainsi qu'un e-mail annonçant la prochaine vente aux enchères de la Clé du paradis. Visiblement Kurtline avait résolu de se débarrasser du joyau...

— Il y a quand même une chose que j'ai du mal à saisir : pourquoi tout le monde cherche-t-il à mettre la main sur ce diamant s'il n'entraîne avec lui qu'un cortège de drames ?

— La Clé du paradis symbolise la pureté. La légende veut qu'il porte malheur s'il est acquis par quelqu'un d'infidèle ou de cupide. Dans le cas contraire, on prétend qu'il est source de vie et de bonne fortune.

— Et quel rapport avec Archibald McLean ?

— Écoutez, colonel, la plupart des experts pensaient que la pierre avait disparu, en tout cas qu'elle ne réapparaîtrait jamais sur le marché. Sa valeur est inestimable et les prix vont s'envoler. D'après mes informations, certains collectionneurs sont prêts à y laisser des fortunes. Les Russes, les Chinois... ils sont tous sur le coup et je vous parie que la transaction dépassera les 50 millions de dollars.

Loiseaux secoua la tête d'un air dubitatif. Martin ne lui laissa pas le temps d'argumenter :

— Cette pierre n'est pas qu'un simple diamant : c'est une légende, une vraie part de rêve. Et c'est la seule chose qui intéresse McLean actuellement.

— De quelles preuves disposez-vous au juste ?

Martin décida d'y aller au bluff :

— Je n'ai pas besoin de preuves : je connais McLean comme personne, je ressens ce qu'il ressent, je pense comme il pense. Je sais qu'il a l'intention de voler ce diamant, je sais comment il va s'y prendre et je sais comment l'en empêcher. Mettez-moi en contact avec le FBI et laissez-moi aller enquêter là-bas.

— Sans élément concret, c'est hors de question, vous le savez bien.

— Mais les gens de l'Art Crime Team nous connaissent : l'année dernière, on les a aidés sur l'affaire du vol du Hopper en acceptant qu'un agent du FBI collabore à notre enquête. Ils savent qu'on est fiables !

Loiseaux secoua la tête :

— Ça n'avait rien à voir, on avait des biscuits : des écoutes téléphoniques, des filatures, des photos... Cette fois, on a que dalle !

Un long silence s'installa entre les deux hommes. Avec son allure d'ado attardé, Martin s'assit sur le bureau en verre de son chef et, dans un geste provocant, alluma une cigarette.

Le lieutenant-colonel regarda Martin avec indulgence. Ce matin, le comportement de son second ne parvenait même pas à l'agacer. Il ressentait simplement de la tristesse teintée de colère.

— Après quoi courez-vous, bon sang ! explosa-t-il.

La question flotta dans l'air, se mélangeant à la fumée de la cigarette. Loiseaux insista :

— Même si vous parvenez à arrêter McLean un jour, qu'est-ce que vous croyez que ça changera ? Ne pensez pas que cela résoudra le moindre problème de votre vie, Beaumont !

Martin contre-attaqua :

— Et vous, colonel ? Après quoi courez-vous ?

— Je ne cours plus, je ne cherche plus, j'ai trouvé. Et à partir d'un certain âge, le but du jeu consiste à conserver ce que l'on a déjà.

— Et qu'avez-vous trouvé ?

— Ce que tout le monde devrait chercher : ma part manquante.

Martin n'avait pas envie d'en savoir davantage. Il connaissait les rumeurs : Loiseaux avait quitté récemment sa femme et ses enfants pour s'installer avec une jeune lieutenant tout juste débarquée de l'école de police. Démon de midi ? Illusion de la passion ? Amour véritable ?

Il pensa à Karine, aux messages qu'elle avait laissés sur son répondeur et auxquels il n'avait pas répondu. Était-ce elle, sa *part manquante* ? Non, il en était certain. Mais l'expression s'insinuait en lui comme le venin d'une morsure de serpent, instillant des cristaux de glace dans ses veines et fissurant le mur de pierre qui protégeait son cœur. Une seconde, comme pris de vertige, il se sentit perdre pied. Il ferma les yeux et se retrouva quinze ans en arrière, un matin d'été pluvieux, devant le terminal de l'aéroport de San Francisco. Des cheveux mouillés s'emmêlent aux siens, des yeux verts brillent sous la pluie, et une voix l'implore : Reste encore !

Reste encore !

New York
Cafétéria du Staten Island Hospital

Le docteur Garrett Goodrich prit place en face d'Archibald McLean.

Il étala sur la table plusieurs dossiers qui contenaient les résultats des examens qu'il venait de passer.

Malgré l'avertissement du médecin, Archibald souleva sa fiole de whisky et avala une rasade du précieux nectar, plus par provocation que par envie. Personne ne lui avait jamais donné d'ordres et ce n'était pas aujourd'hui que ça allait commencer. Puis il referma son flacon argenté et planta son regard dans celui de Goodrich.

Les deux hommes se ressemblaient : même âge, même carrure, pas forcément très grands, mais puissamment bâtis. Tous deux avaient du charisme et une forte présence.

— Alors, je vais mourir, c'est ça ?

Par habitude, Archibald cherchait une confrontation franche et directe.

Goodrich lui rendit son regard. Il éprouvait une étrange empathie pour ce patient qui aurait pu être son frère, son ami, son alter ego… Qu'aurait-il désiré à sa place : un enrobage en douceur ou la vérité la plus crue ? Il opta pour la seconde solution.

— Vous avez une tumeur au pancréas qui a déjà atteint les ganglions lymphatiques et le foie.

Archibald encaissa le choc sans broncher. Goodrich continua :

— Son extension la rend inopérable et, en matière de saloperie, je vous avoue que l'on fait rarement pire. Pour atténuer vos douleurs abdominales, on pourrait tenter une chirurgie dérivative ou une chimio, mais je doute que ce soit plus efficace que la simple prise d'antalgiques. Alors, si vous me demandez des chiffres ou des probabilités, je dois vous dire que vos chances de survie à trois mois sont à peu près nulles.

Archibald ferma les yeux et sentit que son cœur s'était emballé. Au moins, à présent, les choses étaient claires : il était dos au mur, obligé de livrer un dernier combat dont il connaissait l'issue.

Pendant un long moment, les deux hommes se firent face, sans rien dire. Puis Garrett Goodrich se leva pour demander un verre vide au comptoir avant de revenir s'asseoir à la table. À son tour, il se versa une larme de whisky qu'il but en communion avec son patient.

Archibald prit alors conscience que son rythme cardiaque s'était ralenti. Étrangement, ce pronostic crépusculaire venait de le libérer de sa peur : la crainte du pire est tellement plus effrayante que la certitude du pire.

L'ennemi, c'est la peur.

Toujours.

9

Mademoiselle Ho

Il pleurait des larmes de verre
Et quand elles atteignaient la terre
Cela faisait une musique
Angélique et fantomatique.

Michel POLNAREFF

Gare Saint-Lazare
20 h 10

Le TER en provenance de Rouen arriva avec une demi-heure de retard. Mouvement social ? problème technique ? incident sur les voies ? Désabusé et fatigué, Martin n'avait même pas cherché à comprendre.

Il fut l'un des premiers à descendre sur le quai. Mains dans les poches de sa parka, capuche sur la tête, iPod protecteur à plein volume sur les oreilles, il fendait la foule, pressé de quitter le décor urbain et glacial de la gare.

Au milieu de l'escalator, il sentit confusément que quelqu'un le serrait d'un peu trop près : il tourna la tête et découvrit un immense Asiatique bâti comme un sumotori. Engoncé dans un costard italien et chaussé de lunettes noires, il semblait tout droit sorti d'un film de John Woo.

Puis, une silhouette féline émergea derrière la carrure du lutteur. Vêtue d'un trench cintré, une femme encore jeune, au port de reine, descendit une marche pour rejoindre le jeune flic. Noyé dans sa bulle de musique, Martin ne put que lire sur ses lèvres :

— *Good evening, mister Beaumont.*

Il enleva le casque de son baladeur et plissa les yeux. Elle lui rappelait vaguement quelqu'un.

— Moon Jin-Ho, se présenta-t-elle en lui tendant la main.

D'abord, ce nom compliqué n'évoqua rien en lui, puis :

Mademoiselle Ho ! La panthère de Séoul.

— Je crois que nous avons des choses à nous dire, monsieur Beaumont. Mais peut-être me permettrez-vous de vous appeler Martin ?

Des choses à nous dire ?

Martin fronça les sourcils. Il regarda un long

moment la main tendue de la jolie Coréenne avant de se décider à l'effleurer.

— Rassurez-moi, dit-elle en se rapprochant davantage de lui, vous n'avez pas perdu votre langue ?

Martin n'esquissa pas le moindre sourire. Il savait que cette femme n'était pas inoffensive et que derrière le charme et l'amabilité se cachait une dame de fer à l'ambition sans bornes. Mademoiselle Ho était une célébrité dans le monde des flics. Les médias avaient commencé à parler d'elle cinq ans plus tôt, lorsqu'elle travaillait au Bureau du procureur général de la police de Séoul. À la tête d'une escouade de cinquante enquêteurs, elle avait réussi à décapiter les triades et mis sous les verrous les principaux dirigeants des Jopok, la mafia coréenne. Une opération « mains propres » qui avait nettoyé Séoul d'une bonne partie des réseaux criminels contrôlant la prostitution et les jeux illégaux par le chantage et le racket. Cette réussite avait fait d'elle une héroïne, mais l'avait aussi condamnée à vivre constamment sous la protection d'un garde du corps, car les triades avaient juré d'avoir sa peau. Martin savait qu'elle travaillait à présent pour la filiale américaine de Lloyd's Brothers, l'un des plus gros groupes d'assurances du monde.

— Accordez-moi un dîner, demanda la Coréenne. Un dîner pour vous convaincre.

— Me convaincre de quoi ?

— Vous avez une très jolie voix.

— Me convaincre de quoi ? répéta-t-il, plutôt agacé.

— De travailler pour moi.

— Je ne travaille pour personne, dit-il en secouant la tête.

— Vous travaillez pour un État qui ne reconnaît pas vos mérites.

Il se tourna vers elle. La gare était bondée, mais la stature du sumo semblait leur servir de paravent et les protéger de la foule.

— Venez travailler *avec* moi, nuança la Coréenne. À deux, on a peut-être une chance...

— Une chance de quoi ?

— D'arrêter Archibald McLean.

La Bentley aux vitres teintées coupa successivement la rue Saint-Lazare et le boulevard Haussmann avant de se diriger vers la place de la Concorde. L'intérieur de la voiture respirait le neuf. Au volant, le mastodonte aux lunettes noires conduisait avec une surprenante douceur, en écoutant une version épurée de la messe de Bach. Sur le siège arrière, Martin, perdu dans ses pensées, contemplait sans les voir les milliers d'ampoules bleutées qui scintillaient comme des cascades azurées sur les arbres bordant l'avenue des Champs-Élysées. Assise à ses côtés, Mademoiselle Ho le regardait à la dérobée. Elle s'attarda sur ses cheveux trop longs, sur sa barbe de plus de trois jours, sur la capuche cerclée d'un liseré de fourrure de sa parka vert kaki qu'il n'avait pas pris la peine d'enlever, sur l'échancrure de son pull qui laissait deviner un tatouage douloureux, sur le pansement collé près de sa lèvre. Elle lui trouva des allures de jeune prince des villes, triste et tourmenté, qui dégageait une beauté improbable, à la fois romantique et *hardcore*. Brièvement, elle réussit à croiser son regard. D'un bleu marine délavé, ses yeux avaient une puissance d'attraction semblable à celle qu'ont certains hommes ayant renoncé à plaire et à séduire, mais il y brillait une lueur qui laissait deviner une intelligence vive.

La voiture traversa la Seine et tourna à droite sur le quai d'Orsay avant de continuer quai de Branly et avenue de Suffren.

Mademoiselle Ho se rendit compte qu'elle avait froid. Elle avait affronté les criminels les plus endurcis, obtenu des condamnations à mort pour les pires chefs de gang, nargué depuis des années les tueurs que la mafia avait lancés à ses trousses. Et pas une fois, elle n'avait tremblé. Pourtant, dans cette voiture, à côté de cet homme, elle avait peur. Peur d'elle-même et du trouble qu'elle ressentait soudain, inattendu et perturbant. On la payait des fortunes pour sa capacité à voir à travers les gens, à déceler leurs fêlures et deviner leurs cicatrices. En théorie, elle connaissait Martin par cœur : la compagnie d'assurances qui l'employait avait mis le jeune lieutenant sous filature depuis plusieurs mois. Mademoiselle Ho avait épluché son dossier, lu ses mails, accédé au disque dur de son ordinateur, écouté ses conversations téléphoniques professionnelles et privées. Elle avait cru avancer en terrain connu, mais elle n'avait pas prévu l'effet magnétique que le jeune flic exercerait sur elle.

Elle ferma les yeux quelques secondes, lutta pour faire refluer son désir naissant. Elle savait que les sentiments étaient souvent plus destructeurs et dangereux qu'une balle d'un 9 mm ou que la lame tranchante d'un sabre.

La Bentley s'arrêta près du Champ-de-Mars. Le sumotori leur ouvrit la porte et la claqua derrière eux.

Il faisait froid. Le mercure flirtait le zéro degré tandis que le vent emportait avec lui un mélange de pluie et de flocons de neige.

— J'espère que vous n'avez pas le vertige, déclara-t-elle en désignant la silhouette métallique de la tour Eiffel, illuminée du bleu de l'Europe.

En quête d'une illusion de chaleur, Martin alluma une Dunhill et recracha une volute de fumée nacrée.

— Au contraire, j'aime me tenir au-dessus du vide, affirma-t-il comme un défi.

Martin se laissa guider par la Coréenne sur le parvis de la tour Eiffel et sous l'auvent qui menait à l'entrée privative du *Jules Verne*. L'ascenseur les conduisit au deuxième étage, là où se nichait le célèbre restaurant de la « dame de fer ». Le maître d'hôtel les guida à travers la salle qui suivait la ligne des quatre piliers de la tour et dessinait une sorte de croix de Malte.

Moquette cacao, piano discret, fauteuils italiens design, panorama à couper le souffle : l'endroit était magique. Leur table donnait sur le Trocadéro et ses illuminations spectaculaires.

Ils passèrent commande rapidement puis Mademoiselle Ho sortit de son sac une enveloppe rectangulaire couleur sable qu'elle tendit à son interlocuteur.

Le jeune flic la décacheta : l'intérieur se résumait à un chèque à son nom provenant de la compagnie d'assurances Lloyd's Brothers. Son montant était de 250 000 euros.

Dix ans d'un salaire de flic.

Martin (*repoussant le chèque*) : Vous jouez à quoi, au juste ?

Mademoiselle Ho : Considérez cela comme une avance. Une prime de bienvenue pour vous inciter à quitter la police.

Martin ne répond pas. Sidéré, il regarde d'un air absent son saumon mariné « citron, caviar, vodka », tandis qu'elle déguste chaque bouchée de ses coquilles Saint-Jacques à la plancha.

Puis au bout d'un moment :

Martin : Qu'est-ce que vous attendez de moi exactement ?

Mademoiselle Ho : Je vous l'ai déjà dit. Je veux que vous m'aidiez à arrêter Archibald.

Martin : Pourquoi moi ?

Mademoiselle Ho : Parce que vous êtes le seul flic au monde à avoir vu son visage et à l'avoir jamais eu dans votre viseur. Parce que vous passez vos nuits à essayer d'entrer dans sa tête et parce que vous êtes persuadé que votre vie est inextricablement liée à la sienne...

Martin : Qu'est-ce qui vous fait dire ça ?

Mademoiselle Ho (*portant à ses lèvres une coupe de champagne rosé*) : Soyons clairs, Martin, je sais tout de vous : la taille de soutien-gorge de votre grand-mère, le prénom de votre institutrice de CP, le moindre de vos états de service, le désert de votre vie affective, la marque du papier à cigarettes dans lequel vous roulez vos joints, la liste de vos sites pornos préférés...

Il ne peut réprimer un sourire. Depuis quelques semaines, il a remarqué qu'il était filé et qu'on avait installé un mouchard sur son ordinateur. Croyant à une enquête de l'IGS, il s'est appliqué à protéger l'essentiel : Nico, la petite Camille, son dossier secret sur Archibald. La Coréenne pense le connaître, mais elle est passée à côté des seules choses qui comptent vraiment dans sa vie.

Elle devine son mépris, se rend compte qu'elle a fait fausse route et qu'elle ne réussira pas à obtenir sa collaboration en l'intimidant. Alors, elle abat sa dernière carte :

Mademoiselle Ho : Vous croyez tout savoir sur Archibald, mais c'est faux...

Martin *(impassible)* : Je vous écoute.

Mademoiselle Ho : Pour vous, McLean est un voleur de génie. Pour nous, c'est un kidnappeur.

Martin fronce les sourcils.

Mademoiselle Ho : Officiellement, le kidnapping d'œuvres d'art n'existe pas, car le reconnaître ferait exploser ce type de pratiques. Dans notre milieu, c'est un sujet tabou et personne ne brisera jamais la loi du silence : aucune compagnie d'assurances ni aucun dirigeant de musée n'admettra jamais avoir versé une rançon pour récupérer un tableau.

Martin *(haussant les épaules)* **:** Dans la réalité, je sais que c'est une autre histoire…

Mademoiselle Ho : Oui et McLean est passé maître dans cet exercice : à l'exception de certains tableaux dont il n'a jamais voulu se séparer, il se livre régulièrement à un marchandage avec les compagnies d'assurances pour restituer les œuvres contre des rançons très élevées. Mais le plus étonnant, c'est peut-être l'utilisation qu'il fait de cet argent…

Elle laisse volontairement sa révélation en suspens. Martin se force à rester impassible, fait semblant de prendre du plaisir à déguster les langoustines rôties à la truffe qu'on vient de poser devant lui. Puis il la regarde comme s'il contemplait une œuvre d'art dans un musée. Sa peau est étonnamment claire, presque rose. Longue et svelte comme un mannequin, elle porte une jupe corolle noire et un chemisier blanc qui la font davantage ressembler à Audrey Hepburn qu'à Gong Li.

Mademoiselle Ho : D'après l'IRS, Archibald a mis au point un système sophistiqué de sociétés écrans pour blanchir l'argent de ses méfaits et en reverser une grande partie à des organisations humanitaires.

Elle lui tend l'écran de son Blackberry qui

164

affiche une note du fisc américain listant les ONG concernées. Martin capte quelques noms, Aviation sans frontières, les Médecins volants, les Flying Doctors, Les Ailes de l'espoir...

Les flocons de neige tourbillonnent à quelques centimètres d'eux avant de s'écraser contre les parois vitrées. Elle continue de parler, mais déjà Martin ne l'écoute plus. Archibald est donc aussi une sorte de Robin des Bois moderne qui utilise sa passion de l'art à des fins caritatives ! Déjà, son cerveau échafaude mille hypothèses qui débouchent toutes sur la même question : quelle faute le voleur cherche-t-il à se faire pardonner ?

Mademoiselle Ho : Vous connaissez notre compagnie, Lloyd's Brothers ?

Martin acquiesce de la tête. Lloyd's Brothers est un acteur incontournable du monde de l'art : une sorte de conglomérat de compagnies d'assurances qui, au fil des années, a réussi à absorber ses principaux concurrents pour se constituer une position de monopole, raflant tous les grands contrats du marché.

Mademoiselle Ho : Depuis cinq ans, Lloyd's Brothers consacre l'essentiel de ses primes à couvrir les métaits commis par Archibald.

Martin *(haussant les épaules)* **:** Ça, c'est votre problème, pas le mien...

Mademoiselle Ho : Cette année, avec la

multiplication des coups d'éclat de McLean, le groupe se retrouve en situation financière très délicate, obligé de puiser dans ses réserves pour régler des dizaines de millions d'euros…

Martin : Eh oui, c'est la crise pour tout le monde…

Mademoiselle Ho *(essayant de dominer sa colère)* **:** Nous ne pouvons plus tolérer ça et le FBI non plus ! Nous travaillons main dans la main avec les Fédéraux et nous sommes bien décidés à régler le problème Archibald *définitivement*.

Martin : J'aimerais bien savoir comment vous comptez vous y prendre.

Mademoiselle Ho : Notre compagnie a accepté d'assurer ce fameux diamant, la Clé du paradis, qui va être mis aux enchères à San Francisco. Comme vous, je pense qu'Archibald va chercher à s'en emparer, mais cette fois, ce sera le vol de trop, parce que vous serez là pour l'en empêcher…

Sans lui laisser le temps de poser des questions, elle dépose sur la table un billet d'avion.

Mademoiselle Ho : Je travaille en liaison avec le FBI et je veux que vous soyez mon partenaire sur cette mission. Vous me dites oui ou vous me dites non, mais vous n'avez qu'un quart d'heure pour vous décider avant que mon offre devienne caduque.

Martin regarde le billet d'avion : c'est un aller

166

simple pour San Francisco, en date du surlendemain. Ainsi, l'Asiatique y va au rapport de force : c'est le genre de pari qu'elle doit avoir l'habitude de gagner, mais le jeune flic a plus d'un atout dans sa manche.

Martin : Je veux une accréditation du FBI pour pouvoir porter une arme sur le sol américain, avec une dérogation pour être habilité à interpeller moi-même Archibald McLean.

Mademoiselle Ho : Non, ça c'est impossible.

Martin : Tout se négocie dans ce pays, c'est sa force et sa faiblesse, vous le savez autant que moi.

Mademoiselle Ho : C'est impossible.

Martin : Écoutez, vous pouvez mobiliser le FBI, l'IRS et même l'armée américaine, vous ne réussirez jamais à arrêter Archibald, à moins de savoir qui il est vraiment. Mais vous ne connaissez rien de son passé ni de ses motivations. Vous n'avez rien de solide à quoi vous raccrocher, aucun élément biographique sérieux. Tandis que moi…

Il sort de sa poche un petit sachet en plastique transparent, de ceux qui servent à récolter les pièces à conviction. À l'intérieur, l'étiquette d'une bouteille de champagne.

Martin : J'ai ce que vous n'aurez jamais sur Archibald : l'une de ses empreintes.

Elle le regarde d'un air dubitatif. Il s'explique.

167

Martin : Il m'a envoyé une bouteille de champagne il y a six mois. Une sorte de provocation ou de jeu. En tout cas, il a laissé une empreinte bien nette. Une empreinte qui n'est versée à aucun dossier et que je suis le seul à connaître. J'ai déjà fait une recherche sur le Fichier automatisé des empreintes digitales, mais il faut essayer sur l'Eurodac et surtout sur le IAFIS, la base du FBI.

Un moment elle tend la main, espérant presque que Martin va lui donner le sachet puis, pendant quelques secondes, leurs regards s'affrontent avant que le jeune flic ne propose un dernier deal.

Martin : L'empreinte contre l'accréditation des Fédéraux pour arrêter moi-même Archibald aux États-Unis.

Il se lève de table sans avoir touché à son soufflé au chocolat amer et prévient :

— Ce n'est pas un quart d'heure de réflexion que je vous donne, c'est cinq minutes.

10

Le tourbillon de la vie

Alors tous deux on est repartis
Dans le tourbillon de la vie
On a continué à tourner
Tous les deux enlacés
Tous les deux enlacés...

« Le tourbillon »,
paroles et musique de
Serge REZVANI

Tour Eiffel
Restaurant *Le Jules Verne*
22 h 03

Escorté par le maître d'hôtel, Martin se dirigea vers la sortie du restaurant, mais passa d'abord devant les grandes portes vitrées qui protégeaient les cuisines. Dans ce temple du luxe, on n'avait pas l'habitude de gérer un électron libre, alors, au mépris de toutes les règles, il pénétra dans le périmètre interdit, ouvrit le frigo du bar et attrapa une canette de Coca Zero avant de quitter la salle.

Il descendit par l'ascenseur, remonta jusqu'en haut la fermeture Éclair de sa parka et remit ses écouteurs : toujours le même rap tranchant et agressif qu'il écoutait dans les années 1990 lorsqu'il était lycéen puis étudiant, les mêmes chansons devenues cultes avec les années : *J'appuie sur la gâchette, Paris sous les bombes, Pose ton gun...* Cette musique, c'était la sienne : celle d'un enfant des cités de l'Essonne, celle *freestyle* de la colère qui tantôt explosait, tantôt s'étiolait. Celle, en tout cas, de quelqu'un qui n'avait pas sa place dans un restaurant pour touristes en voyage de noces.

Sur le Champ-de-Mars, l'air était glacial. Martin se frotta les mains pour se réchauffer et fit quelques pas sur le quai Branly. Irrésistiblement attiré vers le fleuve, il rejoignit le pont d'Iéna qui reliait la tour Eiffel au Trocadéro. Là, en bordure de Seine, son regard se perdit au milieu du ballet des péniches et des lumières qui scintillaient comme des lucioles.

Les flocons continuaient de voltiger dans l'air, mais ils avaient troqué leur aspect cotonneux contre la finesse poudreuse de la cocaïne.

Il sortit de sa poche le billet d'avion qu'il avait pris soin de ne pas laisser sur la table du restaurant.

San Francisco…

À la seule évocation de la ville, son corps fut parcouru de frissons. Une sensation ambivalente, d'abord la langueur trompeuse de la nostalgie, puis une vague dévastatrice qui l'obligea à lutter pied à pied pour ne pas perdre le contrôle.

De nouveau, ce sentiment poignant de vide qui dessinait en creux les quelques jours mythifiés de cet été-là, la protection des bras de Gabrielle, la seule fois où il avait eu l'impression de ne faire qu'un avec l'autre.

Pourquoi l'amour est-il une drogue dure ?

Pourquoi, en aimant, s'inflige-t-on une telle souffrance ?

La musique d'un orgue de Barbarie le ramena un instant à la réalité. Il reconnut la mélodie entraînante du beau film de Truffaut, il se souvint du titre de la chanson : *Le Tourbillon de la vie.*

C'est vrai, la vie est comme ça…

Tantôt un tourbillon qui nous émerveille, comme un tour de manège pendant l'enfance.

Tantôt un tourbillon d'amour et d'ivresse,

lorsqu'on s'endort dans les bras l'un de l'autre dans un lit trop étroit puis qu'on prend son petit déjeuner à midi parce qu'on a fait l'amour longtemps.

Tantôt un tourbillon dévastateur, un typhon violent qui cherche à nous entraîner vers le fond lorsque, pris par la tempête dans une coquille de noix, on comprend qu'on sera seul pour affronter la vague.

Et que l'on a peur.

— Martin !

Il entend son prénom prononcé à l'anglo-saxonne : *Marteen*.

Quelques mètres derrière lui, Mademoiselle Ho, escortée par son gorille, lui fait signe de la rejoindre.

Il est persuadé qu'elle va céder et qu'il a déjà gagné.

Le droit de continuer la traque d'Archibald aux États-Unis.

Le droit de poursuivre son duel contre le plus grand des voleurs : seul objectif qu'il ait trouvé pour ne pas sombrer et donner un sens à sa vie.

La seule chose aussi qui lui fait encore croire que chacun a un destin en ce monde.

Et que le sien est d'arrêter Archibald McLean.

C'est une croyance irrationnelle, chevillée au corps, qu'il porte en lui depuis des années.

Et avec cette empreinte relevée sur la bouteille de champagne, Martin est certain de toucher au but.

Même s'il sait aussi que cette empreinte est trop nette, trop flagrante, trop évidente pour ne pas être un appât. Jamais Archibald n'aurait commis une telle erreur.

Cette empreinte, ce n'est pas lui qui l'a trouvée, c'est Archibald qui la lui a donnée.

Car, désormais, les règles du jeu ont changé : ce n'est plus lui qui traque Archibald, mais Archibald qui cherche à l'attirer à lui.

Mais pourquoi ?

11

Le jour où tu partiras

Mais voici le plus atroce : l'art de la vie consiste à cacher aux personnes les plus chères la joie que l'on a d'être avec elles, sinon on les perd.

Cesare PAVESE

Le lendemain, 21 décembre
Siège de la PJ parisienne
10 h 40

Au moment de remettre sa lettre de démission, Martin se sentit gagner par la chair de poule. Il se revit jeune homme, la première fois qu'il avait débarqué dans ce bâtiment mythique, à deux pas de la cathédrale Notre-Dame : le 36, quai des Orfèvres.

Il se revit longer les couloirs étroits, descendre les escaliers d'un autre siècle, chercher les fantômes des flics légendaires qui s'étaient succédé dans cet endroit vieillot, trop petit, peu adapté aux contraintes de la police moderne, mais qui gardait une charge émotionnelle forte pour tous ceux qui y avaient travaillé.

Entre les Stups et l'OCBC, il avait déjà dix ans de maison. Une maison dans laquelle il ne s'était jamais senti chez lui, une maison dans laquelle il n'avait pas trouvé de famille, mais une maison qu'il lui était difficile de quitter.

Il sortit de la citadelle une demi-heure plus tard. Un soleil doré éclaboussait les trottoirs du bord de la Seine. Il avait rendu sa plaque, sa carte, son flingue et sa paire de menottes.

Il se sentait à poil. Mélange de flip et de soulagement. Voilà, il n'était plus flic.

Il allait devoir s'y faire…

Maison des adolescents
Boulevard de Port-Royal
15 h 30

De la rue, la Maison de Solenn ressemblait à un immense paquebot de verre avec ses deux bras tendus

176

vers la ville, comme une invitation à entrer. Martin traversa une esplanade verdoyante et emprunta les allées d'un petit jardin qui menait au bâtiment hospitalier. Il venait ici une fois par semaine depuis trois ans.

Le hall de l'hôpital était vaste et clair : 600 m^2 inondés de lumière, avec un sol recouvert de parquet blond et une hauteur de plafond immense d'où pendaient de grandes affiches traduisant le mal-être adolescent.

Martin se sentait étrangement bien dans cet endroit qui faisait penser à tout sauf à un hôpital : les grands espaces, les façades entièrement transparentes et l'environnement paysager bannissaient tout sentiment d'enfermement.

Il monta directement au troisième étage, celui des soins culturels où l'on trouvait en enfilade une médiathèque, une cuisine, une salle de danse et de musique, un studio radio…

Martin ne croyait pas en grand-chose, mais il croyait aux vertus médicamenteuses de l'art, à la culture comme moyen de restaurer l'image de soi, au pouvoir résilient de la création.

Il passa une tête à travers la porte de l'atelier de peinture.

— Bonjour Sonia.

— Salut Martin, tu es en avance ! répondit la jeune femme en blouse blanche.

Elle lui plaqua familièrement un baiser sur la joue et lui fit signe d'entrer dans la pièce qui regorgeait de productions des pensionnaires. Chaque fois, Martin était impressionné par la force de ces œuvres : tableaux tourmentés où planait l'ombre de la mort, anges en plâtre consolateurs, démons exterminateurs, moulages de corps décharnés de jeunes patientes anorexiques au moment de leur hospitalisation, puis les mêmes corps six mois plus tard ayant retrouvé formes et kilos. Au sein de cette salle, l'ange et le démon donnaient l'impression de s'affronter âprement dans un combat dont l'issue était incertaine.

Comme dans toute vie...

— Tiens, Martin, aide-moi à déplacer les tréteaux, tu veux ?

Le jeune flic se prêta de bonne grâce à cette demande tout en se renseignant :

— Elle est sortie de sa consultation ?

— Oui, je lui ai dit que tu la rejoindrais là-haut.

— Tu m'accompagnes ?

— Martin, t'es un grand garçon !

— J'ai un truc à te dire, Sonia...

Elle le suivit dans le couloir et, alors qu'il attendait l'ascenseur, elle lui lança un défi :

— On prend l'escalier, gros feignant ! Le dernier arrivé invite l'autre au restau.

Avant même d'avoir terminé sa phrase, elle partit en courant, grimpant quatre à quatre les marches qui menaient au toit.

Martin la rejoignit avec peine et l'immobilisa contre le mur.

— Il faut que je te dise quelque chose.

— Que tu m'aimes ? Mais c'est impossible, tu sais bien que j'ai déjà un chéri…

— Sois un peu sérieuse, réclama-t-il, en relâchant son étreinte.

— Qu'est-ce que tu veux me dire ? Que tu vas partir ? Mais c'est pas à moi qu'il faut le dire, c'est à elle. C'est à Camille…

Martin avait rencontré le docteur Sonia Hajeb, chef de clinique et pédopsychiatre, trois ans plus tôt, lorsqu'elle s'était présentée à son bureau, au siège de l'OCBC.

C'était une femme mince, à l'allure juvénile et aux cheveux noir corbeau retenus en arrière par un élastique. À peine plus âgée que lui, elle portait un jean et un blouson de cuir, vivait à Saint-Denis et aurait pu être la sœur qu'il n'avait jamais eue.

Dans son travail, elle combattait au quotidien

l'anorexie, la boulimie, la dépression et les conduites dévastatrices qui conduisaient les adolescents au suicide.

Dès ses premiers mots, il avait senti que Sonia était quelqu'un de bien.

— Ce que je m'apprête à révéler est totalement interdit par la loi et par ma profession.

Il avait aimé cette entrée en matière qui supposait une forte personnalité et une détermination farouche.

— Et pour tout vous dire, je risque ma place…

— Pourquoi vous le faites, alors ?

— Parce que je pense que ça pourrait aider une petite fille à aller mieux.

Martin avait froncé les sourcils. Il ne comprenait pas en quoi ça le concernait.

— Est-ce que vous vous souvenez de Camille ?

Il avait haussé les épaules.

— Des Camille, j'en connais plein.

— Des femmes, peut-être, Casanova, mais pas des petites filles de cinq ans…

Martin avait fermé les yeux une demi-seconde.

Une demi-seconde pendant laquelle il avait senti l'adrénaline pulser dans ses veines.

Une demi-seconde pendant laquelle tout lui était revenu violemment en mémoire.

Hiver 2000.

Quartier du Luth, au nord de Gennevilliers.

Barres d'immeubles de vingt étages et de 200 mètres de long.

Pluie fine, sale et grise. Il n'est que 17 heures, mais il fait déjà presque nuit.

La 309 Peugeot bleu marine pile au pied du bâtiment C.

Il est l'un des trois flics qui vont interpeller la petite amie d'un dealer placé en garde à vue. Il frappe à la porte, débite les formules d'usage. Pas de réponse. L'un de ses collègues fait sauter la serrure. Arme au poing, Martin pénètre le premier dans l'appartement.

La femme est allongée sur un matelas. Elle a de la fièvre, les pupilles dilatées, les poignets entaillés. Du sang et de l'urine mouillent sa robe de chambre. À côté d'elle, une pipe à crack arti-sanale : bouteille de Coca en plastoc plantée d'un Bic cristal faisant office de paille. Il se porte à son chevet tandis qu'on appelle une ambulance. Il comprend que c'est déjà trop tard. Elle part, elle part... Lorsque le SAMU arrive, elle est partie.

La perquisition ne donne pas grand-chose : une dizaine de barrettes, un peu de CC, quelques cailloux de kecra.

Journée de merde.

Retour au commissariat de Nanterre, paperasse, procédure à boucler, envie de vomir, de chialer, d'être ailleurs. Retour à la maison, le sommeil qui ne vient pas, la sensation de passer à côté de l'essentiel, le dernier regard de cette femme qui revient le hanter...

Nuit de merde.

Martin se lève, reprend sa voiture, file vers la banlieue : le périph, Saint-Ouen, Gennevilliers, le quartier du Luth. Il erre un moment à pied dans la cité, interroge les petits caïds qui tiennent les murs, remonte dans l'appartement. Il cherche quelque chose, ne sait pas quoi, fouille la chambre, la cuisine, les chiottes, il cherche quelque chose, il descend, s'arrête dans la cage d'escalier, inspecte les boîtes aux lettres, le faux plafond de l'ascenseur, il cherche quelque chose... Dehors, la nuit, le froid, cette putain de pluie, il cherche quelque chose, le parking, les bagnoles, les scooters, les containers qui débordent, il cherche quelque chose... quelqu'un. Un cri ? Une intuition venue on ne sait d'où ? Il ouvre la première poubelle et se met à fouiller à l'intérieur. Frissons. Il est là ! Il sait qu'il est là, avant même de l'avoir trouvé. Dans un grand sac de supermarché : un bébé de quelques heures à peine, nu, frigorifié, enroulé dans un pull et une serviette de toilette. Il a encore des morceaux de placenta sur la tête. Il ne respire plus. Si, il respire encore ! Enfin peut-être. Il ne prend même pas la peine d'appeler une ambulance. Il entortille le nouveau-né dans son manteau, le cale sur le siège passager, sort son gyrophare et fonce vers l'est, direction Ambroise-Paré. Tout à l'heure, le sang sur la robe de chambre, ce n'était pas seulement celui des poignets tailladés, c'était aussi celui d'une hémorragie après un accouchement. Et ces cons du SAMU qui ne s'en sont même pas rendu compte ! Il appelle l'hôpital pour prévenir de son arrivée. Il jette des coups d'œil au bébé. C'est une fille. Enfin, il pense. Il est à la fois horrifié et fasciné par sa petite taille. Que la grossesse ne soit pas allée à son terme, c'est une évidence, mais combien de temps est-elle restée dans le ventre de sa mère ? Sept mois ? Huit mois ?

L'hôpital. La prise en charge. Il faut remplir des papiers. Nom, prénom du bébé ? D'abord, il ne sait pas quoi répondre. Doit faire un effort pour se souvenir du nom de la mère. Comme prénom, le seul qui lui vient à l'esprit, c'est Camille. Puis il attend de longues heures, attente qui ne débouche sur rien. Il revient le lendemain. Comme les drogués, le bébé est en manque et subit un violent sevrage. Il faut attendre. Mais pourquoi est-il si petit ? Parce que le crack entraîne une baisse de perfusion du placenta qui provoque un retard de croissance fœtal. Il revient le deuxième jour, le nourrisson lutte. Il

183

aimerait lutter avec lui. Le troisième jour, on lui dit que le plus dur de la période de sevrage est passé, mais que le bébé est porteur du VIH et qu'il souffrira sans doute de séquelles, voire de malformations. Le quatrième jour, il ne va pas à l'hôpital et passe une partie de la nuit dans un bar minable, à boire de la vodka. Parce que Camille était le prénom préféré de Gabrielle. Celui qu'elle aurait aimé donner à sa fille. Le cinquième jour, il ne va pas travailler. Le sixième, il mure ce souvenir dans sa mémoire et s'interdit de repenser à nouveau à Camille.

Puis les années passent.

Et un matin, Sonia Hajeb débarque dans son bureau...

Sur le toit de l'hôpital, la terrasse panoramique était aménagée en jardin arboré, agrémenté de quelques tables et de chaises en osier tressé.

Cheveux courts, nez retroussé, mignonne comme tout, une petite fille d'une dizaine d'années semblait absorbée par *Quartier lointain*, le manga culte de Taniguchi.

— Hello Camille.

— Martin !

Elle leva les yeux de son livre et courut l'embrasser. Il la prit dans ses bras et la fit tourner à toute vitesse, suivant un rituel auquel ils tenaient.

Trois ans plus tôt, alors que Camille traversait une période difficile au sein de sa famille adoptive, Sonia Hajeb, la psychiatre qui la suivait depuis son plus jeune âge, avait pris sur elle de lui raconter la vérité sur sa naissance. Camille avait alors insisté pour rencontrer ce drôle de grand frère qui l'avait ramenée à la vie. Ces retrouvailles secrètes avaient eu un effet bénéfique sur la petite fille, validant le pari de Sonia.

Quoi qu'il puisse arriver, ils se voyaient une fois par semaine, toujours au même endroit, toujours le mercredi.

Camille était jolie, pleine d'énergie et de santé. Lorsque Martin la regardait, il voyait la vie, l'épanouissement, la preuve que l'existence ne réservait pas que des saloperies mais était aussi capable de faire des cadeaux inattendus. Disparus les risques de malformation ! Contenu le virus HIV ! Conjurée cette fatalité d'un parcours de victime !

— Hé, ça caille, fit Martin en se frottant les mains. Tu ne veux pas rentrer à l'intérieur ?

— Non, je veux profiter de ce beau soleil ! Et puis j'aime bien le froid, c'est vivifiant !

Il s'assit à côté d'elle et laissa son regard se perdre au loin, dans l'océan des toits de Paris.

— Alors, cette BD ?

— C'est de la bombe ! s'enthousiasma Camille. Merci de me l'avoir conseillée.

— You're welcome.

Il ouvrit son sac à dos pour en sortir le petit iPod vert pomme qu'il lui avait offert quelques mois plus tôt.

— Tiens, je t'ai fait le plein de bonne musique : Marvin Gaye, The Cure, U2, Jacques Brel...

— Moi, je voulais Beyoncé et Britney Spears !

— Et pourquoi pas les Spice Girls aussi ?

Il rapprocha sa chaise et prit un ton sérieux :

— Bon, il faut qu'on parle tous les deux...

Elle le regarda intensément, sentant qu'un danger menaçait l'équilibre précaire sur lequel reposait sa vie.

— Tu as déjà entendu le dicton *loin des yeux, loin du cœur* ?

Elle secoua la tête.

Pendant qu'il lui expliquait pourquoi cette expression ne s'appliquerait jamais à eux, un ange passa dans la lumière et effleura de ses ailes les derniers rayons du soleil d'hiver.

12

Laisse-moi verser une larme

Nous devons préserver notre fragilité parce qu'elle nous rapproche les uns des autres, alors que la force nous éloigne.

Jean-Claude CARRIÈRE

Avenue Kléber
La moto file à travers la nuit.

Place de l'Étoile
Martin essuie la pluie qui coule sur la visière de son casque.
Une dernière chose à faire avant de quitter la France.

Avenue de Wagram
Une dernière personne à voir.
Une femme.
Encore…

La première fois qu'il avait rencontré Nico, c'était un soir de semaine, en faisant la queue à la caisse du Carrefour des Ulis.

Martin était là par hasard : ses grands-parents vivaient désormais dans une maison de retraite à Bures-sur-Yvette. Il ne s'était jamais vraiment entendu avec eux, mais prenait sur lui d'aller les voir une fois par mois, généralement pour écouter une litanie de reproches. Au retour, il s'était arrêté dans la zone commerciale et avait fait quelques courses : spaghettis au pesto, tube de lait concentré, Coca Zero, nouveau roman de Connelly, dernière saison de *Six Feet Under*...

La jeune femme devant lui ne passait pas inaperçue : plutôt grande, blonde, avec un joli visage et un regard fragile. Il avait remarqué son accent slave lorsqu'elle avait échangé quelques mots avec la caissière. Surtout, il avait perçu dans ses yeux des étoiles fanées mais encore fascinantes qui lui avaient rappelé d'autres yeux pailletés.

Elle avait payé ses achats puis s'était éloignée en marchant rapidement. Pour ne pas la perdre de vue, Martin avait laissé ses courses sur le tapis roulant puis l'avait suivie dans la galerie marchande, poussé par une impulsion aussi soudaine qu'inattendue.

— Mademoiselle !

Lorsqu'elle s'était tournée vers lui, il avait pensé

à un flamant rose devant un chasseur. Il aurait aimé lui dire : « N'aie pas peur », mais au lieu de cela, il avait sorti sa carte et annoncé :

— Police, contrôle d'identité ! Vos papiers, s'il vous plaît.

Une demi-heure plus tard, elle était dans sa voiture. Il l'avait ramenée devant son immeuble, une tour de la cité de la Daunière où elle partageait un appartement avec une copine. Elle s'appelait Svetlana, mais tout le monde l'appelait Nico, à cause de sa ressemblance avec la chanteuse du Velvet Underground. Elle avait une maîtrise en histoire de l'art qui ne lui servait pas à grand-chose et avait quitté Kiev pour Moscou, où elle vivotait comme mannequin dans une petite agence, jusqu'à ce que son *booker* lui fasse miroiter un avenir doré à l'Ouest.

Un Éden trompeur qui l'avait contrainte à dealer de l'amour sur le macadam, en s'avilissant chaque jour davantage.

Il était allé jusqu'à lui demander ses tarifs. Elle n'avait pas baissé les yeux et lui avait répondu : de 50 euros jusqu'à 200 euros selon le plaisir choisi. Il lui avait tendu 200 euros en lui ordonnant :

— Ferme les yeux et laisse-toi faire.

— Comme ça... dans la voiture ?

— Oui.

Elle avait fermé les yeux ; il avait allumé le contact et mis ce CD qu'il adorait, où Ella Fitzgerald chante en duo avec Louis Armstrong, avant de prendre la nationale 118 vers Paris.

Elle ne s'attendait pas à ça, mais elle s'était laissé faire, gardant les yeux clos pendant tout le trajet, bercée par les voix d'Ella et Louis.

Une demi-heure plus tard, ils étaient en haut de la grande roue de la place de la Concorde. Elle avait mis du temps à se détendre et n'était d'ailleurs pas tout à fait rassurée, mais la vie lui avait appris que la merveille est dans l'instant.

Nico s'émerveilla donc comme une enfant devant la farandole d'ampoules qui animaient les Champs-Élysées. Lorsque leur cabine franchit le pic le plus haut, elle mit sa tête en arrière, telle une offrande. Martin la regarda : dans ses yeux, la pluie d'étoiles se mélangeait au drapé scintillant des illuminations.

Plus tard, il l'emmena manger des raviolis aux cèpes et des *biscotti* à la polenta dans un petit restaurant de la rue de Bassano.

Puis retour aux Ulis, en bas de chez elle.

Puis la main de Nico remonta le long de sa jambe, caressa son genou, sa cuisse, son...

— Non, dit-il simplement en posant la main sur la sienne.

Svetlana sortit de la voiture et le regarda s'éloigner.

Elle était heureuse et malheureuse en même temps.

Ils se revoient la semaine d'après, puis régulièrement pendant une année. Toujours la même tarification, 200 euros : l'assurance pour lui de ne pas tomber amoureux, l'assurance pour elle de ne pas se faire de film.

Il s'est mis en tête de lui offrir une échappatoire régulière à un quotidien sordide : les pipes dans les voitures, les passes à la va-vite dans les Novotel, la coke et l'héro comme béquilles assassines, le sentiment d'être prisonnière et de ne rien maîtriser de sa vie.

Il se souvient de chacune de leurs soirées : la patinoire en plein air du parvis de l'Hôtel de Ville, le Cirque d'hiver Bouglione, le concert de Police au Stade de France, Picasso et Courbet au Grand Palais, *La Vie devant soi* au théâtre Marigny...

Sur son téléphone, il a gardé tous ses mails, au lendemain de chaque soirée, auxquels il n'a jamais répondu.

Comme un con...

De : svetlana.shaparova@hotmail.fr

Objet : La vie ne vaut d'être vécue...

Date : 12 février 2008 08 : 03
À : martin.beaumont1974@gmail.com

Il fait froid. Je prends le métro pour me rendre à mon « travail », je tire ma petite valise à roulettes d'une main. Tout contre moi, je tiens serré le livre que tu m'as offert. Dans mes oreilles, cette chanson de Serge Gainsbourg que tu m'as fait découvrir, cette *Javanaise* qui prétend que *la vie ne vaut d'être vécue sans amour...*

Merci pour le dîner magique d'hier soir dans ce restaurant au-dessus du théâtre de l'avenue Montaigne. Dominer Paris quelques instants, survoler le monde, partager un bout de vie avec toi, le sourire aux lèvres de tant d'attention. Même la fatigue a su rester à sa place. J'étais bien. J'étais bien.

Merci, merci, merci ! Je ne regrette pas le McDo.

I'm yours

Ta Cendrillon

Boulevard Malesherbes
La moto file sur le sol mouillé, dépasse le boulevard Berthier et le périph.

Avenue de la porte d'Asnières
Martin ralentit et relève la visière de son casque.

Rue Victor-Hugo
Il fait demi-tour sur le terre-plein central.

Trois filles de l'Est aux allures suggestives attendent le client sous la pluie, à proximité d'un panneau Decaux. Il s'approche du groupe, ralentit. Elles le prennent d'abord pour un client, puis Svetlana le reconnaît. Il lui tend son casque et lui fait signe de monter. Elle tremble, elle est maigre et ses yeux sont vides et creux. Il sait qu'elle ne dort presque plus, que la majeure partie de son fric passe maintenant dans la drogue.

— Viens !

Elle secoue la tête, s'éloigne. Elle appréhende ce qu'il a en tête et elle a peur. Peur des représailles violentes du réseau mafieux qui l'a mise sur le pavé, peur des pressions que ces types exercent sur sa famille restée au pays.

Mais on ne peut pas passer sa vie à avoir peur.

Alors, Martin la rattrape sur le trottoir. Elle est tellement faible qu'elle abandonne vite toute résistance. Il la prend par les épaules, la porte presque jusqu'à la moto en lui promettant :

— Ça va aller, ça va aller.

Une heure plus tard, ils sont à Montparnasse, dans un hôtel discret de la rue de l'Abbé-Grégoire. Elle a pris une douche et il la frictionne dans le peignoir pour la réchauffer. Sous l'effet du manque, ses pupilles se contractent et elle est secouée de tics et de tremblements. Il remarque ses bras griffés jusqu'au sang à force de démangeaisons et entend son ventre qui gargouille.

Avant qu'elle n'aille dans la salle de bains, il lui a fait prendre trois cuillères de méthadone pour ralentir l'apparition des symptômes de sevrage. Sonia lui a expliqué que les premiers effets analgésiques apparaîtraient entre trente et soixante minutes plus tard. En attendant, il l'aide à s'entortiller dans la couette et lui tient fort la main jusqu'à ce qu'il sente les premiers signes d'apaisement.

— Pourquoi, Martin ? demande-t-elle avec son accent slave.

Couchée sur le lit, elle semble relaxée, presque

sereine. Bien sûr, cette quiétude est artificielle et chimique, mais c'est aussi le premier pas.

— Tu ne peux pas te sortir de là toute seule.

— Mais ils me retrouveront…

— Non.

Il se lève, attrape son sac à dos en cuir d'où il tire un passeport usagé.

— Il est plus vrai qu'un vrai, explique-t-il en l'ouvrant à la première page. Désormais, tu ne t'appelles plus Svetlana, mais Tatiana. Tu n'es pas née à Kiev, mais à Saint-Pétersbourg.

C'est à ça qu'il a consacré sa dernière journée de flic : à lui dégoter une nouvelle identité.

— Deuxième chose, dit-il en posant sur le lit un billet d'avion. Demain matin, tu pars pour Genève, à la clinique Jeanne-d'Arc. Ils vont te remettre d'aplomb, tu vas voir.

— Mais comment ?…

— Tout est payé, répond-il en anticipant sa question.

Ce qu'il se garde bien d'avouer, c'est que c'est avec le montant de son PEL qu'il a vidé dans l'après-midi.

Puis il lui remet la carte de visite de Sonia Hajeb.

— Au moindre problème, appelle ce numéro. C'est une femme, une psychiatre, une amie : elle sait qui tu es et elle est prête à t'aider.

À présent, Svetlana a des larmes dans les yeux, de celles qui lavent, qui font du bien et raniment un regard que l'on croyait éteint pour toujours.

— Martin… pourquoi tu fais ça ?

Il lui pose un doigt sur la bouche pour lui faire comprendre que certaines questions n'ont pas toujours de réponse et lui dit qu'il est tard et qu'il faut dormir maintenant.

Il se couche à côté d'elle et lui tient la main en attendant que le sommeil l'enlève.

Le milieu de la nuit, dans une cité HLM de l'Essonne.

Un petit appartement, toutes lumières éteintes.

Sur la sonnette, un nom aux consonances slaves.

À l'intérieur, tout est gris et triste.

Dans la chambre, sur une étagère, quelques livres qu'il lui avait conseillés, un baladeur avec les chansons qu'il lui avait dit d'écouter.

Sur le mur, les affiches des films qu'ils étaient allés voir cette année-là, *Two Lovers, La nuit nous appartient, Into the wild.*

Sous le lit, une belle boîte à musique.

Lorsqu'on ouvre la boîte, une mélodie traditionnelle emplit la pièce de nostalgie.

Dans la boîte, quelques papiers et des photos jaunies d'une enfance ukrainienne.

Autant de petits cailloux…

Au fond de la boîte, une enveloppe.

Dans l'enveloppe, des billets de banque. Tout l'argent qu'il lui a donné à chacun de leurs rendez-vous. Elle n'y a jamais touché, n'en a jamais dépensé le moindre euro, même aux pires moments, même lorsqu'elle aurait été capable de faire n'importe quoi pour acheter un peu d'héro.

Autant de petits cailloux, autant de preuves qu'il s'était passé quelque chose entre eux, cette année-là, lorsque, l'espace de quelques mois, il était entré dans sa vie.

Et où elle était,

un peu,

entrée dans la sienne.

13

La part manquante

Jour après jour
Les amours mortes
N'en finissent pas de mourir.

« La chanson de Prévert »,
paroles et musique de
Serge GAINSBOURG

Elle
San Francisco
7 heures du matin

Premières lueurs du jour. Goût de sel dans la bouche. Tête lourde, corps triste, cœur à l'ouest.

Gabrielle se lève sans bruit pour ne pas réveiller l'homme endormi à côté d'elle : *Mister Connard*, dont elle a oublié jusqu'au prénom et qu'elle ne reverra jamais. *Mister Connard* et son 4×4 écolo, son boulot high-tech et son appartement en front de mer.

Elle ramasse ses affaires et s'habille à la va-vite dans la salle de bains : jean clair, col roulé noir, blouson de cuir cintré, bottines à talons hauts.

Dans le frigo de la cuisine, elle attrape une petite bouteille d'eau minérale. Envie d'une cigarette, envie de sentir un Lexomil sous la langue pour faire taire ce vide qui lui bouffe le ventre et cette solitude qui la flingue depuis l'enfance.

Les rayons de soleil cajolent la baie vitrée ouverte sur la marina, le Pacifique et l'île d'Alcatraz. Guidée par la lumière, elle quitte la maison et traverse la longue bande de pelouse. Le vent se lève et porte avec lui le son des cornes de brume des ferries.

Elle s'avance sur la plage, enlève ses chaussures et fait quelques pas le long des vagues. Le sable est tiède. Des particules de feu caressent ses cheveux. De loin, on pourrait croire qu'elle danse au bord de l'océan et qu'elle est heureuse.

Pourtant, son cœur déchiqueté n'est qu'un désert de glace.

Dans deux jours, c'est son trente-troisième anniversaire et, comme chaque année à cette date, elle se retrouve seule face à elle-même.

Si seule.

Elle ferme les yeux, écarte les bras et offre son visage aux rafales de vent et à l'air marin. Elle sait qu'elle va mal.

Pourquoi ai-je lâché ta main ?

Elle se sent aspirée par le vide et vacille comme une flamme. Alors, elle lutte. Il ne faut pas qu'elle s'éteigne. Il ne faut pas qu'elle chute. Parce que si elle tombe, personne ne la rattrapera avant qu'elle ne s'écrase.

Lui
Paris
1 heure du matin

La chambre d'hôtel est plongée dans la pénombre.

Couché sur le lit, les bras croisés, Martin a les yeux grands ouverts. À côté de lui, Svetlana s'est endormie. Lui sait qu'il ne fermera pas l'œil de la nuit : le sommeil, ça n'a jamais été son truc. Il se lève sans bruit, se penche vers elle et remonte la couverture sur son épaule fragile. Il enfile son blouson, éteint la lumière et quitte la chambre.

Dans l'ascenseur, il ressent un désarroi brutal, un gouffre qui s'ouvre tout à coup. Un manque qu'il peine à identifier. Une tristesse sans fond qui prend la forme d'une boule dans son ventre.

Il traverse les dorures du hall, salue l'employé de la réception et sort dans la rue.

La pluie, toujours.

Il enfourche sa moto, met les gaz et part en trombe dans la nuit.

Dans son métier de flic, il a souvent joué avec le feu et il s'y est parfois brûlé. Ce soir, il se sent à la fois invincible et d'une grande vulnérabilité, tenaillé par des envies contraires d'étreintes et de roulette russe, comme un funambule marchant sur un fil tendu entre deux pics rocheux.

Dans son ventre, la boule continue à se faire oppressante. Il croit que c'est de la colère qui bout en lui.

Il ne sait pas encore que c'est de l'amour.

**Elle
San Francisco
7 h 30 du matin**

Un aboiement fait sortir Gabrielle de sa claustration. Elle ouvre les yeux et reprend ses esprits. Sur la plage, un labrador au poil clair jappe autour d'elle en la frôlant de son museau. Elle le caresse et joue quelques minutes avec lui.

Puis elle regagne les trottoirs de la marina où se succèdent les maisons pittoresques qui bordent l'océan. Sa voiture se reconnaît de loin : un coupé cabriolet Mustang de 1968, couleur rouge baiser, qui appartenait à sa mère. Une voiture antiécologique, d'avant la crise pétrolière et le réchauffement climatique. Une aberration, peut-être, en ces temps du politiquement correct. N'empêche, elle lui trouve un charme inusable et la conduit avec délice.

Elle allume le contact et file le long de Marina Boulevard et de Redwood Highway avant de s'engager sur le Golden Gate.

Elle adore ce pont suspendu qu'elle emprunte quotidiennement. Elle aime sa couleur rouge orangé, ses deux tours immenses qui semblent partir à la conquête du ciel, et comme tous les habitants de la ville, elle en est fière.

L'esprit plus léger, elle insère une cassette de Lou Reed dans le lecteur et monte le son sur *Walk On The Wild Side*.

Cheveux au vent, elle a l'impression de survoler la mer, de monter vers le ciel et de toucher la lumière. Alors, brutalement, la douleur la reprend et l'impression de vide s'insinue de nouveau en elle.

Au lieu de ralentir, elle accélère.

Si je venais à me foutre en l'air, je ne manquerais à personne.

Lui
Paris
1 h 30 du matin

IPod sur les oreilles, visage griffé par le vent, Martin traverse à vive allure le rideau de pluie qui s'abat sur le périphérique glissant comme une patinoire. Porte de Vincennes, porte de Bagnolet, porte de Pantin.

Des centaines de lumières défilent devant ses yeux, tournoient autour de lui, brouillent sa vision. Dans le casque de son baladeur, Brel chante la quête d'une inaccessible étoile, l'amour fol de vieux amants, les *putains d'Amsterdam, de Hambourg ou d'ailleurs.*

Il accélère, se faufile entre les voitures, devine les obstacles plus qu'il ne les voit. Fiévreux, trempé de pluie tiède, il s'abandonne à la route, comme à une ivresse.

Il accélère encore, se met en danger, va provoquer le destin, comme si ce n'était plus lui qui était aux commandes, comme s'il demandait à une main invisible de le guider vers quelque chose ou quelqu'un…

Eux

Deux bolides lancés l'un vers l'autre qu'un océan sépare encore.

Deux étoiles filantes qui vont entrer en collision. Des retrouvailles trop longtemps différées.

Des retrouvailles dangereuses.

Car l'amour et la mort n'ont que deux lettres de différence.

DEUXIÈME PARTIE

LES RUES DE SAN FRANCISCO

14

Valentine

Si deux personnes s'aiment, il ne peut y avoir de fin heureuse.

Ernest HEMINGWAY

**Le lendemain
22 décembre
Au-dessus de l'Atlantique**

— Un peu de champagne, monsieur ?

À plus de vingt mille pieds du sol, le vol 714 poursuivait sa route vers San Francisco, filant tel un oiseau d'argent au-dessus de la mer de nuages.

Martin déclina l'offre de l'hôtesse. Autour de lui, les passagers de première classe dégustaient leur foie gras aux figues sur toast de pain d'épice.

À sa gauche, Mademoiselle Ho, toujours escortée par son sumotori, buvait de petites gorgées d'un Martini Bianco.

— C'est vous qui aviez raison, admit-elle en sortant une pochette cartonnée de son porte-documents.

Martin regarda la chemise à soufflet. Elle était siglée des lettres FBI, suivies de la mention *Highly Confidential*.

— Vous avez eu les résultats d'analyse de l'empreinte digitale d'Archibald ?

Elle opina de la tête et l'incita à prendre connaissance du dossier.

— Je vous présente Joseph A. Blackwell, détenu à la prison de San Quentin jusqu'en 1981, sous le matricule IB070779.

En contemplant la liasse des documents posés devant lui, Martin sentit un frisson d'excitation lui parcourir l'échine. Il se décida à ouvrir la pochette et une lueur cristalline s'alluma dans ses yeux.

La photo avait été prise au commissariat de San Francisco lors de l'arrestation d'un certain Joseph Archibald Blackwell, dans la nuit du 23 au 24 décembre 1975, sous le chef d'inculpation de « blessures risquant d'entraîner la mort ». Le cliché en noir et blanc représentait un homme d'une trentaine d'années, aux yeux cernés, ravagé par la douleur.

Une courte notice biographique résumait le parcours du suspect.

Naissance à Fountainbridge, un quartier populaire d'Édimbourg, d'une mère couturière et d'un père artiste peintre qui ne vendra jamais une toile. Élève doué mais dissipé, qui abandonne ses études à l'âge de quatorze ans pour exercer divers petits métiers : maçon, mécanicien, vernisseur de cercueils, homme à tout faire à l'École des beaux-arts d'Édimbourg.

À vingt ans, il s'engage dans la Royal Air Force comme simple mécano, mais parvient à passer son brevet d'aviateur. Cinq ans plus tard, on le retrouve en tant que pilote pour le compte de l'association des Médecins volants chargés d'évacuer les polytraumatisés en Australie centrale. Plusieurs photos de cette époque le montraient le visage tanné, près d'un vieux Cessna, au milieu de l'aridité du bush australien.

Puis une nouvelle série de clichés témoignaient de son engagement dans différentes missions humanitaires au sein d'une autre association, Les Ailes de l'espoir : accompagnement d'enfants en urgence de soins au Biafra, évacuation sanitaire de réfugiés, acheminement de produits pharmaceutiques au Nicaragua, transport d'équipes de secours après un tremblement de terre en Sicile… Autant de ponts aériens porteurs d'espoir. Quelques gouttes d'eau sur un brasier. Quelques gouttes d'eau qui ne changeaient rien. Quelques gouttes d'eau qui changeaient tout…

Martin était hypnotisé par chacun des tirages. Ainsi, dans sa jeunesse, le futur voleur avait été un pionnier de l'humanitaire, un baroudeur solitaire au visage creusé dont le regard dur trahissait la mélancolie, la révolte et le manque d'amour.

Les deux dernières images tranchaient avec les autres. La première montrait Archibald enlaçant une jeune femme sur une plage de sable. Derrière eux, une mer d'un bleu profond, des montagnes enneigées et les remparts d'une ville fortifiée que Martin connaissait bien.

Intrigué, l'ancien flic retourna la photo. Au dos, une inscription délavée écrite au stylo plume – *Antibes, janvier 1974* – précédant un message écrit en français :

Garde-moi auprès de toi.
Pour toujours.
Je t'aime.
Valentine.

Ainsi, Archibald se trouvait en vacances sur la Côte d'Azur l'année où lui-même y était né. Cette découverte le conforta dans l'idée que leurs destins étaient liés.

Martin répugnait à pénétrer une intimité sans y avoir été invité. C'est donc légèrement mal à l'aise qu'il s'arrêta sur la compagne d'Archibald : une femme que l'on devinait belle, le visage à demi masqué par les mèches de sa longue chevelure châtain que le vent faisait voltiger devant ses yeux. Décidément, le bon goût du voleur ne s'arrêtait pas aux œuvres d'art...

Le dernier cliché était un gros plan d'Archibald à la terrasse d'un restaurant provençal. Le soleil qui éclairait son visage lui donnait une expression douce. Tous ses traits étaient relâchés. C'était le visage d'un homme désarmé et qui n'avait pas peur de l'être. Le visage d'un homme amoureux qui ne regardait pas l'objectif, mais le sourire bienveillant d'une femme.

L'image ne comportait aucune inscription, mais Martin était prêt à parier que c'était cette Valentine qui avait pris la photo.

Qui était-elle ? Et qu'avait donc pu faire Archibald pour se retrouver en prison ?

De plus en plus captivé, il poursuivit la lecture du dossier qui comprenait un interrogatoire policier, un acte d'accusation, ainsi que le compte rendu d'un procès.

L'affaire remontait à une nuit de décembre 1975.

Une nuit qui aurait dû être celle de tous les bonheurs.

Et qui fut celle de tous les drames.

San Francisco
23 décembre 1975
5 h du matin

— Chéri, j'ai mal !

Archibald ouvre les yeux en sursaut.

À côté de lui, Valentine se tord de douleur. Elle est enceinte de six mois. Depuis quelque temps, elle a de terribles brûlures d'estomac. Elle a perdu l'appétit et vomit fréquemment. Le médecin généraliste qu'elle a consulté a seulement diagnostiqué une gastro-entérite, mais son état ne fait qu'empirer.

— On va à l'hôpital ! décide-t-il en se portant à son chevet.

Il lui caresse le front puis l'aide à se mettre debout. Il est rentré en pleine nuit d'une mission en Afrique. Son avion a eu trois jours de retard, car depuis une semaine les États-Unis sont touchés par une vague de froid sans précédent : tempêtes de neige, gel et blizzard balaient le pays d'une côte à l'autre, provoquant des coupures de courant et perturbant le trafic routier et aérien au beau milieu des vacances de Noël. Même en Californie, le froid désorganise tout : on a fermé certains tronçons d'autoroutes et, à San Francisco, il a gelé six jours consécutifs. Du jamais-vu.

Heureusement, leur lit est encerclé par trois petits radiateurs électriques qui soufflent leur chaleur rassurante et rendent habitable leur maison sur l'eau, à peine plus grande qu'un igloo.

Soutenue par Archibald, Valentine se met péniblement debout. Elle a les pieds enflés, une sensation de malaise grandissant et un mal de crâne qui lui donne des nausées.

Ils sortent clopin-clopant. Dehors, le petit port de Sausalito est encore plongé dans l'obscurité. Devant leur *boat house*, le pare-brise du coupé Mustang rouge baiser qu'ils viennent de s'offrir est recouvert de givre.

Archibald aide Valentine à s'installer puis commence à gratter la couche de glace directement avec ses ongles.

— Il y a une raclette dans le coffre, chéri... lui fait-elle remarquer gentiment.

Aussitôt dit, aussitôt fait. Clé dans le contact, moteur qui ronronne et direction l'hôpital.

— Cette fois, on ne prend aucun risque et on va au Lenox !

— Non, Archie, on va à Mission, c'est l'hôpital où je dois accoucher.

Archibald ne veut pas la contrarier, mais il ne fait aucune confiance au docteur Alister, le gynécologue qui la suit. C'est un mec arrogant et trop sûr de lui, avec lequel on ne peut jamais discuter.

Il tente donc de la convaincre :

— Au Lenox, il y a Elliott Cooper.

— Elliott est chirurgien cardiaque, babe…

Il la regarde. Malgré la douleur, elle lui sourit tendrement et s'amuse presque de leurs bisbilles.

Alors, comme de toute façon elle a toujours raison, « Archie » s'engage sur Richardson Avenue, au sortir du Golden Gate.

— Tu ne mets pas de musique, chéri ?

— Mais enfin, Valentine, tu…

— Ne discute pas et mets la radio ! Que je pense à autre chose qu'à la douleur !

Dans le poste, ce matin-là, c'est donc la voix grave de Leonard Cohen qui les escorte, tandis qu'ils enchaînent les vallons de Divisadero Street jusqu'à Pacific Heights et Haight Ashbury.

Valentine est belle. Malgré les élancements, la migraine et les nausées, elle est belle.

Elle le regarde et elle lui sourit.

Ils ne savent pas encore que c'est la dernière chanson qu'ils écouteront ensemble…

Ils arrivent à Castro – un endroit que l'on commence à surnommer le « secteur gay » depuis que la ville a ratifié le *Gay Bill of Rights* contre la discrimination sexuelle. Puis ils prennent à gauche, dépassent Dolores Park et arrivent à Mission District, le secteur hispanique. Cet endroit snobé des touristes qui ne figure sur aucun guide est pourtant le plus vieux de la ville. C'est là qu'en 1776, les Espagnols fondèrent leur première chapelle, centre de l'évangélisation franciscaine de la région.

Archibald déteste ce quartier qu'il trouve miteux, violent et délabré. Valentine l'adore et le trouve coloré, flamboyant, électrique.

À cause du gigantesque chantier du BART, le réseau ferré de banlieue qui a éventré la ville pendant de longs mois, l'entrée de l'hôpital s'effectue par l'arrière, ce qui les oblige à contourner le bâtiment. Dans la nuit clignotent les enseignes lumineuses des bars à tacos et à quesadillas. Même avec les fenêtres fermées, ils sentent les effluves de cuisine : chili, burritos, épis de maïs au beurre fondu.

Lorsqu'ils débarquent enfin aux urgences, ils sont frappés par la désorganisation du service. À voir la salle d'attente bondée, l'hôpital tourne en sous-effectif. De plus, le hall est envahi de junkies et de clochards, en attente d'une consultation à la *free clinic* qui partage les mêmes locaux.

C'est le côté sombre de la ville : le nombre de sans-abri qui augmente chaque jour davantage dans une indifférence presque générale, les *boys* revenus traumatisés du Viêtnam et qui hantent les couloirs des hôpitaux psychiatriques avant de dormir dans des cartons ou sur les bancs du métro. Mais c'est surtout la démocratisation des drogues qui cause d'effroyables ravages : San Francisco paie au prix fort les excès du mouvement hippie. Non, le LSD et l'héro n'ont pas élevé les esprits ni libéré les consciences. Ils ont seulement transformé ceux qui n'ont pas su décrocher en zombies décharnés crevant à même le trottoir, l'aiguille dans le bras et le vomi aux lèvres.

— On s'en va ! tranche Archibald en se tournant vers Valentine.

La jeune femme ouvre la bouche pour protester, mais sa respiration se bloque soudain et elle s'écroule sur le sol.

218

— Alors ?

Dans un bureau prétentieux, Archibald fait face au docteur Alister, qui vient de recevoir les premiers résultats des examens de Valentine.

Les deux hommes ont à peu près le même âge. Ils pourraient être frères ou amis, mais, dès leur premier contact, ils ont senti qu'une sourde hostilité les opposait.

L'un est né dans la rue, l'autre à Beacon Hill.

L'un porte un blouson, l'autre une cravate.

L'un a du vécu, l'autre a des diplômes.

L'un est instinctif, l'autre est rationnel.

L'un aime, l'autre veut être aimé.

L'un n'est pas très grand, pas très beau, mais c'est un vrai mec. L'autre a une belle gueule de séducteur et des compliments plein la bouche.

À l'un, la vie n'a rien donné, alors il s'est servi. À l'autre, la vie a beaucoup donné, alors il n'a pas pris l'habitude de dire merci.

L'un a lutté des années avant de se réveiller auprès de la seule, de l'unique. L'autre s'est marié avec sa première copine de fac et s'envoie les infirmières stagiaires, sous la lumière glauque de la salle des radios.

L'un déteste tout ce que représente l'autre.

Et ça, c'est réciproque.

— Alors ? répéta Archibald en perdant patience.

— Les examens sanguins montrent une baisse du taux des plaquettes : quarante mille contre un minimum de cent cinquante mille. Le bilan hépatique n'est pas très bon, mais…

— Qu'est-ce que vous comptez faire ?

— Nous lui avons donné des médicaments pour faire baisser sa tension et nous allons la transfuser pour faire remonter ses plaquettes.

— Et après ?

— On attend.

— On attend quoi ? s'agaça Archibald. Hypertension, albumine dans les urines : elle fait une pré-éclampsie.

— Pas forcément.

— Il faut interrompre la grossesse.

Alister secoua la tête.

— Non, on peut la prolonger si nous arrivons à stabiliser l'état général de votre femme. Pour l'instant, les signes biologiques sont mineurs et rien ne nous certifie qu'ils vont évoluer dans le mauvais sens.

— Mineurs ? Vous plaisantez ou quoi ?

— Écoutez, monsieur, vous n'êtes pas médecin.

— C'est vrai, admit Archibald, mais des femmes mourant après une éclampsie, j'en ai sûrement vu plus que vous, en Afrique.

— Ici, nous ne sommes pas en Afrique. Et votre femme n'en est qu'à sa vingt-cinquième semaine.

Faire une césarienne maintenant, c'est condamner l'enfant...

Le visage d'Archibald changea d'expression pour prendre un air dur et amer.

— Je m'en fiche, répondit-il, c'est ma femme que je veux sauver.

— Ce n'est pas précisément ainsi que le problème se pose, nuança le docteur Alister. Nous recherchons un terme d'accouchement compatible entre la vie de l'enfant et la sauvegarde de celle de la mère.

— La seule chose que vous allez faire, c'est bousiller son cerveau, son foie, ses reins...

— J'ai déjà discuté de ça avec votre femme. Elle est consciente qu'il peut y avoir des risques, mais elle ne souhaite pas de césarienne pour l'instant.

— Ce n'est pas à elle de décider.

— Non, c'est à moi. Et je ne vois aucune raison médicale valable pour que cette grossesse n'aille pas à son terme.

Archibald est revenu dans la chambre de Valentine. Assis à ses côtés, il lui caresse doucement le visage. Il repense au long chemin qu'ils ont fait tous les deux pour vivre un amour qui n'aurait jamais dû éclore. Il repense à tous les obstacles qu'ils ont surmontés, à toutes les peurs qu'ils ont vaincues.

— Je ne veux pas de césarienne ! implore-t-elle.

Elle a la peau jaunâtre, les yeux cernés et noyés de larmes.

— Je n'en suis qu'à vingt-cinq semaines, chéri ! Laisse-moi le garder encore un peu !

Elle a besoin de lui, mais il est impuissant. Il lui avait promis d'être là, dans les bons et les mauvais jours, la santé et la maladie. Il lui avait promis de la protéger et de veiller sur elle, mais on promet toujours plus qu'on ne peut tenir.

Elle le regarde en écarquillant les yeux.

— Laisse-moi lui donner encore un peu de force…

— Mais tu risques de mourir, mon amour.

Entravée par les tubes des perfusions, elle réussit à agripper son bras et malgré la douleur qui lui coupe le souffle :

— Cet enfant, je le veux pour toi. Je le sens tellement vivant dans mon ventre ! C'est une petite fille, tu sais, j'en suis sûre ! Tu l'aimeras, hein, Archie, tu l'aimeras !

Il s'apprête à lui répondre que c'est elle qu'il aime. Lorsqu'il la voit rouler des yeux. Puis ses muscles faciaux et ses mains se contractent brusquement et…

— Tu vas la faire, cette putain de césarienne !

Archibald interpelle Alister en hurlant au milieu du couloir.

Interloqué, le médecin le regarde fondre droit sur lui, bouillant de colère et prêt à en découdre.

Dans son lit, Valentine s'arrache un bout de langue en serrant les dents. Ses bras, ses jambes se raidissent et les mouvements de sa respiration se contractent et se bloquent.

Sans en avoir l'air, le vigile s'est rapproché d'Archibald et avance, arme au poing, derrière lui. Il a l'habitude de maîtriser les junkies, souvent violents, à qui on vient de refuser une dose de Subutex.

Mais Archibald n'est pas un drogué. Devinant sa présence, il se baisse subitement et, d'un mouvement aussi soudain que violent, déplie sa jambe en ruade, d'un coup de pied retourné. Projeté au sol, le vigile lâche son arme qu'Archibald s'empresse de ramasser.

Valentine est agitée de violents spasmes. De la salive écumeuse et sanguinolente s'échappe de ses lèvres et commence à l'étouffer.

— Elle convulse, connard !

Plus tard, au procès, Archibald expliquera qu'il avait seulement voulu menacer le médecin avec son arme, qu'il voulait simplement l'intimider, que le coup était parti tout seul et qu'il n'avait jamais voulu appuyer sur la détente. Le vigile témoignera à son tour en reconnaissant que le flingue était mal entretenu et que pareille mésaventure lui était déjà arrivée à deux reprises. En tout cas, le caractère accidentel du geste n'en changea pas le résultat : le docteur Alister reçut une balle de 9 mm dans le poumon droit.

Archibald lâcha son arme au moment où sa femme perdait connaissance et s'enfonçait dans le coma. On le ceintura et le projeta face contre sol avant de le menotter dans un brouhaha indescriptible.

Lorsque la police l'emmena, il se tourna vers la chambre de Valentine et il lui sembla entendre l'interne de garde crier :

— On la perd !

Puis la voix de l'infirmière qui constatait :

— C'est une petite fille.

Ce jeudi-là, le service des soins intensifs de l'hôpital public de Mission District accueillit une petite fille née trois mois avant terme. Elle pesait 510 grammes et ne mesurait même pas 30 centimètres. Comme beaucoup de prématurés, c'était un bébé bien proportionné, au visage gracieux et à la peau gélatineuse et fine qui laissait transparaître ses veines.

Le médecin appelé en catastrophe pour procéder à l'accouchement avait pourtant hésité un moment avant de tenter de la réanimer et, même après l'avoir fait, il n'aurait pas parié un dollar sur sa survie.

On la plaça néanmoins dans un incubateur, avec une assistance respiratoire.

La sage-femme qui s'occupa d'elle s'appelait Rosalita Vigalosa. Elle habitait le quartier depuis vingt ans et dans le coin tout le monde l'appelait Mamma. C'est elle qui toutes les trois heures nettoyait les poumons encore immatures du bébé pour les aider à devenir autonomes.

Chaque matin, en se rendant à son travail, elle avait pris l'habitude de faire un détour pour allumer un cierge à la chapelle de Mission Dolores et d'adresser une prière pour que cet enfant survive. Après quelques jours, elle avait fini par le surnommer l'« enfant du miracle ».

Sur le bracelet de naissance, au moment où il fallut inscrire un prénom, Rosalita se dit que le bébé allait sacrément avoir besoin des anges pour s'en sortir dans la vie.

Alors, comme un talisman, elle choisit de lui donner le prénom du premier d'entre eux :

Gabrielle.

15

Alter ego

Il y a dans notre âme des choses auxquelles nous ne savons pas combien nous tenons. Ou bien, si nous vivons sans elles, c'est parce que nous remettons de jour en jour, par peur d'échouer ou de souffrir, d'entrer en leur possession.

Marcel PROUST

Mesdames, messieurs, notre avion va bientôt commencer sa descente vers San Francisco. Veuillez attacher votre ceinture et relever le dossier de votre fauteuil.

Encore abasourdi par ce qu'il venait de lire, Martin resta sourd aux appels du chef de cabine.

Ce prénom... Cette date de naissance...

La tête plongée dans son dossier, les mains moites et le cœur battant, il se hâta, fébrile, de terminer la lecture du compte rendu du procès. Un procès au bout duquel Archibald avait été condamné à dix ans d'emprisonnement pour avoir grièvement blessé le docteur Alister.

La photocopie de son dossier d'incarcération au pénitencier de San Quentin mentionnait quelques bagarres qui l'avaient privé d'une remise de peine, ainsi qu'une présence assidue à la bibliothèque et aux cours d'histoire de l'art dispensés par un professeur bénévole de Stanford.

Mais le plus surprenant était qu'en prison, Archibald n'avait pas reçu la moindre visite. Aucun ami pour lui dire « tiens bon », aucun parent pour lui donner des nouvelles de la famille, personne pour lui présenter sa fille...

Puis on avait perdu sa trace dans la foulée de son évasion, en novembre 1981. Joseph A. Blackwell s'était volatilisé sans laisser d'adresse pour devenir Archibald McLean, le roi des voleurs...

Martin examina le dernier feuillet, une photocopie récente en date de la veille. Sans doute une enquête complémentaire sommaire, effectuée dans l'urgence par les Fédéraux et agrémentée d'une photo qu'il espérait et redoutait à la fois : celle d'une jeune femme au visage fuyant, lunettes de soleil sur le nez, au volant d'une Ford Mustang couleur rouge baiser. Une jeune femme aux cheveux longs et lisses dont il n'avait jamais oublié les yeux verts, brillant sous la pluie. Une jeune femme qui, à la fin d'un été, lui avait demandé : « Reste encore ! »

Pour cacher son trouble, il tourna la tête vers le hublot. Par-delà les montagnes arides, il devina la côte californienne, les rouleaux du Pacifique et la baie de San Francisco.

Il devina aussi qu'Archibald et lui avaient en commun le même amour manqué.

Il devina surtout que sa traque d'Archibald représentait beaucoup plus que l'arrestation d'un criminel. C'était une enquête sur lui-même, une vraie thérapie. Pas de celles que l'on suit le cul posé sur le divan d'un psy, mais une confrontation avec son passé, ses peurs enfouies et les zones les moins avouables de sa personnalité.

Il fallut moins d'une demi-seconde à Archibald pour crocheter la serrure de la maison sur pilotis dans laquelle vivait Gabrielle.

Il y entra avec le sentiment de pénétrer dans un sanctuaire et l'émotion le saisit brutalement, comme un animal qui vous saute à la gorge. C'est dans cette maison flottante qu'il s'était réveillé trente-trois ans plus tôt, à côté de Valentine, ce matin maudit de décembre qui avait précipité leur vie dans le cauchemar.

Il avança prudemment à l'intérieur. Un parfum d'encens flottait dans l'air. La maison était vide, mais pleine de souvenirs. Il reconnut au premier coup d'œil les meubles en bois cérusé qu'ils avaient repeints tous les deux, la petite armoire achetée un bon prix à la brocante de Carmel, le miroir en pied récupéré dans un dépôt-vente de Monterey…

Une brise légère s'engouffra par la porte restée ouverte, faisant onduler les rideaux vaporeux qui filtraient la lumière.

Puis il entra dans la cuisine où des bribes du passé refirent douloureusement surface : déjeuners en amoureux, préparation de sa fameuse recette de pâtes au pesto, le plat préféré de Valentine, verres de vin qui s'entrechoquent, éclats de rire, bouches qui se trouvent et se retrouvent.

Pour lutter contre ces images remontées du passé, il ouvrit le robinet de l'évier et se passa un peu d'eau sur le visage. Deux jours plus tôt, le cancer qui rongeait son pancréas l'affaiblissait au point de ne plus pouvoir faire le moindre effort. Aujourd'hui, il se sentait étonnamment mieux. Administrés à haute dose, les antalgiques faisaient leur effet, l'aidant à contenir la maladie et lui offrant une rémission de courte durée, mais qui lui laisserait peut-être le temps de parler à Gabrielle pour la dernière fois.

Une dernière fois qui serait aussi la première.

En prison, le chagrin avait failli le rendre fou et il avait toujours refusé de reconnaître sa paternité. On avait confié Gabrielle à sa grand-mère, une Française un peu fantasque mariée à un viticulteur de Sonoma Valley. Une fois évadé de San Quentin, au début des années 1980, il s'était discrètement renseigné sur sa fille pour apprendre qu'on lui avait raconté que son père était mort dans un accident d'escalade bien avant sa naissance, que sa famille habitait en Écosse et que l'Écosse, c'était loin.

Les choses étaient peut-être mieux ainsi, après tout.

Pourtant, il n'avait pu s'empêcher d'aller l'attendre à la sortie de l'école pour la voir au moins une fois. Il l'avait regardée de loin et ce qu'il avait éprouvé l'avait rempli d'effroi. Il en voulait à cette enfant ! Il lui en voulait terriblement de lui avoir arraché la femme qu'il aimait. C'était injuste et irrationnel, mais il ne pouvait rien contre ce ressentiment.

Alors, il avait choisi de disparaître et il savait parfaitement comment il allait s'y prendre…

Prison de San Quentin
Octobre 1977

— Et tu as réussi à leur échapper ?

— Comme je te le dis, p'tit gars. Mais en ce temps-là, j'avais pas encore les poumons bousillés.

Assis sur leurs couchettes respectives, Archibald et son codétenu Ewan Campbell discutaient à bâtons rompus de leur passé. Ou plutôt, c'est Campbell qui racontait, Archibald se contentant le plus souvent d'écouter.

Les deux hommes partageaient la même cellule depuis quelques mois. Après des débuts un peu difficiles, une véritable complicité s'était installée entre eux, renforcée par leur origine écossaise commune.

Campbell purgeait une peine de plusieurs années pour vol de tableaux. Avec sa gouaille communicative, il était parvenu à dérider Archibald, qui, depuis son incarcération, avait sombré dans une profonde dépression.

— Aujourd'hui, avec tous les systèmes de

sécurité, tu n'aurais pas pu t'en sortir, renchérit Archibald en faisant une moue.

— Détrompe-toi. Les gens pensent que dès qu'une mouche se pose sur un tableau, une vingtaine de flics débarquent avec les gyrophares. Ça, c'est dans les films. La réalité est différente. Crois-moi, tous les musées du monde peuvent encore être cambriolés : il suffit de connaître les failles.

— Et toi, tu les connais, ces failles ?

— J'en connais pas mal. Ouais, j'en connais pas mal...

Le vieil homme afficha un petit air satisfait, puis ajouta à l'intention d'Archibald :

— Tu veux apprendre quelques ficelles ?

Archibald secoua lentement la tête et répondit en ricanant :

— Je ne tiens pas à finir ma vie comme toi.

Puis, pour bien montrer que la conversation était close, il s'allongea sur sa couchette et reprit la lecture de son roman : *Le Comte de Monte-Cristo* d'Alexandre Dumas.

Mais son compagnon refusa de baisser les bras :

— On en reparlera, p'tit gars, on en reparlera.

C'est ainsi qu'au fil des mois, Ewan Campbell lui avait enseigné tout ce qu'il savait de la cambriole avant de mourir en prison, victime d'un cancer du poumon.

Au moment de changer de vie, Archibald décida de mettre à profit ce qu'il avait appris et d'endosser, en partie, la personnalité de son « professeur ». Exit Joseph Archibald Blackwell, bienvenue Archibald McLean !

Par la suite, ce personnage de prince des voleurs l'avait obligé à être toujours sur ses gardes, à mener une vie de fugitif, à multiplier les identités, les planques et les coups d'éclat. Une gymnastique aussi bien physique qu'intellectuelle qui l'avait maintenu en vie en l'empêchant de trop s'appesantir sur les remords et les regrets.

Ça avait marché un temps. Puis il avait compris que cette obstination à nier l'existence de sa fille ne correspondait pas à ce que Valentine aurait voulu. Dans ses nuits de plus en plus courtes, il était désormais toujours réveillé par le même cauchemar qui se terminait par ce cri :

« C'est une petite fille, tu sais, j'en suis sûre ! Tu l'aimeras, hein, Archie, tu l'aimeras ! »

Comme un appel venu d'ailleurs pour lui indiquer un chemin.

Alors, le jour du quinzième anniversaire de Gabrielle, il s'était décidé à reprendre contact pour lui dire la vérité et pour s'expliquer.

Mais, s'il en avait la volonté, il n'en avait pas le courage.

Car il avait autant honte de son comportement – qu'il ne savait pas comment justifier – que peur de la réaction de sa fille. Si la gamine ressemblait à sa mère, elle devait avoir un sacré caractère et quelque chose lui disait qu'elle ne l'accueillerait pas dans sa vie les bras ouverts.

Pour ne pas repartir bredouille sans avoir échangé quelques mots avec elle, il n'avait trouvé qu'un moyen : le travestissement.

23 décembre 1990, ce chauffeur de taxi qui la conduit à l'aéroport : c'est lui.

23 décembre 1991, ce vieux monsieur excentrique avec qui elle reste coincée dans l'ascenseur d'un centre commercial : c'est lui.

23 décembre 1992, ce sans-abri gouailleur qui joue du saxo sur Market Street et à qui elle a donné un dollar : c'est lui.

23 décembre 1993, ce fleuriste qui vient lui livrer mille et une roses de la part d'un admirateur secret : encore lui.

Lui, lui, lui... présent mais incognito à chacun de ses anniversaires qui sont autant de réminiscences funestes pour lui.

À chaque tête-à-tête, il se dit que cette fois est la bonne, que le temps des mensonges et des déguisements est révolu, mais chaque fois il renonce.

Pourtant, ses rencontres furtives avec Gabrielle ont réveillé des sentiments paternels qu'il ne croyait pas posséder. Inquiet, il se décide à engager un détective privé pour être tenu au courant de la vie quotidienne de sa fille. Une démarche ni morale ni parfaitement honnête, mais le seul moyen efficace pour lui permettre de jouer dans l'ombre son rôle d'ange gardien tutélaire.

Un découvert à la banque, un petit ami trop violent, un trou dans la comptabilité, des frais médicaux inattendus : il résout et anticipe tous les problèmes. C'est mieux que rien, mais tellement insuffisant…

À présent, il savait que la maladie ne lui laissait plus le choix et, en un sens, ça simplifiait les choses.

Archibald ouvrit le frigo et décapsula une Corona.

Sa bière à la main, il déambula dans le salon, inspectant chaque bibelot, découvrant avec curiosité les livres qu'elle lisait, les films qu'elle aimait.

Elle avait oublié son Blackberry en train de se recharger sur un compotier. Il manipula l'appareil et consulta sans vergogne ses mails et ses SMS : des messages pas très subtils de types rencontrés dans des soirées, des invitations à boire un verre, des plans cul qui ne disaient pas leur nom. Pourquoi Gabrielle laissait-elle son numéro à tous ces minables ?

Sur l'étagère, il n'y avait que deux cadres. La première photo, il la connaissait parce que c'est lui qui l'avait prise : le sourire de Valentine, éclaboussée par les vagues, sur les rochers du cap d'Antibes lors de leurs vacances en France. Le second cliché était celui d'un jeune homme d'une vingtaine d'années : Martin Beaumont, lors de l'été 1995.

Martin Beaumont qui le traquait depuis des années. Martin Beaumont avec qui il s'était amusé au jeu du chat et de la souris et qu'il faisait suivre depuis des mois.

Archibald chaussa ses lunettes pour regarder le cadre plus attentivement. Il avait déjà vu des dizaines de photos de Martin, mais celle-ci était différente. Ce visage lui rappelait un autre visage. Le visage d'un homme désarmé et qui n'avait pas peur de l'être. Le visage d'un homme qui regardait le sourire bienveillant d'une femme. Le visage d'un homme qui aimait pour la première fois.

Par réflexe, il déboîta le cadre. Derrière l'image, une feuille pliée en quatre tomba sur le parquet. Archibald la ramassa et la déplia. C'était une lettre datée du 26 août 1995 qui commençait par ces mots :

Chère Gabrielle,

Je voulais simplement te dire que je repars demain en France.

Simplement te dire que rien n'aura plus compté pour moi pendant mon séjour californien que les quelques moments passés ensemble...

Perplexe, il resta debout un long moment à lire et à relire cette déclaration.

Lorsqu'il reposa le cadre sur l'étagère, il fixa le portrait de Martin dans les yeux, et lui lança comme un défi :

— On va voir ce que tu as vraiment dans le ventre, p'tit gars.

16

California here I come

> *La carte de notre vie est pliée de telle*
> *sorte que nous ne voyons pas une seule*
> *grande route qui la traverse, mais au fur*
> *et à mesure qu'elle s'ouvre, toujours une*
> *petite route neuve.*

Jean Cocteau

San Francisco

La lumière.

La douceur.

Le vent léger.

Un ciel qu'on dirait printanier.

Une chanson des Beach Boys dans l'autoradio.

Et la grisaille parisienne qui n'est plus qu'un mauvais souvenir.

Au volant d'un *roadster* de location, Martin dévalait les rues en pente raide, bordées de maisons victoriennes, qui ondulaient comme des montagnes russes. On avait beau être à deux jours de Noël, le soleil inondait la ville et on sentait que la mer était là, toute proche, comme au bord de la Méditerranée.

Cette cité atypique donnait l'impression d'avoir été repeinte dans les tons pastel et avait conservé l'ambiance détendue et la magie enivrante qu'il avait connues dans sa jeunesse. Il se souvenait de tout : des bruits qui montaient depuis le port, de l'air frais de l'océan, des funiculaires à crémaillère tout droit sortis des années 1950, avec leurs boiseries et leurs cloches en laiton.

Il dépassa un bus électrique qui arborait un drapeau pro-Obama, puis il aperçut la baie turquoise entourée de collines alors qu'il descendait vers la marina.

Pour la première fois de sa vie, il traversa en voiture les deux kilomètres du Golden Gate, admirant dans son rétroviseur la vue de la ville baignée par la baie. Il suivit ensuite les virages serrés de la petite route qui menait à Sausalito. Les maisons luxueuses construites à flanc de colline avaient depuis longtemps remplacé les habitations de fortune des premiers hippies, mais dans ce cadre sompteux Martin ne pensait qu'à une chose : il allait revoir Gabrielle.

Leur histoire avait commencé ici, sous le soleil de l'été 1995.

Elle avait failli se terminer une nuit de Noël, dans le froid et la douleur d'un bar de Manhattan.

Treize ans plus tard, le destin venait de rebattre les cartes pour leur offrir une partie qu'aucun des deux n'attendait plus.

— Putain de bordel de merde ! jura Gabrielle en refermant sa trousse à outils. Le carburateur est encore déréglé !

Perchée sur le moteur de son hydravion, elle sauta sur la terre ferme avec une agilité féline.

— C'est pas grave, la consola Sunny, on va réparer !

— Avec toi, rien n'est jamais grave ! Et mes factures, je les paie comment si je ne peux plus transporter de clients ?

On a toujours le Cessna.

— Trois places au lieu de six, c'est la moitié de la recette qui part en fumée !

Elle posa ses poings sur les hanches et resta un moment à contempler l'objet de son tourment : *La Croix du Sud*, un antique Latécoère 28, un élégant hydravion monomoteur, en cèdre verni et entoilé. Avec sa couleur bordeaux, rehaussée de liserés jaunes qui brillaient de mille feux, l'avion était sublime et attirait l'attention de tous les promeneurs.

À première vue, l'engin aurait eu davantage sa place dans un musée que sur un plan d'eau, mais Gabrielle l'avait parfaitement restauré, y passant ses week-ends et y engloutissant une bonne partie de ses économies. Avec son *boat-house* et sa vieille Mustang, c'était le seul héritage qui lui venait de sa mère et elle y tenait comme à la prunelle de ses yeux.

La jeune femme vérifia les nœuds de marin qui arrimaient l'appareil au ponton et regagna la petite cabane en rondins dans laquelle Sunny s'occupait des réservations et vendait des glaces et des boissons aux promeneurs.

L'extrémité du golf ressemblait à un lac entouré d'une forêt de pins. En cette fin d'après-midi, la lumière était douce, l'air pur et le bleu limpide du ciel se reflétait en frémissant sur la surface de l'eau.

Gabrielle travaillait dans ce petit parc naturel depuis dix ans. Après bien des démarches, elle avait fini par obtenir l'autorisation d'exploiter ses deux hydravions pour proposer aux touristes un survol inoubliable au-dessus de la baie. Sunny, un ancien hippie, la secondait dans sa tâche. Il avait depuis longtemps passé l'âge de la retraite, mais avec ses tenues bariolées, sa queue-de-cheval et ses tatouages vieux d'un demi-siècle, il assurait le spectacle en racontant aux touristes ses souvenirs du *Summer of Love* et du San Francisco mythique des années 1960.

En été, le « lac » était envahi par les baigneurs, les kayaks, les planches à voile et les jet-skis. Mais en cet après-midi d'hiver, un calme bucolique régnait sur le plan d'eau où hérons, cormorans et flamants roses vivaient en bonne entente.

Gabrielle avança, la mine soucieuse, vers la buvette. Sunny lui tendit une petite bouteille d'eau minérale qu'elle but à même le goulot.

— Un souci avec le zinc ?

Elle se tourna vers la voix qui l'interpellait. L'homme était accoudé au comptoir, sirotant une Corona glacée, un casque de moto posé à côté de lui. Il avait la soixantaine, des cheveux noirs en bataille, une barbe de trois jours et une élégance décontractée : jean et col roulé noir, veste sportive en tweed. Ni le genre pépère ni le genre vieux beau. Pas le genre non plus à avoir des implants. Et peut-être n'en était-il même pas encore au Viagra.

— C'est le moteur qui fait des siennes ?

— Ouep ! répondit-elle en s'asseyant sur le tabouret à côté de lui.

Il leva la bouteille dans sa direction, comme pour trinquer à sa santé.

Elle décida d'entrer dans son jeu :

— Tu me sers une bière, Sunny. C'est monsieur qui m'invite.

C'était sa règle numéro un : dès le départ, aller plus vite qu'eux, les prendre de court pour juger leur réaction. Les voir sauter sur l'appât et se discréditer ou gagner le droit de rester dans la course.

Il esquissa à peine un sourire et se présenta :

— Je m'appelle Archibald.

— Gabrielle.

À son tour, elle leva sa bouteille de Corona dans sa direction et, avant d'en boire une gorgée, croqua dans le quartier de citron vert.

Elle sentit son regard sur elle et leva les yeux.

Il ne regardait ni ses seins, ni son cul, ni sa bouche. Seulement ses yeux. Une vraie tendresse transparaissait dans son visage. Pas une tendresse de grand-père, ni celle du mari qui aime encore sa femme, mais ne la touche plus. Non, c'était différent : une vraie tendresse d'homme. Quelque chose qu'elle n'avait pas vu souvent ces derniers temps.

Elle repensait parfois à ses cours de philo sur le langage. *C'est dans les mots que nous pensons*, disait Hegel, *car le mot donne à la pensée son existence la plus haute et la plus vraie.*

Pourtant, de plus en plus, les mots sonnaient creux dans la bouche des hommes qui l'approchaient. La plupart lui sortaient le même baratin, les mêmes codes, les mêmes rendez-vous foireux, les mêmes textos laconiques, creux et sans imagination. Alors, elle se raccrochait à l'ineffable : les gestes, le regard, les expressions du visage, les postures…

Et cet Archibald dégageait une confiance en lui qu'il n'avait pas besoin de surjouer. Quelque chose de bizarre, à la fois distant, rassurant et familier.

Les indications du navigateur GPS conduisirent Martin jusqu'au plan d'eau où travaillait Gabrielle. Il se gara sous les pins et resta un long moment dans la voiture, hésitant quant à la marche à suivre. Il avait épluché le rapport d'enquête du FBI qui ne mentionnait aucun contact entre Archibald et sa fille, mais quel crédit accorder à ce document ? Lui même autrefois avait posé la question à la jeune femme et elle lui avait répondu qu'elle n'avait jamais connu ses parents. Pourquoi en douter aujourd'hui ?

Parce que Gabrielle était une femme secrète et mystérieuse. Parce qu'elle vivait à San Francisco et parce que Archibald n'allait pas tarder à arriver en ville pour tenter de s'emparer du diamant. À supposer qu'il n'y soit pas déjà…

Martin appuya sur un bouton et, en quelques secondes, les deux éléments du toit en aluminium se refermèrent l'un par-dessus l'autre, transformant le *roadster* en coupé aux lignes brisées. Lorsqu'il sortit pour verrouiller le cabriolet, il ne reconnut pas tout de suite le reflet que lui renvoyait la vitre de la portière. Il faut dire que Lloyd's Brothers avait bien fait les choses : en rentrant à son hôtel, il avait trouvé trois costumes Smalto, taillés sur mesure, aux manches coupées au cordeau, aux épaules et au tombé impeccables. Plus surprenant encore, un coiffeur l'attendait dans sa chambre pour transformer le jeune flic barbu et chevelu en héros d'une série télé de Jerry Bruckheimer[1]. Cette nouvelle apparence le faisait se sentir dans la peau d'un autre. Un autre plus présentable et plus lisse, mais qui n'était pas davantage lui que le flic neurasthénique traînant ses Converse sur le pavé parisien. Depuis quand d'ailleurs ne s'était-il pas senti en accord avec lui-même ?

1. Célèbre producteur américain à l'origine de plusieurs séries télé mettant en scène des policiers : *Les Experts*, *FBI : portés disparus*, *Cold Case*…

Depuis elle...

Il soupira de consternation et fit quelques pas vers le « lac ». L'endroit était paisible, lumineux et lui rappelait la Provence de son enfance. Ne manquaient que les cigales pour compléter le tableau.

Il se dirigea vers la cabane en rondins posée au bord de l'eau qui faisait office de petit café.

C'est alors qu'il les vit...

— Vous voulez que je jette un coup d'œil au moteur ? demanda Archibald d'une voix engageante.

— Vous êtes mécano ?

— Pas vraiment. Je travaille dans le milieu de l'art.

— Alors, je crois que ça ne servirait à rien, répondit Gabrielle en laissant échapper un sourire. C'est une mécanique très capricieuse, un très vieil avion...

— Oui, je sais, un Late 28.3.

Gabrielle haussa un sourcil, à la fois surprise et méfiante.

Archibald se fit plus technique :

— Le moteur, ce n'est pas l'Hispano original, n'est-ce pas ? Vous l'avez remplacé par quoi ?

— Un Chevrolet.

— Un 640 chevaux ?

— Oui, c'est… c'est ça.

Cette fois, plus de doute : ce gars s'y connaissait drôlement en mécanique.

— Je peux aller jeter un coup d'œil ?

Dans une dernière tentative, elle montra ses mains pleines de cambouis.

— Vous allez vous en mettre partout !

Mais déjà Archibald enlevait sa veste et retroussait les manches de son col roulé.

— C'est vous qui l'aurez voulu après tout ! fit-elle, souriante, en lui tendant la boîte à outils.

Amusée, elle le suivit jusqu'au ponton où il se hissa sur le fuselage de l'hydravion comme s'il avait fait ça toute sa vie.

— Qu'est-ce que vous m'accordez si j'arrive à le réparer ? demanda-t-il en ouvrant le capot. Un dîner ?

Elle battit plusieurs fois des paupières. Son cœur s'accéléra.

Douche froide.

Elle savait qu'elle avait ce truc en elle. Ce truc qui plaisait aux mecs, qui leur faisait croire que c'était possible avec elle et qui les incitait à tenter leur chance. Tous y venaient, avec plus ou moins de subtilité, et celui-ci n'était pas différent des autres.

Ne pas lui montrer son trouble, ni sa déception. Faire semblant de s'en amuser.

— Alors, nous y voilà… On se donne des airs de gentleman, mais on en revient toujours à ça, n'est-ce pas : un petit dîner, un petit verre, une petite baise…

Archibald fit comme s'il n'avait rien entendu. Elle insista :

— Finalement, vous êtes pareil que les autres.

— Peut-être, admit-il, en levant le nez de son moteur, mais peut-être pas.

— OK, le défia-t-elle, un dîner si vous réussissez à réparer le moteur.

Le cœur battant, Martin se réfugia dans le cabriolet. Fébrile, il ouvrit la boîte à gants pour attraper le Glock 19 Parabellum que lui avait remis Mademoiselle Ho. La Coréenne avait tenu parole, lui fournissant une arme et une accréditation visée par le Bureau. Dans un compartiment, il trouva également une torche, une fusée de détresse, un couteau de chasse et une paire de jumelles. Il s'empara des binoculaires et regarda en direction du lac.

Gabrielle discutait avec son père !

Elle portait un long pull torsadé à grosses côtes sur un jean élimé qui retombait sur ses bottes. Martin sentit que ses mains tremblaient légèrement. Il n'avait pas vu Gabrielle depuis treize ans, mais c'était comme s'il l'avait quittée hier. Comme autrefois, ses cheveux châtain clair, presque blonds, cachaient souvent ses yeux, sans qu'elle prenne la peine de les balayer. La lumière tombante mettait en valeur l'harmonie de son visage, faisant rayonner quelque chose en elle qui s'éteignit brusquement.

Martin comprit alors que ni le temps ni la distance n'avait tempéré son amour.

Mais un amour qui vous fait souffrir à en crever est-il vraiment un amour ?

Le moteur de l'hydravion toussa, sembla s'étouffer comme s'il avait avalé un boulon de travers, puis reprit son souffle avant de pétarader puis de ronronner.

Sans triomphalisme, Archibald descendit prudemment de l'hydravion et s'essuya les mains à un chiffon.

— Le problème ne venait pas du carburateur, mais de l'une des culasses. Même si ça va tenir encore un moment, il faudra penser à les changer.

Il remit sa veste, réajusta son pull et se tourna vers Gabrielle en souriant.

— Pour le restaurant, c'était une boutade, bien sûr. Enfin, sauf si vous insistez…

Déstabilisée, elle eut une brève hésitation. Elle avait envie de prolonger ce moment, envie de connaître cet homme davantage, mais elle préféra ne pas montrer son intérêt.

— Non, je n'insiste pas.

Archibald accepta le verdict. Il attrapa son casque et la salua :

— Au revoir Gabrielle.

— Au revoir.

Il s'éloigna de la cabane en rondins pour rejoindre l'aire de stationnement.

À présent, elle ne voulait pas qu'il parte. Elle avait envie de l'écouter parce que ses mots lui faisaient du bien. Elle avait envie de savoir ce qui la troublait en lui. Elle avait envie, mais elle n'osa pas.

Il avait déjà enfourché sa grosse cylindrée lorsqu'il l'interpella :

— Finalement, vous n'acceptez de sortir qu'avec les hommes qui ne vous plaisent pas, c'est ça ?

— Oui, répondit-elle dans un souffle.

— Pourquoi ?

— Parce que les autres, j'ai peur de les perdre, admit Gabrielle.

Elle avait renoncé à lutter. Elle savait qu'il lisait en elle comme dans un livre. Il avait découvert la faille, l'abîme, la honte, l'écorce qui saigne, la profondeur des blessures, la mâchoire qui lui dévorait le ventre.

Il enfila son casque, en releva la visière et la regarda une dernière fois.

Elle avait les yeux vifs et brillants, comme si elle avait pleuré.

Debout, au milieu du ponton, elle se sentait vulnérable et donnait l'impression que le vent pouvait l'emporter comme une feuille.

Quelque chose se jouait entre eux. Ce n'était pas de la séduction, ce n'était pas du désir, mais ça avait la force de l'évidence.

Archibald pressa sur le démarreur et la quatre-cylindres se mit en branle. Il passait le premier rapport lorsque Gabrielle le rejoignit en courant et grimpa derrière lui sur la selle. Il la sentit s'agripper à sa taille et poser la tête sur son épaule.

Alors, Archibald accéléra et la moto se fondit dans le soleil couchant.

17

La soif de l'autre

Chacun de nous a dans le cœur une chambre royale ; je l'ai murée, mais elle n'est pas détruite.

Gustave FLAUBERT

— Le salopard !

Bouillant de colère, Martin avait toutes les peines du monde à suivre la moto d'Archibald. À Paris, il aurait eu un gyrophare et une radio pour alerter ses collègues, mais ici, il se sentait seul et démuni.

Mélange d'alu, de chrome et d'acier, le dragster se faufilait au milieu des voitures. De l'autre côté de la voie, les véhicules roulaient pare-chocs contre pare-chocs, mais pour rejoindre la ville la circulation était plus fluide et Archibald respectait les limitations de vitesse. Il ne tenait ni à se faire repérer par les motards et les officiers de la California Highway Patrol, ni à mettre en danger la vie de sa fille qui ne portait pas de casque.

Martin ne savait pas comment interpréter la scène à laquelle il venait d'assister. Gabrielle et Archibald se voyaient-ils pour la première fois ? La jeune femme connaissait-elle la vérité sur son père ?

À la sortie du pont, la moto traversa les aires boisées du Presidio avant de longer la marina. Le soleil couchant qui embrasait le ciel permettait aux touristes de faire des clichés de carte postale, mais pour Martin l'approche du crépuscule rendait difficile le repérage de la moto.

Dans Russian Hill, il perdit de vue la silhouette massive et toute en muscles de la Yamaha pour mieux la retrouver à l'entrée du quartier italien quelques minutes plus tard.

À présent, la quatre-cylindres avait rejoint l'Embarcadero, l'artère qui longeait le front de mer. Cette ancienne zone industrielle s'était spectaculairement transformée après le tremblement de terre de 1989. Les docks avaient cédé la place à un large boulevard planté de palmiers qui suivait la côte sur dix kilomètres et faisait le bonheur des cyclistes et des rollers.

Archibald dépassa le terminal des ferries dont la

tour de 70 mètres, encadrée par quatre horloges, avait survécu à tous les séismes. Ses arches en brique et son sol recouvert de marbre donnaient au bâtiment un charme tout ibérique. On était à Miami, à Lisbonne, à Séville...

Puis la moto s'engagea sur une élégante jetée qui s'avançait jusqu'aux portes du Pacifique, offrant à quelques privilégiés l'accès à un restaurant de luxe posé sur l'océan.

Pris de court, Martin pila et se gara en catastrophe sur l'emplacement d'un bus tandis qu'un voiturier s'occupait de la monture d'Archibald et que le maître d'hôtel lui trouvait une table en terrasse.

La nuit était tombée.

Les tours du quartier des affaires brillaient dans la pénombre. Au loin, sur la colline de Telegraph Hill, la Coit Tower flamboyait dans l'ombre comme un glaive protecteur.

La flamme d'un Zippo éclaira brièvement l'habitacle de la voiture et Martin aspira une longue bouffée de sa cigarette.

À nouveau l'attente.

À nouveau, les jumelles braquées sur Archibald, à se demander s'il était opportun d'intervenir.

Mais à présent les choses avaient changé. Ce

n'était plus le voleur génial qui le fascinait, c'était le père de Gabrielle et l'amant de Valentine.

Cet homme amoureux qui lui ressemblait tant…

Qu'est-ce que je fous là ?

Gabrielle se regarda dans le miroir. Dès son arrivée au restaurant, elle s'était dirigée vers les toilettes. Elle avait besoin de quelques minutes pour prendre du recul et se donner une contenance. Quelle force étrange l'avait poussée à suivre cet homme ? Pourquoi une telle impulsivité ?

L'esprit ailleurs, elle se lava les mains et se recoiffa à la va-vite, regrettant de se retrouver aussi mal fringuée dans cet endroit luxueux.

En ce moment, elle n'allait pas bien et n'essayait pas de se persuader du contraire. Elle travaillait beaucoup, sortait souvent et dormait peu. Elle avait aussi gardé un rôle de bénévole au sein des Ailes de l'espoir, l'organisation humanitaire créée par sa mère, et elle n'avait jamais cessé sa collaboration avec les pompiers : chaque fois qu'un incendie se déclarait dans la baie, elle pilotait l'un des Canadair à turbine qui écopaient l'eau dans les lacs et les étangs alentour.

Une vie bien remplie, tournée vers les autres. Une vie à laquelle elle essayait de donner un sens positif. Une vie dont elle aurait voulu être fière. Pourtant, cette hyperactivité n'était qu'une fuite en avant, une volonté de se soûler de mouvements, comme le papillon de nuit qui se cogne avec obstination à l'ampoule. Ne jamais se poser, ne jamais arrêter de battre des ailes, quitte à s'épuiser, quitte à se brûler. Ne jamais prendre le temps de s'avouer ce qu'elle savait pourtant : qu'elle avait besoin d'une boussole pour la guider, de bras pour l'entourer et de poings pour la protéger.

Elle sortit son tube de mascara qu'elle avait constamment avec elle. Avec la brosse imbibée de produit, elle peigna délicatement ses cils, leur donnant plus de longueur et accentuant leur courbure.

Se maquiller, toujours. Pas pour se faire belle, mais pour se cacher.

Une larme vagabonda sur sa joue et elle l'essuya d'un geste machinal avant de rejoindre Archibald sur la terrasse.

Martin régla la molette située entre les deux corps des jumelles pour ajuster la vision.

Entre le ciel et l'océan, la terrasse couverte du restaurant offrait une vue panoramique et donnait à ses clients l'illusion de dîner sur l'eau. Chic et sobre, la décoration jouait sur le raffinement : d'élégantes compositions d'orchidées s'harmonisaient aux tons beige et blanc tandis que les fauteuils drapés et les lumières tamisées créaient une ambiance intimiste.

Martin écrasa sa cigarette au moment où Gabrielle vint s'asseoir à côté d'Archibald.

Alors, son cœur s'emballa et son esprit se brouilla, tiraillé par des désirs contraires.

L'envie de se prouver qu'il était capable d'arrêter Archibald.

Mais aussi l'envie d'en apprendre toujours davantage sur lui.

L'envie d'aimer Gabrielle parce qu'elle était son évidence.

Mais aussi l'envie de lui rendre le mal qu'elle lui avait fait.

Car votre âme sœur peut être en même temps votre âme damnée.

Lorsqu'il vit Gabrielle frissonner, Archibald fit un signe au serveur pour qu'il rapproche le chauffage sur pied.

Elle le remercia d'un sourire contraint. Malgré l'atmosphère chaleureuse des lieux, elle n'arrivait pas à se détendre tant elle était troublée. Pour dissiper sa gêne, ce fut elle qui engagea la conversation :

— Vous avez l'air de vous y connaître, en matière d'avions.

— J'en ai piloté quelques-uns, avoua Archibald.

— Même des hydravions ?

Il acquiesça d'un signe de tête tout en lui servant un verre du vin blanc qu'il avait commandé.

— Je n'ai pas vraiment compris ce que vous faisiez, reprit-elle. Vous m'avez dit que vous travailliez... dans l'art, c'est ça ?

— En fait, je vole des tableaux.

Elle esquissa un sourire, pensant qu'il se moquait d'elle, mais il resta imperturbable.

— C'est votre vrai métier ? Voler des tableaux ?

— Oui, avoua-t-il sans malice.

— Mais vous les volez à qui ?

— Oh ! à tout le monde : aux musées, aux milliardaires, aux rois, aux reines...

Sur la desserte près de leur table, un serveur disposa un plateau d'argent sur lequel était ordonné un assortiment *d'appetizers* préparés dans des verrines : huîtres glacées au caviar, salade d'escargots aux cerises, crevettes grillées au beurre de cacahuètes, fusion de homard et de cuisses de grenouille aux pistaches...

Avec un mélange de curiosité et d'appréhension, ils commencèrent à explorer les saveurs originales de ces spécialités culinaires. Et progressivement, l'ambiance se réchauffa. Archibald plaisanta, Gabrielle se détendit, il lui resservit du vin, elle alla jusqu'à rire. Tandis qu'elle se laissait porter par sa voix enveloppante, lui ne la quittait pas du regard. À la lumière de la bougie, il avait remarqué les petites rides de fatigue qui couraient autour de ses yeux, mais, comme par magie, elles s'atténuèrent et son regard retrouva son éclat. Elle ressemblait tellement à Valentine. La même façon de pencher la tête sur le côté lorsqu'elle souriait, la même façon de s'enrouler machinalement une mèche de cheveux autour du doigt, la même expression de douceur lorsque les traits de son visage se relâchaient. La même lueur dans les yeux, capables, comme dans le poème, de rendre « jaloux le ciel d'après la pluie ».

Dis-lui ! Dis-lui maintenant que tu es son père ! Pour une fois dans ta vie, sois courageux avec elle. Si tu te dérobes ce soir, tu te dérobes pour toujours...

— Et à part des tableaux, vous volez autre chose ? demanda-t-elle en riant.

— Oui, répondit-il, des bijoux.

— Des bijoux ?

— Des diamants et... des téléphones aussi.

— Des téléphones ?

— Des téléphones comme celui-ci, dit-il en faisant glisser sur la nappe le Blackberry qu'il lui avait dérobé quelques heures plus tôt.

Lorsqu'elle reconnut son téléphone, elle reposa le verre de vin et son rire s'arrêta net.

Qu'est-ce que... ?

Elle savait qu'elle l'avait oublié chez elle ce matin. Cet homme qu'elle ne connaissait pas avait donc fouillé son appartement et violé son intimité. Sur quel tordu était-elle encore tombée ?

Archibald posa une main sur l'avant-bras de sa fille, mais celle-ci se braqua et repoussa brusquement sa chaise avant de se lever de table.

— *Attends Gabrielle, laisse-moi t'expliquer !* cria-t-il en français.

Un moment, elle fut déstabilisée par le désespoir qui semblait émaner soudain de cet homme. Pourquoi lui parlait-il en français ? Et pourquoi la tutoyait-il ?

Mais furieuse d'avoir été abusée, elle quitta la terrasse sans vouloir l'écouter et se mit à courir sur la jetée comme si elle avait quelqu'un à ses trousses.

Martin lâcha sa paire de jumelles lorsqu'il vit Gabrielle arpenter l'Embarcadero à la recherche d'un taxi. Il sortit de son cabriolet sans se faire repérer et resta accroupi derrière le *roadster*, l'œil rivé sur Archibald qui, de l'autre côté de la rue, semblait s'être résigné à laisser partir sa fille.

Martin renonça pour l'instant à traverser la

chaussée. À cette heure, la circulation était toujours intense, et il ne tenait pas à se trouver nez à nez avec Gabrielle.

Une voiture s'arrêta enfin à la hauteur de la jeune femme. Elle allait s'engouffrer dans le taxi lorsque son téléphone vibra dans sa main. Elle hésita quelques secondes puis...

— Ne raccroche pas, Gabrielle, s'il te plaît. Laisse-moi te parler. Ça fait vingt-sept ans que je cherche à le faire...

Gabrielle se retourna. Le débarcadère était encore noir de monde. Une foule hétéroclite s'y pressait pour attraper les derniers ferries ou pour prendre un verre dans les cafés et les clubs qui bordaient l'avenue.

À l'autre bout du fil, Archibald continua d'une voix enrouée :

— Il faut que je t'explique...

Elle le chercha des yeux. Elle ne comprenait pas. Elle ne voulait pas comprendre.

— Je ne suis pas mort, Gabrielle.

Enfin, elle l'aperçut, cinquante mètres plus bas, au croisement de la digue et de l'embarcadère.

Il lui adressa de la main un signe d'apaisement et poursuivit sa confession :

— Je t'ai abandonnée, c'est vrai...

Elle renonça à son taxi et resta un moment immobile, paralysée au milieu du trottoir.

— ... mais j'ai le droit de t'expliquer pourquoi.

Archibald sentait son cœur qui battait trop fort et trop vite dans sa vieille carcasse déglinguée. Ces mots, restés bloqués dans sa gorge depuis des années, s'échappaient à présent de sa bouche et coulaient comme de la lave sur les flancs d'un volcan.

Mon père...

Après un moment d'hésitation, Gabrielle se décida à aller à sa rencontre. À son tour, elle lui fit un signe de la main et...

— Attention !

C'est elle qui avait crié pour alerter son père. De l'autre côté du trottoir, un homme s'avançait arme au poing. Et cet homme, c'était...

— *Freeze ! Put your hands overhead !* cria Martin à l'adresse du voleur.

Pris au dépourvu, Archibald leva lentement les bras. Dans sa main droite, au-dessus de sa tête, une voix inquiète s'échappa de son téléphone portable :

— Papa ? Papa ?

Les bras tendus, les mains jointes autour de la crosse du pistolet semi-automatique, Martin avait Archibald dans son viseur. Ils n'étaient séparés que par le flot de voitures qui roulaient d'ouest en est.

Cette fois, il était décidé à en finir avec tout ça : le passé, la fascination qu'il avait développée malgré lui pour ce criminel, l'amour absurde et insensé qu'il vouait à Gabrielle. Il allait coffrer Archibald, rentrer en France et grandir. Devenir un homme enfin...

— *Stick your hands up ! Stick'em up !* hurla-t-il pour couvrir les bruits de la circulation.

Il sortit la carte plastifiée siglée des trois lettres magiques – FBI –, autant pour respecter la loi que pour rassurer les passants suspicieux et affolés. Surtout, l'arrêter dans les règles, surtout ne pas commettre de bavure ni de vice de procédure.

Alors qu'il cherchait à traverser la double voie, un coup de klaxon strident le cloua sur place et un long bus à soufflet le frôla à toute allure. Archibald profita de cette diversion pour s'enfuir vers la jetée.

Lorsque l'ex-flic put enfin rejoindre l'autre trottoir, le voleur avait pris de l'avance. Martin renouvela sa sommation puis tira un coup de feu en l'air. Il en fallait plus pour effrayer Archibald...

Martin changea alors de stratégie et regagna sa voiture pour bloquer la fuite de son ennemi.

Au mépris de toutes les règles, le cabriolet défonça l'enceinte à claire-voie qui donnait accès à l'arrière du petit parking jouxtant le restaurant. Mais déjà Archibald avait enfourché sa moto et coiffé son casque. Martin le prit en chasse le long de la jetée et, cette fois, il ne tira pas en l'air, mais visa la moto. Deux coups de feu claquèrent dans la nuit. La première balle troua l'une des écopes en aluminium de la fourche et la deuxième ricocha sur le pot d'échappement. Malgré les balles, Archibald ne se laissa pas entraîner du côté de l'océan et réussit à rejoindre la route. Ils déboulèrent presque en même temps sur l'avenue, mais, alors que Martin pensait que la moto allait se glisser dans la circulation, Archibald donna l'impression de vouloir remonter l'Embarcadero à contresens.

Il ne va pas oser.

C'était un pari fou, presque suicidaire, et pourtant…

… pourtant Archibald se cramponna à son guidon et libéra les 200 chevaux du monstrueux engin, plaçant une accélération foudroyante. Sous cette charge brutale, le pneu abandonna sur l'asphalte une longue traînée de gomme et, telle une fusée, la moto fut propulsée dans le feu du trafic.

Martin hésita puis se lança à son tour. Au milieu du concert de klaxons et des appels de phares, les véhicules pleuvaient en face de lui comme une nuée

265

d'astéroïdes. Il ne réussit à garder le cap qu'une centaine de mètres et fut contraint de se déporter vers Fountain Plaza pour éviter un accident. Conscient d'avoir frôlé la catastrophe, il sentait son cœur qui battait à tout rompre et ses mains qui tremblaient sur le volant.

Il fit demi-tour sur la place.

Encore une fois, il avait joué et il avait perdu.

Il la chercha partout : au restaurant, sur le trottoir, sur la jetée…

Il la chercha longtemps.

Mais Gabrielle ne l'avait pas attendu.

18

Les souvenirs et les regrets aussi...

> *S'il y a une chose à laquelle tu tiens*
> *par-dessus tout, n'essaie pas de la retenir.*
> *Si elle te revient, elle sera à toi pour*
> *toujours.*
> *Si elle ne te revient pas, c'est que dès le*
> *départ elle n'était pas à toi.*

Extrait du film *Indecent Proposal*

Une heure du matin

Martin était couché sur la plage, les cheveux dans le sable, le visage offert au vent, les yeux dans les étoiles.

Il avait appelé Gabrielle sur son téléphone, mais elle n'avait pas répondu. Il l'avait cherchée partout : à la cabane en rondins près des hydravions et dans tous les lieux où ils avaient l'habitude d'aller autrefois. Mais il ne l'avait pas retrouvée.

L'histoire de sa vie…

Comme lorsqu'il avait vingt ans et qu'il avait le blues, il avait échoué sur cette petite plage, derrière Marine Drive, entre le port de plaisance et le Golden Gate.

Cette nuit, la lune était presque pleine et de l'océan s'élevait un chant énigmatique. Malgré l'heure tardive, le rivage était loin d'être désert. Bravant les panneaux d'interdiction, un groupe de *it girls* avait allumé un feu de joie et se moquait d'un papy habillé en cosmonaute qui testait un char à voile. Les pieds dans l'eau, un Asiatique au sexe indéterminé – lunettes-mouche, kimono échancré violet, mais torse body-buildé – manœuvrait un énorme cerf-volant en forme de dragon. Avec son casque hi-fi sur les oreilles, il était dans son monde. Chacun son trip, chacun sa came : c'était la philosophie de cette ville, ce qui faisait son charme, son ivresse, sa répulsion…

Loin du rivage, protégé par les rochers, un jeune couple se bécotait timidement, donnant l'impression de découvrir les délices des choses de l'amour.

— Tu ne trouves pas qu'ils nous ressemblent un peu ? demanda une voix derrière lui.

Martin tressaillit en la reconnaissant. Gabrielle vint s'asseoir à un mètre de lui et ramena ses genoux sous son menton.

Il essaya de rester impassible. Tout juste daigna-t-il tourner la tête vers le jeune couple pour concéder :

— Oui, c'est nous, à l'époque.

— Enfin, en plus sage ! Je ne sais pas si tu gardes en mémoire tout ce qu'on a fait sur cette plage…

— C'est loin, tout ça.

— Pas si loin, nuança-t-elle. Tu te rappelles cette phrase de Faulkner que tu m'avais écrite dans l'une de tes lettres : *« The past is never dead. It's not even past[1]. »*

Il ne chercha pas à masquer son amertume :

— Je constate qu'à défaut d'avoir répondu à mes lettres, tu les as au moins lues…

— … et je m'en souviens, même treize ans après.

Pour la première fois, il la regarda vraiment et il sentit malgré lui ses battements de paupières s'accélérer, comme s'il était consigné quelque part que les moments avec Gabrielle ne pouvaient être que fugaces et qu'il devait se dépêcher de graver cette image dans son cerveau.

---

1. « Le passé ne meurt jamais. Ce n'est même pas le passé. » William Faulkner, *Requiem pour une nonne*.

Lorsqu'il l'avait quittée, l'adolescente l'emportait encore sur la femme. C'était le contraire aujourd'hui, mais elle avait gardé un côté « garçon manqué » qui la rendait encore plus singulière.

— Tu es venu à San Francisco pour me voir ?

— Non, je suis venu pour arrêter ton père.

— Donc, cet Archibald, c'est vraiment...

— Oui, Gabrielle, c'est ton père.

— Et tu le sais depuis quand ?

— Depuis ce matin.

— C'est mon père et tu as cherché à le tuer.

— C'est mon métier !

— Ton métier, c'est de tuer des gens ?

— Je suis flic, Gabrielle, enfin, j'étais...

— Je sais que tu es flic.

— Comment ?

— Google, tu as déjà entendu parler ?

Il haussa les épaules puis précisa :

— Je n'ai pas cherché à le tuer, j'ai juste visé sa moto, c'est différent.

— Ah oui, bien sûr ! Tu as *juste* visé sa moto ! Mais quel genre d'homme es-tu devenu, Martin Beaumont ?

Il s'agaça :

— Ton père est un malfaiteur et il doit payer pour ses actes.

— C'est un simple voleur de tableaux...

— Un *simple* voleur ! Toutes les polices du monde le traquent depuis des années.

Le vent se leva et le ressac se fit plus violent. Pendant un long moment, chacun se replia sur lui-même, le regard perdu vers l'horizon, l'esprit torturé par des souvenirs qui ravivaient d'anciennes blessures.

— Ton père, c'est la première fois que tu le vois ?

— Oui ! jura-t-elle.

— Qu'est-ce qu'il t'a dit ?

— Qu'il voulait m'expliquer pourquoi il m'avait abandonnée.

Le visage de Gabrielle baignait dans la clarté lunaire. Ses yeux brillants trahissaient sa peine et son émotion.

— Tu m'as privée de cette explication, lui reprocha-t-elle.

— Non, tout est là, dit-il en ouvrant le sac à dos posé à côté de lui sur le sable.

Il lui tendit le dossier du FBI.

— C'est aussi pour ça que je voulais te voir : pour que tu connaisses la vérité.

— Je ne suis pas certaine de vouloir connaître la vérité, Martin.

— Tu n'as pas le choix et il faut que tu saches qu'en dépit de ses actes ton père est quelqu'un de bien.

— Quelqu'un de bien ?

— Oui, enfin, c'est compliqué. En tout cas, il aimait vraiment ta mère : d'un amour rare, profond, passionné…

— S'il est si bien que ça, pourquoi veux-tu absolument l'arrêter ?

— Peut-être pour te faire du mal, Gabrielle.

Elle hocha la tête, médusée et affectée par la réponse de Martin. Elle sentait ses blessures encore vives, sa peine impossible à apaiser.

— Non ! Le Martin que je connais est incapable de me faire du mal. C'est aussi pour ça que je l'ai aimé : pour sa gentillesse et…

— Arrête avec ton affection à la con et tes compliments qui n'en sont pas vraiment ! De toute façon, le Martin que tu as connu n'existe plus. Et c'est toi qui en es responsable !

— Parce que je ne suis pas venue à ton rendez-vous à New York ? Tu ne trouves pas que c'est un peu facile ?

— J'avais travaillé pendant des mois pour nous offrir cette rencontre ! Je t'ai attendue toute la journée et toute la soirée au Café DeLalo ! Non seulement tu n'es pas venue, mais en plus, tu ne m'as jamais donné la moindre explication. Tu avais mon numéro, tu avais mon adresse, tu avais…

— Et toi, tu n'as plus jamais cherché à me revoir

après ça ! Tu as vite lâché l'affaire pour quelqu'un qui disait que j'étais la femme de sa vie ! Et tu n'as jamais cherché à savoir pourquoi je n'étais pas venue.

— Parce que tu étais avec un autre, c'est ça ?

— Peu importe, à la moindre embûche, tu…

Sidéré par autant de mauvaise foi, il ne la laissa pas terminer sa phrase :

— Je te déteste d'oser dire ça !

— Et pourtant, c'est la vérité ! dit-elle en martelant ses paroles. Monsieur a été vexé. Monsieur a vu sa petite dignité de mec bafouée et il ne l'a pas supporté. Alors, monsieur s'est enfermé dans sa colère et a décidé de bouder pendant treize ans ! Je croyais pourtant que tu étais différent des autres, que tu étais au-dessus de ça !

— Au-dessus de quoi ? Tu m'as brisé le cœur, Gabrielle !

— Non Martin, c'est toi tout seul qui as bien voulu te le briser ! Et en le faisant, tu as aussi brisé le mien.

— Ne renverse pas les rôles avec tes tirades de roman, s'il te plaît !

Une rafale les prit par surprise, les contraignant à protéger leurs yeux des nuages de sable. Elle se recroquevilla dans son manteau et il reconnut le trois-quarts en moleskine qu'il lui avait donné treize ans plus tôt. Il remonta les manches de sa chemise, sortit son briquet et alluma une cigarette. Par intermittence, on entendait les sirènes des ambulances et des voitures de police, puis la plage retrouvait ses bruits familiers : le roulement des vagues, le cri des mouettes, les sautes de vent.

— Pourquoi n'es-tu pas venue à ce rendez-vous ? demanda-t-il d'un ton moins virulent.

— On avait vingt ans, Martin, vingt ans ! On ne connaissait rien de la vie et de l'amour. Toi tu voulais des certitudes, de grands serments !

— Non, je voulais juste un signe.

Elle essaya de lui sourire et, d'une voix pleine d'espoir :

— Allez, Martin, arrêtons avec le passé ! On se retrouve tous les deux, au même endroit, treize ans plus tard, c'est presque de la magie, non ?

Dans un élan de tendresse, elle tendit la main pour lui caresser la joue, mais il la repoussa sèchement. Elle avait les larmes aux yeux. Des yeux dans lesquels il ne voyait plus beaucoup de paillettes. Des yeux dans lesquels il ne voulait plus rien voir. Peut-être n'avait-il plus de sentiments pour elle, après tout. Et peut-être était-ce la meilleure chose qui pouvait lui arriver.

Il se leva, boutonna sa veste et regagna sa voiture sans se retourner.

Gabrielle ne dormit pas cette nuit-là.

Il était 2 heures du matin lorsqu'elle rentra chez elle. Elle se prépara un Thermos de thé et se connecta sur le web pour faire davantage connaissance avec cet Archibald McLean dont les « exploits » ne lui étaient parvenus que sporadiquement et déformés par le bruit médiatique.

Elle se plongea ensuite dans l'épais dossier que lui avait remis Martin. Au fil de la lecture, non seulement elle se découvrit un père dont personne ne lui avait jamais parlé, mais elle vit aussi sa mère sous un jour différent : une femme amoureuse et résolue, coûte que coûte, à mettre au monde son enfant, même si c'était au péril de sa propre vie.

Puis... elle pleura toutes les larmes de son corps, convaincue que sa naissance avait bousillé quatre vies. Celle de sa mère d'abord, puis celle d'Archibald, injustement envoyé en prison. La sienne ensuite, orpheline solitaire et maussade qui n'avait jamais vraiment trouvé sa place nulle part. Celle de Martin enfin, qu'elle avait fait souffrir malgré elle.

À 4 heures du matin, elle laissa tomber le thé pour la vodka à la framboise et s'en alla fouiller dans le placard du cellier, à la recherche de vieux albums. Elle regarda les photos de sa mère avec un œil nouveau pour découvrir que certains clichés – ceux où Valentine semblait la plus heureuse – étaient découpés aux ciseaux. Une censure méthodique de sa grand-mère pour éliminer la présence d'une silhouette qu'elle devinait être celle d'Archibald. Elle connaissait ces photos par cœur – elle n'en avait pas énormément de sa mère –, comment était-il donc possible qu'elle ne se soit jamais posé de questions sur ce « caviardage graphique », digne de l'ère stalinienne ?

Mais peut-être l'avait-elle fait... inconsciemment. Déjà, dans son esprit, se bousculaient des souvenirs liés à ses grands-parents – des phrases ambiguës, des regards entendus – qui l'avaient intriguée à l'époque, mais qu'elle comprenait mieux aujourd'hui. Comme tous les secrets de famille, le drame entourant sa naissance avait sans doute pesé comme une chape de plomb invisible, étouffant son enfance et son adolescence et causant des dégâts qu'elle avait encore du mal à évacuer.

À 5 heures, elle laissa tomber la vodka et se fit du café en relisant les anciennes lettres enflammées de Martin. L'image du jeune homme amoureux se confondait et se brouillait avec celle de l'homme plus dur qu'elle avait découvert ce soir. D'une ligne à l'autre, d'une seconde à l'autre, elle passait de la gaieté à la tristesse. Elle avait le sourire aux lèvres et, l'instant d'après, elle était effondrée, la tête entre les mains, laissant libre cours à son chagrin.

Elle l'avait tant aimé, elle l'aimait tellement, elle n'avait jamais cessé de l'aimer ! Depuis le premier baiser, non, depuis la première lettre ! Celle qui commençait par :

Je voulais simplement te dire...

À 6 heures, elle prit une longue douche. Elle se sentait plus légère, comme libérée d'un poids.

Contrairement à ce qu'elle avait pensé quelques heures plus tôt, les conditions tragiques de sa naissance lui apparaissaient désormais comme donnant plus de prix à son existence. Ne devait-elle pas s'en montrer digne ?

Alors qu'elle avait toujours cru faire partie des gens doués pour le malheur, elle sentait une détermination nouvelle en train d'éclore en elle : pour la première fois de sa vie, elle était décidée à prendre le risque d'être heureuse.

À 7 heures, Gabrielle ouvrit les stores et découvrit les lueurs rosées de l'aube naissante qui magnifiaient la baie. Un jour nouveau, plein de promesses, se levait sur San Francisco.

La veille, par un curieux concours de circonstances, les deux hommes les plus importants de sa vie avaient refait surface au même moment.

Aujourd'hui, elle était bien résolue à ne pas les laisser repartir.

Elle espérait seulement ne jamais devoir faire un choix entre les deux…

19

Tu vois, je n'ai rien oublié...

L'amour, c'est le droit que l'on donne à l'autre de nous persécuter.

Fedor DOSTOÏEVSKI

23 décembre
8 heures du matin

Les aiguilles d'or et d'argent brillaient dans la lumière.

Fincs comme un cheveu, longues de 10 centimètres, elles virevoltaient dans les airs, guidées par les gestes vifs et précis de Miss Euphenia Wallace.

Effie avait rejoint Archibald dans cette belle maison de location accrochée à la colline. Mi-garde du corps, mi-gouvernante, l'Anglaise, diplômée de la faculté de médecine de Manchester, administrait à son patron une séance d'acupuncture afin d'apaiser sa douleur.

D'un mouvement rapide, elle enfonça une trentaine d'aiguilles sur toute la surface du corps d'Archibald, variant l'angle et la profondeur d'implantation pour mieux influer sur le cours des énergies.

Allongé sur le ventre, le voleur avait fermé les yeux.

Il souffrait.

La veille, il avait réussi à contenir la souffrance, mais ce matin elle se rappelait à son bon souvenir en lui infligeant une double peine.

Les cheveux blonds coiffés en chignon, le corps longiligne et musclé enserré dans un survêtement rouge vif, Effie continua ses manipulations. Une fois les aiguilles insérées, elle les ajusta pour renforcer leur effet thérapeutique, tirant sur certaines, tournant quelques autres en les faisant rouler entre son pouce et son index. Un art subtil et sophistiqué qui, comme celui de l'amour, exigeait douceur et dextérité.

Archibald s'abandonna aux différentes sensations : engourdissement, frissons, chaleur, tressautements musculaires, petites décharges électriques...

Ce genre de traitement était-il efficace ? Il n'en

savait strictement rien. Depuis des semaines, il bouffait des analgésiques à longueur de journée. Hier, ils avaient joué leur rôle, mais aujourd'hui, il lui fallait autre chose. Et Effie avait un don pour concilier médecine occidentale moderne et médecine chinoise vieille de plusieurs millénaires.

Une fois les aiguilles disposées, l'Anglaise sortit de la pièce pour laisser son patient se détendre complètement. Archibald essaya de respirer à fond. Il s'enivra de l'odeur des bâtons d'encens qui brûlaient aux quatre coins de la pièce, se mêlant à celle, plus entêtante, de l'armoise. En sourdine, les notes de piano d'Erik Satie l'apaisaient quelque peu, le renvoyant aux images et aux émotions de la veille : sa confession à Gabrielle et son duel avec Martin.

Il se força à sourire. Le p'tit gars ne s'était pas démonté : il l'avait suivi jusqu'en Californie et, hier soir, il avait vraiment failli l'arrêter. Mais *failli*, ce n'était pas faire. *Failli*, ce n'était pas suffisant. Au dernier moment, Martin s'était de nouveau dégonflé et n'avait pas eu le cran de le suivre en roulant à contresens de la circulation.

Ses sentiments par rapport au jeune Français étaient de plus en plus ambigus : la bienveillance se doublant de jalousie, il avait à la fois envie de le provoquer et de le protéger, de l'aider et de le fuir.

Il grimaça de douleur. Il ne lui restait que peu de

temps pour savoir si Martin Beaumont avait quelque chose dans le ventre. Car il n'avait pas l'intention de jouer les prolongations : il voulait mourir avec brio, pas grabataire, cloué sur un lit d'hôpital.

Jusqu'à présent, le p'tit gars ne l'avait pas déçu, mais le test n'était pas terminé.

Juché sur un tabouret, à l'étage du *Lori's Diner*, Martin grignotait un petit déjeuner biologique : pain complet, muesli, pomme ratatinée, café pisseux. À travers la baie vitrée, il observait en bâillant la foule qui irriguait Powell Street.

— Eh ben dis donc ! Je t'ai connu plus gourmand !

La voix le secoua comme pour le faire sortir du sommeil.

Fraîche et pimpante, Gabrielle le regardait en souriant. Elle avait mis un jean clair, un chemisier blanc et ce blouson de cuir cintré marron qu'elle semblait déjà porter treize ans plus tôt.

— Bon, dit-elle en s'asseyant devant lui, passe-moi le menu, qu'on se commande quelque chose de plus consistant.

— Tu m'as suivi ?

— Tu n'es pas très difficile à retrouver. On dirait que tu fais un pèlerinage sur les lieux de notre jeunesse ! Tu te souviens du nombre de banana split qu'on a partagés ici ? Je te laissais toujours la cerise sur la crème fouettée, parce que je savais que tu aimais ça. Tu te rappelles comme tu me trouvais adorable ?

Il secoua la tête en soupirant :

— Qu'est-ce que tu fais là ?

Elle retrouva son sérieux.

— D'abord, je suis venue te remercier pour ça, dit-elle en lui rendant le dossier qu'il lui avait donné la veille.

— Très bien, et ensuite ?

— Ensuite, je suis venue prendre un bon petit déjeuner avec toi !

Elle appela la serveuse et commanda un espresso, du pain perdu vanillé aux fruits rouges et des œufs Benedict au saumon.

Martin détourna la tête et fit semblant de s'intéresser au décor. L'endroit cherchait à recréer l'atmosphère des années 1960 : juke-box, flippers, exposition de Harley Davidson, affiches de films avec James Dean ou Marilyn.

— Cette nuit, j'ai lu beaucoup de choses sur mon père, confia Gabrielle. Ça fait longtemps que tu cherches à l'arrêter ?

— Plusieurs années.

— Et ça ne t'a pas semblé bizarre ?

— Quoi donc ?

— Que l'homme que tu traques depuis des années soit *justement* mon père...

Martin fronça les sourcils. La question l'avait tenu éveillé toute la nuit. C'est vrai qu'il était difficile de croire au simple hasard, mais pouvait-il y avoir une autre explication ?

On apporta sa commande à Gabrielle. Comme au bon vieux temps, elle partagea sa pâtisserie en deux parts égales. Bien que Martin eût repoussé son offrande, elle feignit de ne pas être affectée par son refus et poursuivit la conversation :

— Qu'est-ce qui t'a amené à t'intéresser à Archibald ?

Il haussa les épaules.

— Je suis un flic spécialiste de l'art et c'est le plus grand voleur de tableaux du monde, ça suffit comme motivation, non ?

Il but une gorgée de son café lavasse qui le fit grimacer.

— Au début, qu'est-ce qui t'a fasciné chez lui ? poursuivit-elle en lui tendant sa tasse d'espresso.

— Rien, justement ! J'éprouvais surtout de la colère.

— Tu as un souvenir particulier ?

Il réfléchit quelques secondes.

— En février 2005, il a volé *Le Baiser*, la toile

de Gustav Klimt dans un musée à Vienne. C'était mon tableau préféré et...

— C'était *notre* tableau préféré, le coupa-t-elle.

— Bon, et où veux-tu en venir ?

— Ça non plus, ça ne te semble pas bizarre : qu'il vole *justement* ce tableau, peu après que tu eus rejoint l'OCBC ?

Il botta en touche :

— Je vois que tu t'es renseignée sur ma carrière.

— Archibald a tout fait pour que tu t'intéresses à lui, souffla Gabrielle. C'est lui qui tire les ficelles depuis des années et je crois qu'il est temps que tu t'en aperçoives.

Vexé, Martin se leva. Gabrielle avait peut-être raison, mais pour en être certain, il devait arrêter Archibald. Quel qu'en soit le prix.

Il posa trois billets de dix dollars sur la table et traversa la salle du restaurant sans un regard pour la fille de son ennemi.

— On déjeune ensemble à midi ? lui lança-t-elle.

Mais il ne se retourna pas.

Une heure plus tard

Le Palace Hotel était situé sur Montgomery Street, entre le quartier des affaires et Union Square.

Martin et Mademoiselle Ho parcouraient la salle du rez-de-chaussée – la prestigieuse Garden Court – qui accueillait l'exposition et la vente de la Clé du paradis.

Protégé derrière une vitre blindée, le célèbre diamant bleu flamboyait d'un éclat hypnotique. Malgré l'heure matinale, une foule compacte se pressait déjà pour admirer le joyau. Au centre de la pièce, un quatuor à cordes jouait la musique du film *Diamants sur canapé*.

Le luxe et le raffinement de l'endroit offraient un cadre somptueux à cet événement. L'hôtel était le rendez-vous des vieilles familles de la ville qui venaient y bruncher le dimanche et y organiser en grande pompe leurs déjeuners de mariage ou de baptême. C'était surtout un lieu chargé d'histoire : Oscar Wilde y avait séjourné, ainsi que le ténor Caruso et le président Roosevelt. Quant à Sarah Bernhardt, elle avait provoqué une émeute en y débarquant escortée par son tigre domestique.

L'ancienne cour où arrivaient autrefois les calèches avait été transformée en un magnifique jardin d'hiver aux voûtes majestueuses surmontées d'une gigantesque verrière. Martin s'extasia devant les vitraux du dôme, les lustres en cristal autrichien, les colonnes en marbre italien et les chandeliers ambrés à la feuille d'or. Il suffisait de fermer les yeux pour imaginer l'ambiance d'une salle de bal à l'époque victorienne et, en même temps, les dizaines de palmiers luxuriants plantés dans de gros pots en verre et baignés de lumière naturelle donnaient à la salle le design d'un atrium moderne.

— Alors ? demanda la Coréenne.

— C'est magnifique, admit Martin, mais côté sécurité…

— Eh bien ?

— C'est une vraie passoire !

Ils avaient rejoint leur quartier général aménagé dans l'une des suites, au dernier étage de l'hôtel. Sur une longue table laquée, un mur d'écrans diffusait les images prises par les caméras de surveillance installées dans la Garden Court.

Martin scrutait les moniteurs, l'œil sombre et la mine inquiète.

— Il y a des trous partout !

Mademoiselle Ho se pencha sur son épaule, exhalant un parfum discret de fleurs coupées.

— Vous exagérez : toutes les issues sont gardées, les agents de sécurité patrouillent à tous les étages et le diamant est dans un conteneur en verre scellé au sol. Qu'est-ce qu'il vous faut de plus ?

Martin se leva pour se dégager de l'emprise invisible de la Coréenne.

— L'endroit est noir de monde ! Archibald pourrait semer la confusion en un clin d'œil : un début d'incendie, une alarme qui se déclenche inopinément, un coup de feu... Ce serait la pagaille et la bousculade.

Mademoiselle Ho réfuta l'argument :

— Tout le monde a été briefé pour gérer une évacuation.

Martin resta debout et pianota sur son ordinateur portable pour consulter les emplois du temps des vigiles.

— Les agents de sécurité sont nombreux dans la journée certes, mais beaucoup plus clairsemés la nuit ! Et puis, franchement, exposer le diamant sous une verrière... On dirait que vous le faites exprès ! Combien de fois Archibald a-t-il pénétré par les airs ? C'est sa spécialité !

Mademoiselle Ho resta silencieuse comme si elle prenait soudain conscience des lacunes de sa stratégie.

Martin regagna son poste de travail et téléchargea sur son ordinateur les plans de l'hôtel que la direction venait de lui faire parvenir. Il était en train de les imprimer lorsque son téléphone émit un « bip » vibrant et métallique pour le prévenir de l'arrivée d'un SMS.

> Je te dérange ?

Il regarda le numéro : c'était Gabrielle. Il choisit de ne pas répondre, mais, moins de deux minutes plus tard, elle le relança.

> Je te dérange ?

> oui

… répondit-il, agacé.

Utilisant les textos comme une messagerie instantanée, elle le poursuivit de ses questions :

> Tu veux qu'on déjeune ensemble ?

> Non

> Qu'est-ce que tu fais ?

> Mon métier.

> Tu tues des gens ?

Arrête, Gabrielle…

Tu te souviens lorsqu'on faisait l'amour ?

Comme pris en flagrant délit, Martin leva la tête vers Mademoiselle Ho. À l'autre bout du bureau, à demi masquée par l'écran de son MacBook, la Coréenne l'observait avec curiosité.

J'espère qu'ils ne m'ont pas mis sous surveillance électronique, pensa-t-il en retournant à son téléphone pour pianoter sur les touches minuscules :

Arrête, je te dis !

L'amour, c'est toujours bien, c'était tendre, c'était doux. C'était toi…

À nouveau, il faillit lui demander d'arrêter, mais il n'en avait plus la moindre envie. À la place, il attendit une bonne minute, les yeux rivés sur son petit écran, en espérant un nouveau message qui ne mit pas longtemps à arriver :

Pour moi, ça n'a jamais été aussi bien, aussi fort, aussi sensuel.

Cette fois, il ne laissa pas passer :

> Si c'était bien, pourquoi tu n'es pas venue au rendez-vous ?

Sans répondre à sa question, Gabrielle continua d'évoquer ses souvenirs à travers un bouquet de textos enflammés :

> Tu te souviens de nos baisers et de nos caresses ?

> Tu te souviens de tes mains sur mes seins ?

> Tu te souviens de mes seins dans ta bouche ?

> Tu te souviens de ton corps dans le mien ?

> Tu te souviens de ta tête dans mes mains, de ta langue dans ma…

Et brusquement, ce fut trop. Il arrêta de lire et lança de toutes ses forces son téléphone qui se fracassa contre le mur du bureau.

Il remonta Market Street, dévala Geary Street et déboula sur Grant Avenue devant le *Café des Anges*. Il était sûr de la trouver là !

À l'entrée du quartier chinois et à quelques rues du consulat français, la brasserie faisait figure de petit coin de France au cœur de San Francisco. Bien que l'endroit ne vende pas de cigarettes, le café arborait une enseigne « Bar-tabac », copie conforme de la façade des anciens bistrots parisiens des années 1950.

Martin poussa la porte et entra dans la brasserie. Le lieu de leur premier rendez-vous en amoureux.

Le charme opérait à chaque fois : avec ses nappes à carreaux, son bar en zinc et ses chaises en bois, on était dans un vieux film français et, en observant les clients, on s'attendait presque à voir surgir Lino Ventura ou Bernard Blier, on se surprenait à guetter un dialogue à la Audiard !

Affiché sur l'ardoise, le menu sentait bon la France d'avant : œuf mayonnaise, harengs pommes de terre à l'huile, poireaux vinaigrette, blanquette de veau, bœuf bourguignon, coq au vin, tripes à la mode de Caen…

Derrière le comptoir, un calendrier des PTT, de vieilles cartes postales du Tour de France vantant les exploits d'Anquetil et de Poulidor. Juste à côté, un vieux baby-foot Garlando aux joueurs bien fatigués. Même la musique collait à l'atmosphère : Édith Piaf remixée, Renaud et ses *p'tits bals du samedi soir*, Zaza Fournier et *son homme*…

Après s'être renseigné auprès d'un serveur, Martin retrouva Gabrielle installée à la table la plus romantique du restaurant, isolée par une petite tonnelle où s'accrochaient les vrilles d'un plant de vigne.

— Tu veux jouer à ce jeu-là, très bien ! lança-t-il en s'asseyant devant elle.

— Tu prendras des rillettes en entrée ?

— Et d'abord, comment as-tu fait pour obtenir cette table ?

— Comme toi lors du premier soir : j'ai graissé la patte au garçon !

— Mais qu'est-ce que tu cherches au juste ?

— Je veux le retrouver, affirma-t-elle en fermant le menu.

— Qui ?

— Le Martin que j'ai connu : celui que j'ai aimé.

— Tu ne peux pas ressusciter le passé.

— Et toi, tu n'as pas le droit de le détruire !

— Je ne veux pas le détruire, je veux le *comprendre* : comprendre pourquoi tu n'es pas venue à ce rendez-vous.

Leur ton avait monté. Elle se radoucit pour proposer :

— Tu ne veux pas, plutôt, regarder en avant ?

Il détourna le regard. Elle poursuivit sur sa lancée :

— On dit souvent que le bonheur ne repasse jamais les plats, mais nous, on a droit à cette deuxième chance, Martin ! Ne la gâchons pas ! On est encore jeunes, mais plus tellement. On a davantage de temps devant nous que derrière, mais à peine. On peut encore faire des enfants, mais il faudrait commencer maintenant...

Elle rougit jusqu'aux oreilles, terrorisée par l'audace de sa déclaration qui semblait le laisser de marbre.

Elle ne se découragea pas pour autant :

— Je n'étais pas prête, il y a quinze ans. Je n'étais pas à la hauteur, je n'étais pas assez forte, je doutais de tout. Et toi non plus, tu n'étais peut-être pas prêt, malgré ce que tu veux te faire croire...

Il eut une moue dubitative. Elle continua :

— À présent, je suis prête. L'amour, tu vois, c'est comme l'oxygène, si on en manque trop longtemps on finit par en mourir. Tu m'as tellement aimée en quelques mois que j'ai eu des réserves d'amour pendant des années. Grâce à elles, j'ai pu affronter beaucoup de choses, mais j'arrive au bout de mes réserves, Martin.

Elle se passa la main derrière le cou, se caressant les cheveux à la base de la nuque, comme un signe d'encouragement qu'elle était obligée de se prodiguer à elle-même puisque personne n'avait jamais été là pour le faire à sa place.

— Je t'ai fait du mal, je sais. Excuse-moi, termina-t-elle.

Enfin, Martin ouvrit la bouche pour dire ce qu'il avait sur le cœur :

— Le problème, ce n'est pas la douleur. La douleur, ça te fait souffrir, mais ça ne te détruit pas. Le problème, c'est la solitude engendrée par la douleur. C'est elle qui te tue à petit feu, qui te coupe des autres et du monde. Et qui réveille ce qu'il y a de pire en toi.

Elle ne chercha pas à fuir le débat :

— Aimer, c'est toujours dangereux, Martin ! Aimer, c'est espérer tout gagner en risquant de tout perdre, et c'est aussi parfois accepter de prendre le risque d'être moins aimé que l'on n'aime.

— Eh bien, tu vois, dit-il en se levant de table, ce risque, je crois que je ne suis plus prêt à le prendre.

Martin rentra au QG de sécurité de l'hôtel et passa une bonne partie de l'après-midi à travailler sur les plans de la Garden Court. Il devait participer ensuite à une réunion avec le chef de l'escouade de vigiles engagée par Lloyd's Brothers et les quelques agents du FBI qui avaient investi le lieu.

Le soleil commençait à décliner lorsqu'il rédigea un long mémo à l'intention de Mademoiselle Ho : une liste de mesures visant à renforcer la sécurité du diamant. Il essaya de contacter la Coréenne, mais aucun de ses numéros ne répondait. Il lui envoya un mail qu'il doubla d'un texto puis descendit vers la salle d'exposition.

Dans la Garden Court, c'était la bousculade. Depuis quelques jours, la vente du diamant faisait la une de la presse et les médias s'étaient chargés de transformer son exposition en sortie touristique incontournable pour les vacances de Noël. Une telle affluence inquiétait Martin, car elle rendait sa tâche beaucoup plus compliquée.

Mêlé à la foule, il ferma brièvement les yeux, comme pour mieux se concentrer. Il fallait qu'il parvienne à se mettre dans la tête du voleur. *Comment volerais-je le diamant, si j'étais Archibald ?*

Cet après-midi, son cerveau avait mouliné presque sans arrêt, traitant une quantité impressionnante de données, à la manière d'un ordinateur. En ce début de soirée, tout semblait se télescoper dans son esprit, avant de se remettre progressivement en place comme les pièces d'un puzzle.

Comment volerais-je le diamant, si j'étais Archibald ?

Des images défilèrent dans sa tête : la verrière,

le nombre d'issues, les trop nombreux visiteurs, le ballet régulier des gardes de sécurité…

Comment volerais-je le diamant, si j'étais Archibald ?

Et soudain, la réponse lui apparut avec limpidité : s'il était Archibald, jamais il n'essaierait de voler la Clé du paradis !

Parce que c'était trop facile.

Une mise en scène ! Un appât !

Martin prit soudain conscience qu'il n'était qu'un pion sur un échiquier, jouant un rôle dans une partie qui le dépassait.

Ni Lloyd's Brothers ni Mademoiselle Ho n'avaient jamais voulu protéger le diamant.

Ce qu'ils cherchaient, au contraire, c'était à attirer Archibald dans un piège.

Cette vente-surprise de dernière minute et l'effervescence médiatique qu'elle avait suscitée n'étaient qu'un leurre pour forcer Archibald à se jeter dans la gueule du loup.

Le diamant présenté ne pouvait pas être le véritable diamant…

20

Two Lovers

*Mon père m'a donné un cœur, mais vous
l'avez fait battre.*

Honoré de BALZAC

Lorsque Martin arriva à Sausalito, le soleil répandait ses derniers rayons sur le Pacifique, colorant le ciel et l'océan d'une fugitive couleur pourpre.

Il trouva une place sur le parking du village flottant où vivait Gabrielle. Mélange hétéroclite et coloré de maisons sur pilotis et de bateaux, c'était l'un des endroits les plus insolites de Californie. La ville aux *boat houses* était devenue l'un des symboles de la contre-culture des années 1960, lorsqu'une bande de hippies et de marginaux s'étaient approprié ce bout de terrain pour y construire un habitat à leur image, rafistolant de vieux rafiots, aménageant des péniches et construisant des bicoques sur l'eau.

Aujourd'hui, la cité s'était embourgeoisée : relookées par des architectes à la mode, les habitations s'arrachaient à prix d'or. Depuis longtemps déjà, les 4 × 4 écolo-bobos et les Porsche décapotables avaient remplacé les Jeeps déglinguées et les bus Volkswagen des babas cool.

Martin parcourut les quais bordés de massifs de fleurs, d'arbustes et de bancs en bois peint. Beaucoup de maisons flottantes avaient de larges baies vitrées qui donnaient l'impression qu'on pouvait pénétrer dans l'intimité des gens : deux vieux prenaient l'apéro sur leur terrasse en devisant sur la marche du monde, un gamin terminait ses devoirs, penché sur ses cahiers, une ado s'éclatait, seule dans sa chambre, sur une chorégraphie de Britney, un jeune couple glamour se balançait des amabilités : « *Tu étais encore chez ta pétasse, c'est ça ? »*, *« D'abord Rita n'est pas une pétasse »*, *« Donc, tu étais chez elle »*...

Les gens, le temps, la vie...

Martin reconnut la maison grâce à l'hydravion Cessna amarré près du petit ponton de bois commun à deux habitations mitoyennes. Il emprunta le quai d'embarcation jusqu'à la véranda et...

— Entre, c'est ouvert ! lui cria Gabrielle à travers la fenêtre.

Il poussa la porte et se retrouva directement dans le salon. L'endroit avait du charme et dégageait une vraie convivialité. Un gros bouquet d'orchidées multicolores égayait une pièce tapissée de lambris, tandis qu'une baie vitrée en arc de cercle laissait entrer la lumière déclinante du soir.

— Tu es venu faire la paix ? demanda-t-elle en l'accueillant.

— En quelque sorte.

— Alors, bienvenue chez moi.

Il lui tendit une bouteille de vin.

— Je cherchais un cadeau original...

Elle baissa les yeux et s'exclama :

— Un château-margaux 1961 ! Mais tu es fou ou quoi !

— Je l'ai trouvée dans la cave « secrète » du Palace Hotel.

— Comment ça, « trouvée » ?

— Volée, précisa-t-il.

— Décidément, tu ne vaux pas mieux que lui !

Martin préféra ignorer la remarque, se contentant d'ajouter :

— Il paraît que c'est une année exceptionnelle.

Mais Gabrielle refusa de se laisser entraîner sur ce terrain.

— Je descends l'entreposer au cellier et j'irai la rapporter à l'hôtel à l'occasion.

Elle s'éclipsa quelques secondes. Il fit semblant de s'offusquer :

— Puisque c'est comme ça, je ne t'offrirai plus rien !

— Comment as-tu réussi à pénétrer dans leur cave ? demanda-t-elle en revenant dans la pièce.

— J'avais les plans.

— Tu n'as pas laissé de traces compromettantes derrière toi, j'espère.

— Non, c'est l'avantage d'avoir été à bonne école…

Elle l'invita à s'asseoir, mais il préféra rester debout.

— Tu m'aides à choisir ? demanda-t-elle en le conduisant vers l'étagère consacrée à la musique.

Elle négligea l'iPod rose flashy posé sur son enceinte et l'incita à piocher dans la collection de vieux vinyles de sa mère.

Martin se prêta au jeu et pendant quelques minutes ils retrouvèrent leur ancienne complicité, parcourant l'abondante discothèque et commentant les albums des artistes mythiques que Valentine avait achetés à l'époque : Janis Joplin, les Beatles, Pink Floyd, David Bowie, Joni Mitchell…

Ils finirent par s'accorder sur le 33 tours de Bob Dylan qui contenait le titre *Lay Lady Lay*.

Alors que Martin posait le disque sur l'électrophone, Gabrielle lui fit remarquer :

— Tu as de la chance que je sois là. D'habitude, à cette heure-ci, je suis encore au boulot.

— Pourquoi es-tu rentrée plus tôt ?

— J'avais un truc à faire…

— Quoi ? demanda-t-il en se relevant.

— Ça, dit-elle en l'embrassant.

Leurs souffles se mêlent, leurs lèvres se frôlent, leurs langues se cherchent et se provoquent.

Elle lui effleure le visage ; il lui caresse la nuque.

Elle lui ôte sa veste ; il lui déboutonne son jean.

Elle le débarrasse de sa chemise, qui tombe sur le parquet ; il soulève son pull, lui lèche les épaules, goûte sa peau.

Elle remarque son tatouage qu'il n'avait pas autrefois ; il reconnaît son odeur et la confronte à ses souvenirs.

Alors, le temps déraille, le passé contamine le présent.

Et la peur refait surface.

La peur.

Enkystée dans le corps, tapie dans l'ombre de l'esprit.

La peur qui prolifère.

La peur qui n'a pas de limites.

Et que seul l'amour peut vaincre.

Au début, la peur infecte tout.

Au début, la peur fait peur et donne envie de fuir.

Malgré tout, leurs mains se joignent et leurs corps se plaquent l'un contre l'autre.

Elle s'accroche à lui comme à un radeau.

Il trouve la force de s'ancrer en elle.

Elle réussit à se nouer à lui.

Son regard cherche le sien. Il l'attire, s'arrête pour la contempler à la lueur des lumières du port : son corps brille dans la nuit et éclaire son visage. Elle lui sourit, se veut rayonnante pour lui. Elle lui passe les mains dans les cheveux ; il laisse sa langue fureter sur sa poitrine.

Alors, bien sûr, on peut réduire leurs baisers à un échange de salive, à quelques grammes d'ivoire émaillé qui s'entrechoquent.

Et pourtant…

Pourtant, le temps d'un battement de cils.

Leurs corps tremblent et la peur reflue.

Enveloppé dans les draps et les couvertures, Martin sortit le premier sur la terrasse. La nuit était tombée, mais il faisait encore bon dans cette ville pas comme les autres, protégée du vent du Pacifique et bénéficiant d'un étonnant microclimat qui transformait cette soirée d'hiver en veillée printanière.

Silencieux, Martin regarda autour de lui. La véranda offrait une vue panoramique sur l'océan. Sur un autre quai, un « vieux de la vieille » du quartier venait de s'installer avec sa canne à pêche et son poste de radio. En écoutant l'ouverture de *La Traviata*, il jouait avec les mouettes rieuses dont les cris saccadés finissaient par faire partie de l'opéra.

Un tintement de cristal le sortit de sa contemplation.

Entortillée dans un plaid à carreaux, Gabrielle vint le rejoindre en sautillant, deux verres vides à la main. Elle l'embrassa et posa la tête sur son épaule. Puis, avec un sourire mutin :

— Et si on ouvrait ta bouteille de vin ?

Il la prit au mot :

— Je vais la chercher !

Restée seule sur la véranda, elle sentit la chair de poule envahir son corps tandis qu'une larme discrète coulait le long de sa joue.

Cette larme, c'était un concentré de gratitude.

Gratitude envers la vie, le hasard, le karma, la chance, la providence, le grand architecte qui présidait à nos destinées, Dieu lui-même s'Il existait. Qu'importe ! Martin était de retour dans sa vie. Et cette fois, elle savait que c'était pour toujours. Par une étrange alchimie, l'accord de leurs corps avait débouché sur l'accord de leurs âmes. À présent, ils étaient prêts tous les deux, non pas à recommencer à zéro, mais à poursuivre un amour qui avait survécu en hibernation pendant presque quinze ans. Martin avait raison lorsqu'il disait qu'on ne pouvait pas regarder sereinement l'avenir sans comprendre et assumer le passé.

Ils n'étaient plus des voyageurs sans bagages. Ils n'avaient plus vingt ans. Ils avaient tous les deux vécu, souffert l'un sans l'autre. Ils s'étaient tous les deux perdus l'un sans l'autre.

Ils avaient essayé, chacun de leur côté, d'en aimer quelques autres…

Mais c'était fini, tout ça.

À partir de maintenant, elle allait tout lui dire, tout lui expliquer, à commencer par la véritable raison de son absence à New York.

Elle lui parlerait de ses amants aussi, de cette sensation qu'elle avait toujours eue, depuis son adolescence, d'être une sorte d'appât, une proie livrée à un jeu auquel elle ne voulait pas participer et où elle ne gagnait jamais. Pendant longtemps, avec les hommes, elle avait beaucoup dit « non », puis elle avait beaucoup dit « oui ». Car lorsque vous n'avez pas confiance en vous, finir par dire oui à quelqu'un peut signifier lui dire encore plus non que non. Elle savait que Martin comprendrait…

Pendant leur étreinte, ses défenses étaient tombées en même temps que les siennes.

Désormais, ils n'en avaient plus besoin, car ils avaient l'amour.

Désormais, plus rien ne pouvait troubler leur bonheur.

Sauf peut-être...

— Bonsoir, Gabrielle.

Elle sursauta sous l'effet de la surprise.

Le visage d'Archibald se découpait dans la lumière d'une loupiote en forme de flambeau.

— Qu'est-ce que tu fais là ?

— Je suis venu reprendre notre conversation.

— Pas ce soir.

— Je crois que c'est ce soir ou jamais.

— Pourquoi ?

— Je t'expliquerai.

— Non, va-t'en ! ordonna-t-elle en le repoussant. Martin est là !

— J'ai vu, dit-il en s'asseyant dans le canapé.

Sous l'emprise de la panique, elle le supplia :

— Ne me gâche pas cette soirée, s'il te plaît.

— C'est toi qui as les cartes en main, Gabrielle. S'il veut m'arrêter, cette fois, je ne résisterai pas.

Choisis ce que tu veux : discuter une dernière fois avec ton père ou l'envoyer finir ses jours en prison.

— Mais où veux-tu que l'on discute ?

— J'ai mon idée, dit-il en désignant le petit hydravion.

— Pourquoi tu me demandes ça ? Pourquoi tu me demandes de choisir entre Martin et toi ?

— Parce que vivre, c'est faire des choix, Gabrielle. Mais ça, je crois que tu le sais déjà…

Pendant deux secondes, elle resta figée, terrifiée par ce qu'Archibald lui demandait. Puis elle se précipita dans la maison et descendit en courant jusqu'au cellier.

— J'ai trouvé la bouteille ! cria Martin en l'entendant arriver.

Il était en train de refermer l'armoire réfrigérée lorsque Gabrielle passa la tête dans l'entrebâillement de la porte.

— Pardonne-moi, mon amour…

— Quoi ?

Avant qu'il ait pu comprendre quoi que ce soit, elle avait tourné la clé pour l'enfermer dans la pièce.

— Pardon, répéta-t-elle la voix brisée en allant rejoindre Archibald.

21

Nous nous sommes tant aimés

Aimer quelqu'un, c'est le dépouiller de son âme, et c'est lui apprendre ainsi – dans ce rapt – combien son âme est grande, inépuisable et claire. Nous souffrons tous de cela : de ne pas être assez volés. Nous souffrons des forces qui sont en nous et que personne ne sait piller, pour nous les faire découvrir.

Christian BOBIN

Avec son ventre rond et ses gros flotteurs, l'hydravion ressemblait à un pélican.

Archibald chaussa de fines lunettes de vue et s'installa aux commandes du Cessna pendant que Gabrielle procédait en silence aux dernières vérifications. Il démarra le moteur, le laissant tourner à faible régime pour s'habituer à l'appareil et protéger l'hélice des rafales erratiques qui balayaient le plan d'eau.

Le ciel nocturne était limpide, mais la brise piquante et les vagues rendaient toute manœuvre délicate, faisant tourner l'avion comme une girouette pour le ramener dans le lit du vent. Archibald s'éloigna prudemment du ponton jusqu'à trouver une aire d'envol où l'eau était moins agitée. Il plissa les yeux, attentif à éviter les bouts de bois et autres épaves qui flottaient à la surface et risquaient d'endommager les flotteurs.

Alors que l'hydravion prenait de la puissance, Archibald rentra les volets et le gouvernail avant de dégager progressivement l'étrave des flotteurs qui tapaient contre les vagues.

Lorsqu'il poussa les gaz, l'avion se transforma en aéroglisseur caressant la surface de l'océan et s'arracha de l'eau, passant d'un élément à l'autre avec grâce.

Puis il prit de l'altitude, survola *downtown* et sa ligne de gratte-ciel, Bay Bridge et Angel Island, avant de mettre le cap sur le sud.

Pieds nus et en caleçon, Martin écumait de rage. Le cellier n'avait aucune fenêtre et la seule ouverture était la porte en métal que Gabrielle avait refermée sur lui. À trois reprises, il donna de violents coups d'épaule, mais ne réussit qu'à se faire mal.

Une nouvelle fois, Gabrielle l'avait humilié. Elle l'avait désarmé, mis à nu, lui avait fait baisser la garde pour mieux le trahir, quelques minutes seulement après s'être donnée à lui.

Il ne comprenait pas, il ne comprendrait jamais.

À la souffrance et à la peur s'ajoutait à présent une haine féroce.

Profondément frustré, il s'empara de la bouteille de bordeaux et la projeta contre la plaque d'acier.

Le Cessna avait trouvé sa vitesse de croisière. Il avait dépassé Carmel et filait au sud de la baie de Monteray, survolant la route panoramique coincée entre la forêt de Los Patres et les falaises de Big Sur, qui tombaient à pic dans l'océan.

Pendant toute la durée du vol, Gabrielle n'adressa pas une seule fois la parole à son père, se contentant d'assister Archibald dans son pilotage. Le voleur se sentait des affinités avec cette route qui, quelques dizaines de mètres plus bas, serpontait en virages serrés le long d'une côte rocheuse, sauvage et déchiquetée. De temps en temps, son regard se perdait vers le large et il imaginait sans les voir les baleines grises qui migraient en silence de l'Alaska jusqu'au Mexique pour aller se reproduire vers des cieux plus cléments. Gabrielle, elle, ne pensait qu'à Martin...

Un peu avant San Simeon, Archibald réduisit la vitesse de l'avion et amorça la descente. Gabrielle savait que la manœuvre était délicate, car les vents changeaient constamment d'orientation.

Archibald cabra légèrement l'appareil pour tenter d'amerrir à l'entrée d'une petite crique. La nuit était si pleine d'étoiles et la lune si blonde que l'hydravion se reflétait sur l'eau comme dans un miroir, rendant son altitude difficile à évaluer. Malgré cet effet trompeur, il réussit à se poser avec douceur.

Archibald était un sacré voleur, mais aussi un formidable pilote...

La petite anse baignait dans une eau calme qui brillait d'un éclat féerique. L'accès à la plage ne pouvait se faire que par la mer, ce qui avait permis à l'endroit de garder un aspect sauvage.

— Cette crique, c'était un des lieux préférés de ta mère, expliqua Archibald tandis qu'ils accostaient sur le rivage.

Partagée entre la curiosité et la colère, Gabrielle lui demanda :

— Et maman ? Tu l'as connue comment ?

— J'étais pilote à l'époque et pendant un été j'ai travaillé pour elle, enfin pour l'organisation humanitaire qu'elle avait créée : *Les Ailes de l'espoir*. C'est là que je l'ai rencontrée, lors d'une mission en Afrique.

Une houle légère ondulait la surface de l'océan et une brise tiède caressait leurs visages.

— Entre vous, ç'a été le coup de foudre ?

— Moi, je l'ai aimée dès le premier regard, assura-t-il. Elle... il lui a fallu plus de cinq ans.

— Cinq ans !

— Avant moi, ta mère avait été amoureuse du chanteur d'un groupe de rock assez connu : un sale type qui, durant des années, l'a fait souffrir...

Pendant quelques secondes, le regard d'Archibald se troubla et son esprit voyagea du côté des années 1970, dans les méandres d'un passé encore douloureux.

— Un type qui lui a beaucoup pris sans beaucoup lui donner, continua-t-il, et surtout...

— Surtout quoi ? demanda Gabrielle pour le forcer à terminer sa phrase.

— Il l'a poussée par deux fois à avorter.

Le silence revint, plus pesant qu'auparavant. Puis, sans se concerter, ils sautèrent les pieds dans l'eau et rejoignirent la plage.

Tandis qu'ils attachaient l'hydravion pour l'empêcher de dériver, Gabrielle reprit :

— Et elle est restée longtemps avec ce chanteur ?

— Six ans, je crois. Enfin, par intermittence.

— Six ans !

Comme elle l'interrogeait du regard, il continua :

— Plus cet homme la faisait souffrir, plus elle l'aimait éperdument. C'est bizarre la vie, hein ? Tout se passe parfois comme si on s'infligeait un châtiment pour se punir d'une faute qu'on a soi-même du mal à identifier.

Ils firent quelques pas le long du rivage. L'endroit était d'une beauté à couper le souffle : une plage naturelle, en forme de croissant, protégée des vents par une grande falaise de granit.

— Mais toi, pendant ce temps-là, qu'est-ce que tu faisais ?

— Moi, je l'attendais. Je l'attendais en endurant ses refus.

— Et tu as toujours espéré ?

— Au début, oui. À la fin, je n'espérais plus grand-chose.

Elle aimait la sincérité de ses réponses.

— Donc, tu as souffert ?

— Oui, admit-il. C'était même… plus que de la souffrance : une sorte de déchirement, de supplice, de torture.

— Mais comment as-tu pu aimer, dès le premier regard, une femme que tu ne connaissais pas ?

— Je sais… c'est difficile à comprendre,

concéda Archibald. Il me semblait que je voyais en elle des choses que les autres ne voyaient pas, des qualités dont elle-même n'avait pas conscience. Il me semblait déjà voir en elle la femme qu'elle est devenue plus tard.

— Ça, c'est seulement dans les romans et dans les films, papa...

— Ça arrive parfois dans la réalité, assura-t-il.

— Et comment tu expliques qu'elle ait mis cinq ans à se rendre compte que c'était toi, l'homme de sa vie ?

Il la regarda dans les yeux.

— Parce que ça fait peur d'être aimée. Parce que la vie est compliquée et qu'elle s'amuse trop souvent à vous envoyer la bonne personne au mauvais moment.

— Et toi, avant elle, tu avais déjà aimé ?

— Avant ta mère, j'ai été marié quelques années à une infirmière de la Croix-Rouge.

— Et tu l'as quittée pour maman ?

— Non, je l'ai quittée parce que je pensais trop à ta mère, même si, à l'époque, elle ne voulait pas de moi. Je l'ai quittée parce que tromper l'autre, ça commence d'abord dans la tête.

— Et finalement, au bout de cinq ans, maman t'a dit oui.

— Elle ne m'a pas dit oui, elle m'a dit simplement que je l'avais guérie.

— Que tu l'avais guérie ?

— Oui, et crois-moi, ça vaut tous les « je t'aime » du monde.

Au bout de l'anse, il lui désigna une cascade qui tombait directement dans l'océan. La plage était bordée de séquoias, de saules, d'eucalyptus et de sycomores.

— C'est là, dans cette crique, qu'on s'est embrassés et qu'on s'est aimés pour la première fois. Et c'est sans doute là que tu as été conçue.

— C'est bon, épargne-moi les détails !

Il tira un cigare de la poche de sa chemise.

— Profite du paysage parce que tu ne le verras plus jamais aussi préservé : ils sont en train de construire un sentier piétonnier pour le relier au parking du Nid d'Aigle.

— C'est triste, se désola Gabrielle.

— C'est la vie, se résigna-t-il en caressant la cape souple et huileuse de son Habano.

— Rien ne dure, c'est ça que tu cherches à me dire ?

— Oui, tout s'anéantit, tout passe et tout casse. Seul compte l'instant.

Archibald coupa l'extrémité de son havane avant de tirer à cru sur le cigare. Gabrielle lui tint tête :

— Non, il y a des choses qui résistent, il y a des choses qui durent.

— Comme quoi ?

— L'amour ? hasarda-t-elle.

— L'amour ! Il n'y a rien de plus fragile ni de plus éphémère. L'amour c'est comme un feu un jour de pluie : tu dois tout le temps le protéger, l'alimenter et en prendre soin, sinon il s'éteint...

— Il y a des amours qui durent.

— Non, ce qui dure, c'est la douleur qui reste après l'amour.

— Je n'aime pas ce que tu dis.

— Si tu as peur d'entendre certaines réponses, il vaut mieux ne pas poser certaines questions.

Le visage fermé, Archibald gratta une allumette, puis une autre pour enflammer complètement l'extrémité de son Habano.

— Mais maman, toi tu l'aimes encore !

— Oui, admit-il.

— Donc, tant que tu te souviens de quelqu'un qui t'a aimé et que tu l'aimes encore, tu fais per durer l'amour.

— Ça, c'est ce que les gens veulent entendre, mais je n'y crois pas vraiment.

Pensive, Gabrielle renonça à poursuivre cette

discussion. Elle se contenta de regarder le bout du cigare de son père qui rougeoyait dans la nuit. Le vent était toujours aussi tiède et le chant du ressac sur le sable, très doux.

— Il y a quelque chose que je voulais te donner : une lettre, dit-il en fouillant dans la besace de cuir qu'il portait en bandoulière.

— Une lettre ?

— Oui, tu sais, le truc qu'utilisaient les gens pour s'écrire avant l'invention des e-mails…

— Je sais ce qu'est une lettre ! Moi aussi, j'en ai reçu, qu'est-ce que tu crois !

— Ah oui, de ton Martin…

— Arrête, tu veux bien !

— Bref, cette lettre, je voulais te la donner pour que tu conserves quelque chose de cette période, dit-il en lui tendant une enveloppe bleu pâle, délavée par les années. C'est ta mère qui me l'a envoyée, au tout début de notre relation. Un moyen pour me faire comprendre qu'elle voulait un enfant de moi. Je ne m'en suis jamais séparé et je préférerais que tu la lises lorsque tu seras seule.

Gabrielle fit celle qui n'avait pas entendu. Elle s'assit sur le sable et ouvrit l'enveloppe.

Allongé sur la plage, en appui sur ses coudes, Archibald observait la ligne d'horizon.

Assise à côté de lui, Gabrielle venait de terminer sa lecture. Délestée d'un poids, elle pleurait. Les mêmes larmes que la veille. Des larmes de gratitude. La gratitude d'avoir eu la chance de connaître enfin ses parents et de pouvoir les aimer.

Archibald tira lentement quelques courtes bouffées de son cigare pour en savourer les saveurs suaves qui s'accrochaient à ses papilles. Toujours vivre l'instant… essayer de dilater le peu de temps qui lui restait…

— J'ai une tumeur au pancréas, Gabrielle.

Trop longtemps contenues, les paroles étaient sorties d'elles-mêmes.

— Quoi ?

Il contempla avec tendresse son visage baigné de larmes.

— J'ai un cancer en phase terminale. Je vais mourir.

Elle le regarda incrédule.

— Tu vas mourir ?

— Dans quelques semaines. Trois mois au plus tard.

— Mais tu en es sûr ? Tu as passé tous les examens ?

— Oui, il n'y a rien à faire, chérie.

Bouleversée, elle plongea la tête dans ses mains, puis demanda d'une voix étranglée :

— Tu le sais depuis quand ?

À présent, les mots lui restaient dans la gorge.

— Avec certitude ? Depuis deux jours…

Elle essuya ses yeux et s'exclama, pleine de colère :

— Mais… pourquoi es-tu revenu, alors ? J'ai retrouvé mon père il y a quelques heures à peine et il faut déjà que je le quitte ! Pourquoi tu m'infliges ça ?

— Parce qu'il fallait que tu saches que je ne t'avais pas abandonnée. Pendant toutes ces années, j'ai été là, dans l'ombre.

— Comment ça, dans l'ombre ?

Pour la calmer, il lui posa la main sur le bras. Puis il lui raconta comment, depuis près de vingt ans, il avait cherché à renouer le lien pour lui apprendre la vérité. Il lui fit part de sa honte, de sa culpabilité et de sa tristesse devant son impuissance. Il lui parla aussi des stratagèmes qu'il avait mis au point pour passer quelques minutes avec elle, incognito, tous les 23 décembre.

Troublée, Gabrielle voyait des souvenirs encore frais lui revenir en mémoire. Des rencontres qui l'avaient marquée sans qu'elle en ait pleinement conscience et qui, à présent, prenaient une autre signification.

Ce vendeur qui faisait du porte-à-porte et qui lui avait cédé, pour une bouchée de pain, le dernier modèle d'un ordinateur portable haut de gamme, justement la semaine où le sien avait lâché.

C'était lui !

Ce clown des rues, philosophe, dont le spectacle l'avait émue et passionnée tant elle avait eu l'impression que ses phrases s'adressaient à elle.

Lui…

Ce jardinier qui taillait les rosiers du *Japanese Tea Garden* et qui l'avait fait rire aux éclats, comme s'il avait deviné sa tristesse, un jour où rien n'allait.

Encore lui…

Autant de tête-à-tête furtifs qui ne lui laissaient aujourd'hui que des regrets. Si seulement elle avait su plus tôt…

Mais les regrets se mêlèrent à la colère lorsque Archibald évoqua ce détective qu'il avait engagé et qui la pistait depuis des années.

— Comment as-tu osé t'immiscer dans ma vie sans ma permission ? demanda-t-elle, scandalisée.

— Je voulais simplement t'aider, plaida Archibald.

— M'aider ?

— Tu n'es pas heureuse, Gabrielle.

— Mais qu'est-ce que tu en sais ?

Il ouvrit la sacoche en cuir posée à côté de lui et en sortit plusieurs « pièces à conviction » : la photocopie des journaux intimes de sa fille, des photos de fin de soirée, jamais avec le même homme. Il s'était renseigné sur certains : des mecs nuisibles, centrés sur eux-mêmes, parfois violents, parfois cruels, au point qu'il avait dû lui-même « s'occuper » de l'un d'entre eux.

— Pourquoi tu fais ça, chérie ?

Elle leva vers lui des yeux qui menaçaient de déborder. Elle était gênée d'avoir à se justifier devant son père de quelque chose qu'elle ne savait pas elle-même analyser.

— Eh bien, tu vois, c'est ce que tu me disais tout à l'heure : parfois, tu cherches à te punir de quelque chose, sans même savoir de quoi...

Gabrielle était plongée dans le silence et Archibald dans ses souvenirs.

Il repensait à la première nuit de printemps qu'il avait passée ici avec Valentine, seuls au monde, au milieu des iris et des coquelicots.

Au crépuscule de sa vie, il pouvait désormais affirmer qu'il n'avait rien connu de plus fort que cette sensation de ne faire qu'un avec l'autre. Cette sensation si rare de ne plus être seul.

Il regarda sa fille et, sans tourner autour du pot :

— Ce Martin, tu l'aimes vraiment ?

Elle hésita à lui répondre, puis :

— Oui, je l'aime depuis longtemps. Lui, ça n'a rien à voir avec les autres.

— Et lui, il t'aime ?

— Je crois que oui, mais après ce que tu viens de lui faire subir, ça va être difficile de le récupérer...

— Moi, je n'ai rien fait, répondit Archibald avec un mince sourire. C'est toi qui l'as enfermé tout nu dans le cellier ! Et oui, je te confirme que ça ne va pas lui plaire et que tu vas galérer pour le récupérer !

— On dirait que ça te fait plaisir !

Il haussa les épaules et tira une nouvelle bouffée de son cigare.

— S'il t'aime vraiment, il reviendra. Ça va même lui faire du bien de voir que rien n'est acquis. Moi, ta mère, je me suis battu pendant cinq ans avant qu'elle me dise oui !

— Mais lui, ça fait treize ans qu'il m'attend...

— Attendre, ce n'est pas se battre ! trancha Archibald.

Elle secoua la tête ; il chercha à comprendre :

— Pourquoi l'as-tu fait attendre aussi longtemps, si tu l'aimes ?

Elle répondit comme une évidence :

— Parce que j'avais peur.

— Peur de quoi ?

— Peur de tout.

323

— De tout ?

— Peur de ne pas être à la hauteur, peur de ne pas savoir l'aimer, peur de me réveiller un jour et de ne plus l'aimer, peur de ne pas pouvoir lui faire les enfants qu'il désire...

Imperceptiblement, Archibald se renfrogna. Les mots de sa fille lui rappelaient trop ceux de Valentine. Des mots qu'il n'aimait pas entendre parce qu'ils ne signifiaient rien pour lui.

— Et toi, Martin, comment le trouves-tu ? osa demander Gabrielle.

— En faisant abstraction du fait qu'il a essayé de me mettre deux bastos dans le ventre ?

— Oui, sourit-elle.

Archibald grimaça :

— Moi, je ne sais pas s'il en sera capable.

— Capable de quoi ?

— Capable de te protéger.

— Mais je ne suis pas une enfant ! s'agaça Gabrielle. Je n'ai pas besoin d'un homme pour me protéger.

— Des foutaises tout ça ! Une femme a besoin de...

— Arrête avec ton discours d'un autre âge ! le coupa-t-elle. Et d'ailleurs, Martin est plus fort que tu ne le crois.

— Tu parles ! Il n'a même pas été capable de te

protéger contre moi. Même toi, tu as pu l'enfermer à poil dans la cave !

— Tu crois que j'en suis fière ?

Mais Archibald n'en avait pas fini avec ses reproches :

— Je le trouve trop tendre, trop sensible, trop sentimental...

— Toi aussi, tu étais sentimental à son âge, lui fit-elle remarquer.

— Justement, les sentiments m'ont fait perdre mon sang-froid, ils ont obscurci mon jugement. Ils m'ont empêché de protéger ta mère...

— Qu'est-ce que tu veux dire ?

— Jamais je n'aurais dû la conduire dans cet hôpital, jamais je n'aurais dû tirer sur ce médecin, jamais je n'aurais dû bousiller ma vie et la tienne, jamais je n'aurais dû...

Sa voix trembla avant de se briser dans un sanglot.

Le vent se fit soudain plus froid et s'engouffra avec un bruissement sourd entre les arbres.

Et, pour la première fois en trente-trois ans, un père et sa fille purent enfin se blottir dans les bras l'un de l'autre.

22

La lettre de Valentine

> *La vie de chacun d'entre nous n'est pas une tentative d'aimer. Elle est l'unique essai.*
>
> Pascal QUIGNARD

San Francisco, le 13 avril 1973

Archie, mon amour,

D'abord, la nuit.
D'abord, le pire.
Tout ce qui nous fait mal.
Tout ce qui nous tue.
Nos peurs, les fantômes de nos deux passés.

*Ils sont tous là et nous les regardons en face :
ton premier amour, mon premier amour, le vertige
du vide, le chanteur « belle gueule » qui a détruit
mon cœur et mon corps et que j'aurais pourtant
suivi jusqu'en enfer, ta première femme : cet ange
blond qui t'avait tant touché par son altruisme.*

*C'est important de savoir les regarder en face
dans toute leur séduction, important de savoir aussi
qu'ils ne nous abandonneront pas facilement, que
viendra un jour où le chanteur me rappellera pour
me dire qu'il m'a toujours dans la tête et que
cette fois, il est disponible, qu'il m'a écrit une
chanson pour me dire « je t'aime » et que, si la
dernière fois qu'il m'a vue, il m'a traitée de pute
en m'envoyant une gifle, ce n'était pas vraiment
lui et c'était parce qu'il m'aimait...*

*Alors, peut-être que, pendant quelques secondes,
je le croirai...*

*Viendra aussi un jour où tu vas recroiser l'in-
firmière blonde et où tu te souviendras qu'il y
a parfois eu des matins parfaits et où, pendant
quelques secondes, tu auras à nouveau envie de la*

protéger, elle qui t'aimait tellement parce qu'elle te croyait « différent des autres »...

Important aussi de savoir que la séduction prendra d'autres formes : qu'il y aura d'autres hommes qui chercheront mon regard et qu'il y aura d'autres femmes dont la fragilité te touchera encore.

Voilà, elles sont toutes là, devant nous : les menaces passées et celles à venir, mais les fantômes, les soleils trompeurs et les séductions faciles finissent par s'estomper. Ils résistent pourtant, s'agrègent les uns aux autres pour former un nuage épais. La terre tremble, un éclair fulminant secoue les portes et les fenêtres, laissant le vent s'engouffrer dans la pièce. Son souffle puissant ne fait que nous caresser, mais il expulse violemment le brouillard menaçant.

Puis le vent se calme, nous nous retrouvons tous les deux, seuls, dans notre petit appartement posé sur l'eau. Les rayons de soleil éclaboussent le parquet. Je tiens ta main, tu tiens la mienne. Tu me souris et je te souris. La peur nous a traversés sans nous atteindre.

Dans le miroir se reflète notre image : celle d'un couple encore jeune qui a la vie devant lui.

Le plus beau reste à venir. Le plus beau, ce sont les années qui viennent, les dizaines d'années qui s'ouvrent devant nous.

Nous sommes jeunes, mais nous avons déjà suffisamment vécu de choses pour connaître le prix du bonheur.

Nous sommes jeunes, mais nous savons déjà qu'au grand jeu de la vie, les plus malheureux sont ceux qui n'ont pas pris le risque d'être heureux.

Et je ne veux pas en faire partie.

Autrefois, pour garder leurs hommes, les femmes acceptaient leurs alliances et leur faisaient des bébés.

Aujourd'hui, cela ne marche plus.

Quel moyen nous reste-t-il pour retenir celui qu'on aime ?

Je n'en sais rien.

Tout ce que je peux te promettre, c'est d'être toujours là pour toi, désormais, quoi qu'il puisse arriver.

Dans la joie et la douleur

La richesse et la pauvreté

Tant que tu voudras de moi

Je serai là.

Je te souris et tu me souris. Il y a de la lumière partout. Une si belle lumière...

Dans notre « chez-nous », il y a aussi une fenêtre magique. Une fenêtre qui permet quelquefois d'entrevoir des images de l'avenir.

D'abord, nous sommes réticents. On est si bien, tous les deux, ici et maintenant. On a si chaud, nos cœurs et nos corps mêlés, tes lèvres à mes lèvres scellées.

Pourquoi prendre le risque de vouloir connaître demain ?

— Allez, viens, Archie ! on y va !

Main dans la main, nous nous approchons de la fenêtre et nous regardons à travers :

C'est nous, dans une chambre d'hôpital.

C'est un hôpital, mais nous ne sommes pas malades. La chambre est pleine de chaleur, de lumière douce et de bouquets de fleurs. Dans la pièce, il y a un berceau et dans le berceau, un nouveau-né.

Tu me regardes, je te regarde. Nos yeux brillent. Ce bébé, c'est le nôtre.

C'est une petite fille. Elle ouvre les yeux. Elle aussi nous regarde et, d'un seul coup, nous sommes trois, et nous ne faisons plus qu'un.

D'un seul coup, nous sommes une famille.

Archie, mon amour, lorsque tu es avec moi, je n'ai peur de rien.

Archie, mon amour,
Je t'aime.

                                        Valentine

23

Halfway to hell[1]

> *Le destin attend toujours au coin de la rue. Comme un voyou, une pute ou un vendeur de loterie : ses trois incarnations favorites. Mais il ne vient pas vous démarcher à domicile. Il faut aller à sa rencontre.*

Carlos RUIZ ZAFÓN

24 décembre
5 heures du matin

Le jour n'était pas encore levé lorsque Gabrielle regagna sa maison au cœur du village flottant de Sausalito. Elle espérait de toutes ses forces que

1. *À mi-chemin de l'enfer.*

Martin l'aurait attendue et qu'ils pourraient avoir une discussion posée. Elle n'avait plus envie de se battre, elle n'aspirait qu'à la confiance et à la compréhension mutuelles. Elle voulait à tout prix lui expliquer son geste, s'ouvrir à lui et lui confier ce que lui avait révélé Archibald.

La porte du cellier était fracturée. À l'intérieur, des éclats de verre jonchaient le sol, des éclaboussures de vin tapissaient les murs et la cave réfrigérée était renversée sur le sol. Gabrielle devina que Martin s'en était servi pour faire sauter la serrure.

Il avait réussi à se libérer et était reparti avant son retour.

Sans trop d'espoir, elle appela son hôtel et laissa des messages sur son portable, puis elle prit sa voiture et fit la tournée des lieux de leur jeunesse.

Mais cette fois Martin était introuvable.

On croit toujours que certaines relations sont si fortes qu'elles pourront résister à tout, mais ce n'est pas vrai. La confiance qui s'étiole, la lassitude, les mauvais choix, les soleils trompeurs de la séduction, la voix chaude des sales cons, les longues jambes des sales connes, les injustices du destin : tout concourt à tuer l'amour. Dans ce genre de combat inégal, les chances de victoire sont minces et tiennent plus de l'exception que de la règle.

En arrivant sur la petite plage près du port de

plaisance, Gabrielle s'assit sur le sable et regarda l'horizon. Elle était fatiguée. Ses yeux secs piquaient et brûlaient. Toujours la même douleur, toujours la même solitude, toujours le même manteau sur ses épaules.

Certains disent qu'on reconnaît le grand amour lorsqu'on s'aperçoit que le seul être au monde qui pourrait vous consoler est justement celui qui vous a fait mal. Martin était son grand amour.

Et elle l'avait perdu.

6 heures du matin

Le jour se levait à peine sur Alamo Square, le petit jardin public du quartier résidentiel de Western Addition. Il surplombait la ville et offrait une vue panoramique sur Bay Bridge et la coupole de l'Hôtel de Ville.

Une rangée d'élégantes maisons à l'architecture victorienne bordait le jardin : les célèbres *Painted Ladies*, ainsi surnommées en raison de leurs couleurs pastel, bleu lavande, vert d'eau, jaune paille...

Comme tout le monde, Archibald connaissait bien ces demeures typiques de San Francisco, mais

335

jamais il n'aurait pensé qu'il se glisserait un jour dans l'une d'entre elles.

La maison appartenait à Stephen Browning, le plus gros actionnaire du groupe Kurtline qui mettait en vente le diamant. Une fois à l'intérieur, le voleur désactiva facilement l'alarme et le système de vidéosurveillance avant de se diriger vers un escalier dérobé. Voler la Clé du paradis, il y pensait depuis plusieurs années, mais il avait toujours résisté à la tentation. Le faire aujourd'hui, de façon artisanale et pépère, pendant que des dizaines d'abrutis l'attendaient de pied ferme autour d'un piège grossier, avait quelque chose de jouissif. Il arriva dans un large corridor coudé qui le mena devant l'entrée d'une pièce fortifiée. Une *panic room* ! Le dernier fantasme à la mode chez les nantis : se faire aménager un coffre-fort géant dans lequel ils pourraient se réfugier en cas d'agression extérieure.

Avec ses charnières renforcées et sa porte blindée, le bunker d'acier avait des allures d'abri antiatomique. Surfant sur la vague sécuritaire des années Bush, les cabinets d'architecture avaient promis aux riches propriétaires de leur construire une citadelle inviolable. Archibald savait pourtant que la combinaison ne résisterait que quelques secondes à son boîtier électronique, mais aujourd'hui il avait envie de prendre son temps, de faire durer le plaisir de ce qui serait sans doute son dernier vol, en exécutant le travail à l'ancienne. Il posa sa caisse à outils sur le sol, en extirpa tout un arsenal ainsi qu'un poste radio-K7 démodé et, au son des *Sonates pour violoncelle* de Bach, procéda comme au bon vieux temps.

La porte s'ouvrit dans un chuintement métallique.

Plusieurs néons s'allumèrent en même temps, déversant une lumière criarde dans l'habitacle.

Archibald fronça les sourcils. Au milieu de la pièce, un homme et une femme étaient assis dos à dos, ligotés et bâillonnés. Drapé dans une robe de chambre ouverte sur un ventre bedonnant, le vieux Stephen Browning tournait le dos à sa maîtresse, la belle Mademoiselle Ho, sexy comme une héroïne de manga dans sa nuisette satinée en dentelle turquoise.

— C'est ça que vous cherchez ?

Archibald eut un sursaut avant de se retourner brusquement.

Appuyé contre le mur du corridor, Martin faisait rouler le diamant entre ses doigts. La Clé du paradis brillait avec la clarté opalescente d'une pierre de lune.

Sur le visage d'Archibald, le déni et la colère cédèrent progressivement la place à l'acceptation.

En trente ans de cambriole, c'était la première fois que quelqu'un le doublait. Pourtant, il n'était pas surpris. N'avait-il pas lui-même provoqué ce duel ? Ne s'était-il pas lui-même choisi un adversaire à sa mesure, avec les risques que cela comportait ?

— Il est beau, n'est-ce pas ? fit Martin en guettant la réaction d'Archibald à travers le prisme du diamant.

Archibald eut un petit rire :

— On prétend qu'il porte malheur à celui qui s'en empare malhonnêtement. Ça ne te fait pas peur ?

— Non, assura Martin. De toute façon, je n'ai plus rien à perdre.

Archibald secoua la tête. Il ne goûtait guère ce genre de remarques définitives.

Martin ouvrit les deux pans de sa veste pour lui montrer qu'il n'avait pas d'arme et aucunement l'intention de l'arrêter. Il avait les yeux injectés de sang, rougis par le manque de sommeil, la rage de l'humiliation et le désir de vengeance.

Dans la *panic room*, Mademoiselle Ho et son vieil amant poussaient des cris étouffés par le chatterton, mais aucun des deux « duellistes » ne leur prêtait attention.

— Et maintenant, on fait quoi ? demanda Archibald.

Comme s'il jouait à pile ou face, Martin lança le

diamant en l'air d'une main et le rattrapa de l'autre, narguant le voleur avant de le mettre au défi :

— Si vous le voulez, venez le chercher...

Et il partit sans se retourner, montant vivement l'escalier étroit et abrupt qui menait au rez-de-chaussée.

Archibald soupira. Il ne comprenait pas ce que voulait Martin en agissant de la sorte. Il se demanda vaguement s'il était drogué ou ivre. Il lui avait semblé, un moment plus tôt, que ses vêtements empestaient l'alcool. Qu'avait-il bien pu fabriquer pendant qu'il était enfermé dans le cellier ? Une chose était sûre en tout cas : le p'tit gars avait disjoncté. Lui-même était fourbu – le dos en compote, nauséeux, les articulations fragiles comme du cristal – mais il ne pouvait faire autrement que de relever le gant en se lançant à sa poursuite. Il devait le faire pour Gabrielle, en essayant, autant que possible, de limiter les dégâts dont il était en grande partie responsable. Et de toute façon, il ne fallait pas rester dans cette maison.

Depuis le matin, San Francisco était enveloppée dans le brouillard : une masse dense et menaçante qui planait sur la ville et la plongeait dans une atmosphère de film noir.

Martin avait « emprunté » le coupé Lexus rouge cerise de Mademoiselle Ho et filait le long de Divisadero Street en direction de l'océan. À ses trousses, la moto d'Archibald fendait les volutes opaques qui donnaient l'impression de s'enfoncer dans les nuages.

Pour la première fois, Archibald comprit qu'il était allé trop loin. Son affrontement avec Martin atteignait un tel paroxysme que lui-même ne savait plus qui était le chasseur et qui était la proie. Il avait voulu tirer les ficelles dans l'ombre, protéger Gabrielle et forcer son bonheur. Puis il s'était mis en tête de tester Martin, son premier et véritable grand amour. Mais on ne pouvait pas jouer avec les sentiments et faire le bonheur des gens malgré eux. À cause de lui, Martin avait quitté la police et franchi plusieurs fois la ligne jaune. À présent, il devait lui avouer la vérité et sauver ce qui pouvait encore être sauvé, dans l'intérêt de Gabrielle.

Sur Lombard Street, il essaya de reprendre l'initiative et, d'un coup d'accélérateur, se porta à son niveau. Pendant quelques dizaines de mètres, les deux véhicules roulèrent côte à côte, se frôlant, refusant de céder un seul pouce de terrain.

Sans doute y avait-il quelque chose de biologique dans leur jusqu'au-boutisme : cette putain de testostérone qui transformait les hommes en prédateurs, leur donnant des envies de domination. Mais Martin et Archibald livraient aussi chacun un combat plus singulier. Une confrontation intime contre soi-même, contre sa solitude, sa peur, ses limites et ses pulsions de mort.

L'un cherchait un père à tuer, seul moyen de laver l'affront d'un amour manqué.

L'autre avait la maladie et la mort aux trousses et ne savait pas comment atténuer une culpabilité qui le dévorait depuis plus de trente ans.

Tous les deux étaient dans l'impasse.

Le coupé sportif s'engagea à pleine vitesse sur la route 101 qui traversait les espaces boisés du Presidio.

Jamais peut-être autant que ce matin, la ville n'avait mérité son surnom de *fog city*. Dans la lumière de ses phares, Archibald voyait danser une brume blanchâtre qui noyait les véhicules et faisait disparaître les trottoirs et la signalisation routière.

Il ralentit pour se replacer dans la roue de la voiture. Il n'avait aucune idée du jeu auquel jouait Martin ni de l'endroit où il cherchait à l'entraîner.

On n'y voyait pas à trois mètres. Lorsque la Lexus quitta le parc pour s'engager sur le Golden Gate, le brouillard était si dense qu'il semblait avoir avalé le pont. Le symbole et la fierté de San Francisco en avait même perdu sa belle couleur rouge vif. La brume persistait, déroulant ses ondulations blafardes qui serpentaient comme des lianes autour de la structure métallique et ses milliers de câbles.

Martin ralentit au milieu du pont et finit par s'arrêter sur la file de droite.

Archibald hésita un moment, puis se rangea à son tour derrière la voiture, bien conscient de prendre un énorme risque. Déjà, un concert de klaxons les réprimandait durement. Il était expressément défendu de stationner ici et, dans quelques minutes, les flics allaient débarquer pour contrôler leur identité et les verbaliser.

Malgré l'heure matinale, le Golden Gate était très fréquenté en cette veille de Noël. Sur les six voies de circulation, les voitures se croisaient, se frôlaient, se doublaient, dans un brouhaha d'avertisseurs sonores, d'invectives et de crissements de pneus.

Martin claqua la porte et enjamba les plots qui délimitaient l'allée réservée aux cyclistes. Ainsi qu'Archibald l'avait fait six mois plus tôt avec l'autoportrait de Van Gogh, Martin brandit le diamant d'une main menaçante, comme s'il allait le balancer dans l'océan.

— Vous êtes prêt à aller le chercher en enfer ? cria-t-il d'une voix exaltée.

Mais le Golden Gate n'était pas le Pont-Neuf…

Par son gigantisme, il vous réduisait à l'état de

minuscule silhouette. Ses tours culminaient à plus de 200 mètres au-dessus d'une mer menaçante et déchaînée.

À son tour, Archibald rejoignit la piste cyclable.

— Allez, reviens p'tit gars, fais pas le con ! hurla-t- il pour couvrir le bruit du vent.

La barrière de sécurité était haute, mais pas suffisamment pour dissuader les dizaines de personnes qui se suicidaient chaque année en sautant dans le vide.

— Alors, vous venez ou pas ? s'impatienta le jeune homme.

Entre ses doigts, la Clé du paradis brillait à présent d'une flamme intense qui, malgré la lumière grisâtre, formait un halo hypnotique presque irréel.

Puis Martin plongea le diamant au fond de sa poche et commença à grimper sur la rambarde.

— Je n'en ai rien à fiche de ce diamant ! lui cria Archibald.

Il se pencha instinctivement pour regarder en bas. Le spectacle était d'une beauté effrayante et donnait le vertige. Sans les voir, on devinait les vagues qui se fracassaient contre les piliers titanesques ancrés dans le Pacifique.

Archibald savait que le temps pressait. Le pont était équipé de caméras et dans une poignée de secondes, ils entendraient les sirènes d'une voiture de police ou celles de la patrouille du *Transportation District*.

— Allez, ne gâche pas tout, fiston ! Descends de là ! Il faut qu'on parle !

Il se rapprocha encore et essaya de tirer Martin par le pan de sa veste, mais le Français réussit à le repousser. Au moment où Archibald revenait à la charge, Martin lui décocha un violent coup de poing. Dans une tentative pour l'éviter, Archibald s'agrippa à son adversaire et les deux hommes luttèrent corps à corps jusqu'à ce que Martin bascule brusquement en arrière. Le voleur essaya de retenir son cadet, mais celui-ci se débattit et, sans le vouloir vraiment, entraîna Archibald dans les courants glacés du Pacifique.

Un saut dans le vide de 70 mètres.

Une chute de plus de 4 secondes.

C'est long, 4 secondes, surtout quand vous savez que ce sont les derniers moments de votre vie.

Au bout de ces 4 secondes, votre corps se fracasse sur l'eau à plus de 100 km/h. Le choc est alors aussi violent que si vous aviez atterri sur du béton.

Pendant ces 4 secondes, vous ne revoyez pas votre vie comme dans un film en accéléré.

Pendant ces 4 secondes, vous avez peur.

Pendant ces 4 secondes, vous n'avez que des regrets.

Même si vous vous êtes jeté volontairement, il y a toujours un moment, au milieu de la chute, où vous donneriez n'importe quoi pour revenir en arrière.

C'est comme ça.

Toujours.

Pendant qu'il tombait, Archibald se dit qu'il avait essayé de faire de son mieux, mais qu'il avait tout raté. Qu'il n'avait su que détruire des vies autour de lui et qu'en voulant réparer ses erreurs, il en avait commis de plus terribles encore. Alors, dans une dernière tentative pour ne pas mourir dans l'amertume et le ressentiment, il serra le p'tit gars très fort dans ses bras.

Martin, lui, pensa à Gabrielle. Elle était son énigme, son amour et sa blessure. Pour toujours et à jamais. Car il y a des douleurs dans la vie dont on ne peut pas guérir.

Au moment de partir, il repensa à la lettre qu'il lui avait écrite dans la naïveté et l'idéalisme de ses vingt ans :

> *... lorsque je ferme les yeux et que je nous imagine dans dix ans, j'ai en tête des images de bonheur : du soleil, des rires d'enfants, des regards complices d'un couple qui continue à être amoureux...*

Tu parles ! Il n'y avait jamais eu de soleil, à peine quelques éclaircies, intenses mais toujours fugitives.

Il n'y avait eu que de la souffrance, du noir, de la peur et...

TROISIÈME PARTIE

LA COMPAGNIE DES ANGES

24

La grande évasion

Pour mieux s'envoler, un peu plus léger
Ses pupilles argent, nos cheveux au vent
Avant le déluge, avant que la luge
Quitte la route et puis...
... plus rien, c'est fini.

« Escape Lane »,
paroles et musique
de Philippe BRESSON

Quartier de Nob Hill
24 décembre
8 heures du matin

Toutes sirènes hurlantes, l'ambulance déboula dans le parking des urgences de l'hôpital Lenox.

L'équipe médicale qui réceptionna les blessés se scinda en deux pour les prendre en charge.

— *Qu'est-ce qu'on a ?*
— *Homme de 34 ans, dans le coma, polytraumatisé.*

— *Qu'est-ce qu'on a ?*
— *Homme de 60 ans, dans le coma, polytraumatisé.*

Posés sur deux chariots, les brancards semblaient se livrer une course dans les couloirs de l'hôpital pour savoir qui arriverait le premier au bloc, qui passerait le premier scanner, qui serait opéré par le meilleur chirurgien... Un peu comme si le duel entre Martin et Archibald se poursuivait jusqu'aux portes de la mort.

— *Il s'est jeté du Golden Gate il y a 30 minutes...*
— *Repêché par la police maritime...*

— *... chute de 70 mètres depuis le pont.*
— *... moins de 3 minutes après le choc...*

— *Fractures multiples...*

— *... nombreuses blessures internes.*

On avait intubé les deux hommes sur le lieu de l'accident. Sédatés et ventilés, ils portaient chacun un collier cervical ainsi qu'un cathéter d'où pendaient cinq voies de perfusion.

Autant de fils ténus qui les reliaient encore à la vie, mais pour combien de temps ?

Le hasard voulut que ce matin-là, Elliott Cooper, l'un des plus vieux chirurgiens de l'hôpital, traverse à pied le parking des urgences à l'issue d'une longue nuit de garde, au moment précis où l'ambulance acheminait les deux hommes repêchés dans l'océan après leur chute du haut du Golden Gate.

Trente-deux ans plus tôt, Ilena, la femme qu'il aimait, s'était jetée du même pont maudit pour mettre fin à ses jours. Depuis, ce symbole de San Francisco exerçait sur lui une fascination douloureuse qui l'avait conduit à militer activement en faveur de l'installation d'une barrière de prévention des suicides au-dessus de la rambarde. Une mesure qui n'avait toujours pas pris effet.

Machinalement, Elliott tendit l'oreille et suivit du regard les deux équipes médicales qui s'activaient autour des blessés : un jeune Français, Martin Beaumont, et un homme de son âge, à l'identité inconnue.

Une sorte de sixième sens le conduisit à rebrousser chemin pour aller prêter main-forte à ses collègues. En tant qu'administrateur de l'hôpital, il savait qu'en cette veille de Noël, le personnel n'était pas nombreux. Mais il devait aussi vérifier quelque chose. Cette silhouette qu'il avait entra-perçue, couchée sur la civière... ce profil aquilin aux cheveux grisonnants... cet homme à l'identité mystérieuse... se pourrait-il que...

Lorsque le chirurgien se pencha sur le second chariot, il reconnut son vieil ami, Archie Blackwell. Immédiatement, Elliott décida de se faire inscrire au tableau des médecins de garde. Il se mit en tenue et, juste avant d'éteindre son téléphone portable, il composa le numéro de Gabrielle.

La boucherie, c'est toujours sur moi que ça tombe...

Claire Giuliani, l'une des internes de garde, constatait avec effroi l'étendue des blessures de son patient, un jeune Français à peine plus âgé qu'elle : les vertèbres et les côtes fracturées, les deux jambes et un pied cassés, la clavicule brisée, la cage thoracique enfoncée, la hanche et l'épaule droites déplacées. Sans parler des lésions internes qu'il fallait traiter dans l'urgence : éclatement de la rate, rupture de l'intestin...

Elliott était catastrophé : la violence du choc était telle qu'elle aurait dû tuer Archibald. Celui-ci était tombé à plat sur le dos, comme s'il avait cherché à protéger Martin et à prendre sur lui le plus gros de la brutalité de l'impact.

Il avait le bassin et les vertèbres fracturés, les reins détruits, la rate et la vessie explosées, un œdème cérébral et de multiples lésions internes. Inutile d'être médecin pour comprendre qu'à ce stade, les chances de survie étaient quasi nulles et que, même en cas de miracle, les lésions probables à la colonne vertébrale et à la moelle épinière ne permettraient jamais à son ami de remarcher.

Midi

Dans le couloir desservant les blocs opératoires où elle avait eu la permission d'attendre, Gabrielle essayait fébrilement d'apercevoir les gestes des chirurgiens qui, derrière des portes en verre dépoli, tentaient de sauver les deux hommes de sa vie.

Même si elle ne savait pas exactement comment Martin et Archibald en étaient venus à effectuer ce « saut de la mort » depuis le pont, elle était convaincue que cette fin tragique s'inscrivait dans la logique de leur affrontement sans merci.

Elle avait refusé de choisir entre les deux, elle avait voulu les préserver, les rapprocher, les aimer ensemble, mais sans doute y a-t-il des duels dont l'issue inéluctable ne peut être que la mort.

20 heures

La nuit était tombée depuis plusieurs heures lorsque Claire Giuliani sortit de la salle d'opération, le visage fatigué et les yeux cernés. Maussade, elle jeta à la poubelle ses gants et sa blouse avant de retirer le bonnet de chirurgien qui libéra ses cheveux mouillés par la transpiration. Une mèche violine tomba sur ses yeux, mais elle ne fit rien pour la repousser. Elle prit un café au distributeur et sortit sur le parking. Ce soir, l'air s'était rafraîchi, ce qui n'était pas pour lui déplaire. Elle n'était à San Francisco que depuis quelques semaines et déjà Manhattan lui manquait. Elle en avait marre de cette prétendue douceur de vivre, de ces gens cool et charmants, de cet esprit positif qui contaminait tout. Elle n'était rien de tout ça : ni cool, ni charmante, ni positive. Elle traînait un mal-être persistant et préférait la rigueur de l'hiver new-yorkais à la tiédeur californienne. Elle écrasa un bâillement. Ses yeux la brûlaient : la fatigue d'avoir opéré toute la journée et la frustration que cela n'ait pas servi à grand-chose. « M. Belle Gueule » était bien amoché et plus vraiment en état de marche : traumatisme facial, contusion pulmonaire, pneumothorax… Et au vu des résultats du scan, elle était prête à parier qu'il allait leur faire un hématome cérébral dans la nuit. Dans ce cas, il faudrait l'opérer à nouveau, et vu son état, il était probable qu'il ne tiendrait pas le coup. Et même s'il revenait de son coma, comment croire qu'une telle chute n'occasionnerait pas des lésions rachidiennes le rendant définitivement paraplégique ?

En colère, elle arracha le patch de nicotine collé sur son bras puis fouilla dans la boîte à gants de sa voiture pour retrouver un vieux paquet de clopes.

Appuyée contre le capot de son tas de ferraille – une Coccinelle repeinte à la bombe d'une couleur mauve volontairement hideuse –, elle alluma sa première cigarette depuis deux mois, avec un mélange de capitulation et de défi.

Viens, saloperie de nicotine, viens me faire la peau à petit feu…

Une clope dans la main droite, son téléphone dans la main gauche : la somme de toutes ses addictions. Toute la journée, Claire avait jeté des coups d'œil inquiets à son Blackberry, désespérant de voir clignoter la petite lumière rouge indiquant la réception d'un mail ou d'un texto. Elle attendait l'appel ou le signe d'un homme. Un homme qu'elle avait pourtant fui en quittant New York. Un homme qui l'avait aimée, mais auquel elle n'avait jamais dit « je t'aime ». Un homme avec qui elle s'était mal comportée. Un homme qu'elle avait trompé, déçu, blessé. Juste pour voir s'il continuerait à l'aimer quand même. Juste pour voir s'il était capable d'endurer le pire. Parce qu'elle ne savait pas aimer autrement. Un jour peut-être, si l'homme était toujours là, s'il avait eu la patience et l'obstination de l'attendre, arriverait-elle à lui ouvrir son cœur et à lui dire les mots qui changeraient tout.

Elle tritura son appareil. Depuis une semaine, l'homme ne l'avait pas appelée. Peut-être avait-il renoncé lui aussi, comme les autres. Elle essaya de le chasser de son esprit et se connecta machinalement au serveur internet de l'hôpital. En pianotant de lien en lien, elle tomba sur une thèse dirigée par Elliott Cooper, consacrée aux accidents sur le Golden Gate. Là, elle apprit que depuis l'ouverture du pont, en 1937, 1 219 personnes s'étaient suicidées en se jetant dans l'océan : à peu près une vingtaine chaque année. Et sur ces 1 219 personnes, 27 seulement avaient survécu !

À peine deux pour cent... pensa-t-elle tristement.

Car elle savait par expérience qu'il était difficile de faire mentir ce genre de statistiques.

20 h 15

Le bip répété d'un sonar de sous-marin.

Une pièce froide et bleutée : la salle de réanimation de l'hôpital Lenox.

Deux chariots d'acier séparés de quelques mètres.

Entre les chariots, une femme, assise sur une chaise, le dos courbé, le visage entre les mains, fatiguée d'avoir trop pleuré.

Une gardienne, une veilleuse.

Sur les chariots, deux hommes, les yeux clos, dans le coma.

Deux hommes qui se sont combattus au lieu de chercher à se comprendre.

Deux hommes qui, chacun à leur façon, aimaient la même femme.

Ou plutôt, ne savaient pas comment l'aimer.

Claire Giuliani écrasa sa dernière cigarette et boutonna son manteau militaire au col jalonné de grosses épingles à nourrice argentées. En théorie, son service était fini. On était le soir du 24 décembre. Elle allait avoir trente ans. Si elle avait été une fille normale, elle serait en train de réveillonner en famille ou avec un petit ami, ou même dans la salle de garde que les internes avaient décorée pour l'occasion. Mais Claire était tout simplement incapable de donner le change. Elle n'aimait que l'exclusivité douloureuse des relations à deux et, à défaut, avait appris à se contenter de la solitude que son métier contribuait à entretenir. Un métier dont la proximité avec la mort la détruisait chaque jour davantage tout en lui permettant malgré tout de tisser des liens invisibles avec certains de ses patients. Des liens qui la maintenaient debout et qui, des soirs comme celui-ci, lui semblaient être son point d'attache avec l'humanité.

En apparence, elle avait réussi dans la vie. Elle était chirurgienne et, en y consacrant un peu de temps et d'intérêt, elle aurait pu être jolie et se la jouer héroïne de la vie quotidienne façon *Grey's Anatomy*, corps de flamme et cerveau sexy. Mais elle n'était pas comme ça…

À nouveau, elle regarda l'écran de son téléphone. Toujours pas de lumière rouge clignotante.

Et si elle l'appelait, elle ?

Si elle prenait le risque de se montrer fragile devant un homme ? Elle l'avait fait une fois, il y a très longtemps, et elle en était ressortie en lambeaux, exsangue, aussi dévastée qu'une terre brûlée. Elle s'était promis de ne plus jamais revivre ça, mais en vieillissant, elle comprenait que si on pouvait toujours composer avec ses remords, il était plus difficile de le faire avec ses regrets.

Sur le petit écran, elle fit défiler son carnet d'adresses pour s'arrêter sur le numéro attribué à l'énigmatique *Him*[1].

Elle posa un doigt tremblant sur le bouton d'appel, se laissa encore quelques secondes de réflexion puis, dans un élan du cœur, décida de franchir le pas lorsque…

Une nouvelle ambulance arriva en trombe, s'arrêtant juste devant les portes automatiques pour débarquer une civière où gisait une très jeune fille, inanimée, le visage sali par des coulées de mascara.

Claire s'approcha. Pourquoi n'y avait-il personne pour réceptionner la blessée ?

Machinalement, elle se pencha sur le brancard.

1. *Lui*, en anglais.

La gamine portait un jean taille basse (trop basse), un tee-shirt rose moulant (trop moulant) orné de l'inscription ambiguë : *Ni sainte ni touche.*

— Qu'est-ce qu'on a ? demanda-t-elle à l'un des ambulanciers.

— Adolescente de quatorze ans ayant fait une tentative de suicide par ingestion de produits toxiques : chlorate de soude, glyphosate et pentachlorophénol.

« Claire, ça va ? » demanda un murmure lointain. Elle baissa les yeux vers son téléphone. C'était sa voix, sa voix à lui. Elle flotta une demi-seconde puis choisit d'éteindre l'appareil pour s'occuper de « sa » patiente.

Une vraie tentative de suicide à quatorze ans...

Décidément, ce soir, le passé revenait la hanter d'une bien étrange façon.

25

La zone des départs

Ne pense pas aux choses que tu n'as pas comme si elles étaient déjà là ; fais plutôt le compte des biens les plus précieux que tu possèdes, et songe à quel point tu les rechercherais, si tu ne les avais pas.

MARC AURÈLE

Du noir.
Du noir.
Du noir.
Un murmure :
... *mon amour* ...
Du noir.
Un bourdonnement.
Le bip régulier d'un sous-marin.

Un souffle puissant et cadencé comme une respiration mécanique.

Une lumière que l'on devine puis…

Martin ouvrit les yeux avec difficulté. Il était en nage, avait la tête lourde et le souffle court. Ses paupières étaient gluantes, pleines d'un liquide collant et visqueux. Le visage brûlant, il s'essuya les yeux avec le revers de sa manche et regarda autour de lui. Il était dans un aéroport, affalé en travers du fauteuil métallique d'une salle d'embarquement. Il se redressa et se mit debout d'un bond.

Il jeta un coup d'œil à sa montre : 8 h 10 du matin, le 25 décembre.

Dans un fauteuil à côté de lui, une adolescente aux cheveux blonds filasse connaissait le même réveil douloureux. Il remarqua son air terrifié, son mascara qui avait coulé et son tee-shirt rose pâle barré de l'inscription *Ni sainte ni touche*.

Où était-il ?

Il s'avança vers la baie vitrée. L'aérogare n'était que lumière et espace : une cathédrale futuriste de verre et d'acier, un dôme transparent en forme d'ellipse dont une extrémité s'avançait dans la mer comme un immense vaisseau. Sur les pistes de décollage, alignés en file indienne, des avions argentés patientaient avant de prendre leur envol. Baigné d'une lumière chaude et dorée, le bâtiment ressemblait à une bulle cristalline posée près de l'eau, d'où ne parvenait aucun bruit extérieur.

Le paradis ? L'enfer ? Le purgatoire ? Non, même enfant lorsqu'il allait au catéchisme, Martin n'avait jamais cru aux dogmes de l'Église ni à leur représentation schématique.

Quoi alors ? Un rêve ?

Non, tout était trop précis, trop net pour être autre chose que la réalité.

Il se massa les tempes et la nuque avec les pouces. Il se souvenait de tout ce qu'il avait fait ces dernières heures : la trahison de Gabrielle, le vol du diamant, son affrontement sur le pont avec Archibald, leur chute de 70 mètres. Ça, il ne l'avait pas rêvé, donc il ne pouvait être que… mort.

Il tenta d'avaler un peu de salive, mais sa gorge était sèche. Il essuya la transpiration sur son visage.

Au bout de la rangée des portes d'embarquement, il avisa un débit de boissons dont les tables donnaient sur les pistes : le *Golden Gate Café*.

Un nom prédestiné, pensa-t-il en s'avançant vers le comptoir derrière lequel officiait une magnifique métisse aux yeux clairs, en minishort et débardeur échancré.

— Pour monsieur, qu'est-ce que ce sera ?

— Euh… Un peu d'eau, c'est possible ?

— Gazeuse ou plate ?

— Vous avez de l'Évian ?

Elle recoiffa sa chevelure flamboyante tout en le considérant comme un plouc :

— Évidemment.

— Et du Coca aussi ?

— Mais d'où sortez-vous ?

Il paya – 10 dollars ! – sa bouteille d'eau et sa canette de soda et revint vers la rangée de chaises en métal. La jeune ado au tee-shirt provocant était toujours là, grelottante et claquant des dents. Martin lui tendit sa bouteille d'eau, devinant qu'elle mourait de soif.

— Comment tu t'appelles ?

— Lizzie, répondit-elle après avoir vidé d'un trait une bonne moitié de la bouteille.

— Tu te sens bien ?

— Mais où on est, là ? demanda-t-elle en pleurant.

Martin éluda la question. Elle était trempée de sueur, le corps parcouru de frissons. Dans sa vulnérabilité, elle lui rappelait Camille, la petite fille sur laquelle il avait veillé pendant plusieurs années. Il lui laissa la canette de soda et l'abandonna un moment, le temps d'effectuer un achat dans l'une des boutiques de souvenirs du terminal.

De retour auprès d'elle, il lui lança un sweet-shirt à capuche aux couleurs de l'université de Berkeley.

— Mets ça, tu vas prendre froid.

Elle enfila le pull après lui avoir fait un timide signe de tête qui voulait sans doute dire merci dans la langue des adolescents perdus.

— Tu as quel âge ? demanda-t-il en s'asseyant à côté d'elle.

— Quatorze ans.

— Tu habites où ?

— Ici, à San Francisco, près de Pacific Heights.

— Tu te souviens de la dernière chose que tu as faite avant de te retrouver ici ?

Lizzie essuya les larmes qui coulaient sur son visage.

— Je sais plus. J'étais chez moi… J'ai beaucoup pleuré puis j'ai avalé des trucs… Des trucs pour mourir.

— Quels trucs ? Des médocs ?

— Non, maman avait cadenassé l'armoire à pharmacie.

— Quoi alors ?

— Je suis allée dans la remise au fond du jardin et j'ai avalé ce que j'ai trouvé : de la mort-aux-rats et du désherbant.

Martin était consterné :

— Pourquoi t'as fait ça ?

— À cause de Cameron.

— C'est qui ? Ton petit ami ?

Elle approuva de la tête.

— Il ne m'aime plus. C'était tellement fort pourtant…

Il la regarda avec tristesse. Que l'on ait quinze ans, vingt ans, quarante ans, soixante-quinze ans, c'était toujours la même histoire : cette putain de maladie d'amour qui dévastait tout sur son passage, ces moments de bonheur si fugaces qui exigeaient un prix exorbitant à payer...

Martin essaya néanmoins d'en plaisanter :

— Si, à quatorze ans, tu commences à vouloir te foutre en l'air à cause des mecs, t'as pas fini, ma petite !

Mais Lizzie voyait bien que quelque chose clochait.

— On est où ? redemanda-t-elle, le regard terrifié.

— Je n'en sais rien du tout, avoua-t-il en se levant, mais je te jure qu'on va s'en tirer fissa !

Il courait.

Avec la jeune fille dans son sillage, Martin courait.

Peu importait la réalité de cet endroit, il avait la certitude qu'il fallait en sortir et que le plus vite serait le mieux.

Ce n'était pas un rêve, ce n'était ni le paradis ni l'enfer – on ne vendait pas au ciel des canettes de Coca Zero à 5 dollars – c'était autre chose.

Et c'est cet « autre chose » qu'il fallait fuir.

Il décida de faire confiance aux panneaux indicateurs et suivit méthodiquement ceux qui indiquaient « Sortie – Taxi – Bus ».

Ils le guidèrent jusqu'à la zone de *duty free* dans un très long couloir où, d'Hermès à Gucci, toutes les marques de luxe avaient une boutique dédiée. Puis ils traversèrent le *food-court* et sa vingtaine d'enseignes qui, autour d'un atrium central, proposaient un large éventail de spécialités culinaires : hamburgers, salades, sushis, pizzas, couscous, kebabs, fruits de mer…

À intervalles réguliers, Martin se retournait vers Lizzie pour l'encourager à presser le pas.

Ils prirent un escalator puis un tapis roulant à grande vitesse interminable, comme on en trouvait gare Montparnasse à Paris, sauf que celui-ci n'était pas en panne.

Tout en longueur, le bâtiment était rassurant, propre et clair. Plusieurs équipes de nettoyage s'activaient à faire briller les baies vitrées, dont la surface ondulait comme celle de l'eau au rythme des variations de la lumière dorée.

La foule était dense et se pressait dans une ambiance de départ en vacances. Bonnets, écharpes, nez qui coulent, paquets-cadeaux : certains groupes s'apprêtaient à fêter Noël. D'autres au contraire arboraient les couleurs de l'été, portant des bermudas colorés et un bronzage de surfeurs.

Martin prit la main de Lizzie et accéléra, bousculant

quelques passagers sur sa route : cadres fripés jouant les hommes d'affaires, ados endormis sous le casque de leur iPod…

Partout, sur les murs, des horloges rappelaient le temps qui passe.

La tête en l'air, attentif aux panneaux indicateurs, Martin courait, guidé par un sentiment d'urgence. À présent, la sortie était proche. Il tira sur le bras de Lizzie pour accélérer encore.

Voilà, ils arrivaient dans le grand hall des départs. Pour la première fois, Martin entendit l'activité du dehors : les bruits de la circulation, l'atmosphère moins aseptisée, la rugosité, la vie…

Au moment où ils franchissaient enfin les portes coulissantes qui donnaient sur le bitume, il y eut comme une aspiration violente qui déchira leurs tympans et brouilla leur vision.

Quand Martin rouvrit les yeux, il se trouvait devant la même rangée de chaises métalliques que lorsqu'il s'était réveillé. Derrière lui, la même boutique de souvenirs, le même *Golden Gate Café* et sa serveuse black à la chevelure flamboyante…

Il regarda Lizzie d'un air désolé : ils étaient revenus à leur point de départ !

— Inutile de chercher la sortie, p'tit gars. On est coincés ici.

Martin tourna la tête.

Visage impassible et regard perçant, Archibald recracha une bouffée de fumée de son Habano. Visiblement, l'aéroport n'était pas une zone sans tabac. C'était donc vrai, Dieu était bien lui-même un fumeur de havane… Peut-être aussi qu'attraper un cancer une fois mort était moins grave que l'attraper quand on était encore vivant…

— Tout ça, c'est de votre faute, lança Martin en pointant sur lui un index accusateur.

— C'est autant ta faute que la mienne, nuança Archie. Si tu n'avais pas cherché à jouer au plus fin, on serait encore là-bas.

Archibald se sentait en forme. La fatigue, les douleurs et les nausées liées à la maladie avaient disparu comme par enchantement.

— Vous nous avez tués tous les deux, s'indigna Martin. À cause de votre orgueil démesuré !

— Côté orgueil, je crois que tu es aussi un spécialiste, p'tit gars.

— Et arrêtez de m'appeler *p'tit gars* !

— Tu as raison. Excuse-moi, p'tit gars. Par contre, là où tu te trompes, c'est en affirmant que nous sommes morts.

— Réfléchissez deux secondes : on s'est ramassé

une gamelle d'au moins 70 mètres dans de la flotte glaciale. Vous imaginez le carnage.

— C'est vrai, admit Archibald en grimaçant, mais nous ne sommes pas morts pour autant. Du moins, pas encore.

— Bon, très bien, alors où sommes-nous ?

— Ouais, on est où ? renchérit Lizzie.

Archibald sourit à l'adolescente puis d'un mouvement de main invita ses interlocuteurs à le suivre.

— Il faut que vous rencontriez quelqu'un.

— Non ! refusa Martin, pas avant de savoir où nous sommes.

Archie haussa les épaules, puis comme une évidence :

— Dans le coma.

Martin, Archibald et Lizzie poussèrent la porte de l'« Espace Prière » de l'aérogare. L'endroit se composait d'un bureau d'accueil et de plusieurs petites salles dévolues aux principales confessions : une chapelle chrétienne, une synagogue, une mosquée, un sanctuaire bouddhiste et shintoïste.

Le lieu était sous la responsabilité du père Shake Powell, l'aumônier de l'aéroport : un grand Black aussi massif qu'un catcheur qui portait des Nike

Air, un pantalon baggy, une veste de survêtement à capuche et un tee-shirt *Yes we can* à l'effigie d'Obama.

Shake Powell accueillit ses visiteurs dans son bureau, une pièce confortable, mais dépouillée, qui donnait sur les pistes. Bien que débordé, l'aumônier était tout disposé à répondre aux questions des nouveaux arrivants. Il leur proposa une tasse de café et, sans se faire prier, leur raconta son histoire.

Originaire de New York, Powell était en visite chez son frère, à San Francisco, quand il s'était pris un coup de couteau dans le dos, dix mois auparavant, alors qu'il s'interposait dans une bagarre entre deux SDF. En arrivant dans la *Zone des départs*, il avait été formé par l'ancien aumônier de l'aéroport avant que celui-ci ne parte vers d'autres cieux.

Sa tâche le passionnait. Ici, prétendait-il, Dieu était partout : dans l'architecture, dans la lumière, dans ces panneaux de verre ouverts sur le ciel. Parfois, il lui arrivait même de célébrer des mariages ou des baptêmes.

La *Zone des départs* était une frontière, un *no man's land*, un lieu propice à la prière et à la réflexion. Dans cet « ailleurs », les gens voyaient ressurgir leurs craintes les plus intimes. À l'heure du départ, ils éprouvaient le besoin de se confier. Le père Powell ne cherchait pas à les juger, mais à les comprendre. Pour certains, il fallait composer avec la peur de l'inconnu, les remords et les regrets. Pour d'autres, cette sorte de retraite était une opportunité précieuse et inattendue, leur permettant de devenir quelqu'un de meilleur ou de se mettre en paix avec eux-mêmes.

— Dans la *Zone des départs*, j'ai vu au plus près toute l'étendue de l'âme humaine : sa grandeur comme sa misère, expliqua le prêtre en terminant sa tasse de café.

Martin avait laissé Shake Powell aller au bout de son raisonnement. Il en avait déduit que tous les voyageurs de ce mystérieux aéroport étaient des gens tombés dans le coma après un accident ou un suicide, mais une question restait en suspens :

— Vous parlez constamment de la *Zone des départs*... commença-t-il.

— Exact.

— Mais, la zone des départs *pour où* ?

Powell examina alternativement Martin et Lizzie et hocha la tête :

— Regardez les avions, demanda-t-il en se tournant vers la fenêtre.

Martin posa les yeux sur le tarmac. On voyait distinctement deux pistes parallèles et deux files de gros-porteurs gris brillant sous le soleil, qui attendaient le signal de la tour de contrôle avant de décoller dans des directions opposées.

— Il ne peut y avoir que deux destinations, annonça Shake Powell en refermant sa veste de jogging, d'où débordait une masse musculaire impressionnante.

— Le retour à la vie ou le départ vers la mort… compléta tristement Martin.

— T'as tout compris, p'tit gars, approuva Archibald.

Lizzie regardait pensive les deux mains énormes de l'aumônier qui s'était fait tatouer les lettres L.I.F.E. et D.E.A.T.H. sur les phalanges.

Tremblante, c'est elle qui se décida à demander :

— Mais comment peut-on connaître notre destination ?

— Elle est inscrite sur vos billets.

— Quel billet ? demanda Martin.

— Celui que reçoit chaque voyageur de la *Zone des départs*, expliqua Powell.

— Un billet comme celui-ci, affirma Archibald en posant sur la table sa propre carte d'embarquement.

Départ	Destination	Date	Heure	Siège
Zone	*Vie*	26 déc.	7 h 05	32F
des départs		2008		

Martin fronça les sourcils. Il portait les mêmes habits qu'au moment de l'accident : le costume sur mesure offert par Mademoiselle Ho et une chemise froissée sortie de son pantalon. Il fouilla dans les poches de sa veste, trouva son portefeuille, son téléphone et une feuille cartonnée qu'il posa à son tour sur la table :

Départ	Destination	Date	Heure	Siège
Zone	*Mort*	26 déc.	9 h 00	6A
des départs		2008		

— Pas de chance, p'tit gars, grimaça Archibald.

Puis les deux hommes se tournèrent vers Lizzie, un point d'interrogation peint sur leurs visages.

Noyée dans son sweat-shirt, l'adolescente était terrorisée. Elle retourna maladroitement les poches de son jean et finit par mettre la main sur une carte d'embarquement pliée en quatre qu'elle ouvrit d'une main tremblante. Le carton était porteur d'une funeste nouvelle.

Départ	Destination	Date	Heure	Siège
Zone	*Mort*	26 déc.	9 h 00	6B
des départs		2008		

26

Les belles choses que porte le ciel[1]

> *Alors, pour la dernière fois je vis la Terre : un globe stable d'un bleu rayonnant, voguant dans l'immensité de l'éther. Et moi, fragile pincée de poussière douée d'une âme, je voltigeais silencieusement dans le vide en partant de ce bleu lointain pour m'élancer dans l'inconnu.*
>
> William HOPE HODGSON

Zone des départs
23 h 46

La Voûte Céleste était le restaurant le plus luxueux de la *Zone des départs*.

1. Titre d'un roman de Dinaw Mengestu inspiré d'un vers de Dante.

Une trentaine de tables rondes recouvertes de nappes en tissu couleur crème étaient agencées harmonieusement dans une belle salle au design moderne et élégant. Tendu au mur, un étonnant rideau luminescent tissé de centaines de fibres optiques enveloppait la pièce d'une lumière tamisée, créant une ambiance chaleureuse et raffinée.

Au centre de l'espace, une cheminée contemporaine ajoutait à l'ensemble une touche de confort moelleux.

Même ici, aux portes du ciel, les clients étaient semblables à ceux de tous les établissements de luxe : nouveaux riches russes et chinois, magnats du pétrole moyen-orientaux, élite mondialisée louis-vuittonisée…

Au milieu de cet aréopage, Martin et Archibald s'étaient installés à une table près des grandes baies vitrées, dans lesquelles se reflétait la lumière des pistes où, malgré l'heure tardive, les avions continuaient à décoller sans relâche.

— Tu n'as pas l'air dans ton assiette, p'tit gars, remarqua Archibald en se régalant copieusement de ris de veau rissolés accompagnés de pâtes artisanales aux champignons des bois.

Martin n'avait pris que quelques bouchées de son agneau de l'Aveyron.

— C'est facile de se remplir le ventre quand

on sait qu'on va s'en sortir vivant ! Moi, je vous rappelle que je vais mourir.

— Nous allons tous mourir un jour ou l'autre, objecta Archibald.

— Oui, mais moi c'est demain matin !

— Tu as raison, c'est injuste, admit le voleur. J'ai le double de ton âge et je reconnais que c'est moi qui t'ai entraîné dans cette galère...

Il se resservit un verre de vin et posa la bouteille sur la petite desserte qui jouxtait la table. Mouton-rothschild 1945, romanée-conti 1985 : les crus les plus prestigieux pour une soirée pas comme les autres.

— Tu es certain que tu ne veux pas goûter le bourgogne ? insista Archibald. Ce serait dommage de mourir sans avoir fait l'expérience de cette splendeur.

— Allez vous faire foutre avec votre bourgogne ! répondit durement Martin d'une voix lasse.

La tête appuyée contre lui, Lizzie s'était endormie sur la banquette. Devant elle, les restes de son Burger Royal avec supplément chèvre et bacon.

Archibald tira de sa poche une boîte d'allumettes et se tailla un cure-dent avec son couteau, une vieille habitude qui détonnait dans ce lieu discret et raffiné

— Je me demande si avant les desserts, je ne vais pas me laisser tenter par le pigeonneau désossé au foie gras, dit-il en feuilletant le menu. Qu'est-ce que tu en penses ?

Cette fois, Martin préféra ne pas répondre à la provocation.

Par la fenêtre, il regarda le ciel et ses étoiles. Surtout, il était fasciné par l'astre brillant qu'il avait d'abord pris pour la lune, mais qui était peut-être la terre : la planète bleue qui flottait, lointaine, avec ses habitants qui s'aimaient, s'entre-tuaient et la détruisaient méthodiquement.

Cette planète sur laquelle il s'était toujours senti seul, mais qu'il n'arrivait pas à quitter.

— Il faut qu'on parle, p'tit gars…

Martin leva les yeux. Au-dessus des verres en cristal, le regard d'Archibald brillait comme une flamme. Ses traits s'étaient durcis, et on pouvait lire sur son visage émacié que l'heure n'était plus à la plaisanterie.

— Et de quoi voulez-vous qu'on parle ?

— De Gabrielle.

Martin soupira :

— Que voulez-vous savoir ? La nature de mes intentions ?

— Exactement.

— Mes intentions étaient les plus nobles qui soient, mais de toute façon c'est terminé pour moi…

Il se décida à se servir un verre de vin avant de continuer :

— Et puis, vous savez quoi : votre fille est

378

dangereuse. Dangereuse comme vous ! Une cinglée qui s'empresse de détruire le bonheur chaque fois qu'il pointe son nez.

Un serveur vint débarrasser leurs assiettes. Archibald fit l'impasse sur le dessert et commanda d'autorité deux cafés.

— Ce soir, j'ai une bonne et une mauvaise nouvelle pour toi, fiston.

Martin soupira :

— Au point où j'en suis, commencez par la bonne.

— La bonne, c'est que c'est toi, le seul homme qu'elle ait jamais aimé.

— Qu'est-ce que vous en savez ? Vous ne vous en êtes guère occupé de votre fille en trente ans ! Vous ne la connaissez pas.

— C'est ce que tu crois. Mais je vais t'apprendre quelque chose.

— Allez-y…

— Même si les apparences sont contre moi, Gabrielle, je la connais mieux que personne.

— Mieux que moi ?

— Oui, c'est sûr, mais ce n'est pas très compliqué.

Voyant la colère dans les yeux de Martin, Archie leva la main en signe d'apaisement :

— Gabrielle est une femme extraordinaire. Apparemment, tu as su le remarquer très jeune et c'est tout à ton honneur…

Sachant que les compliments de son aîné étaient rares, Martin accepta celui-ci avec satisfaction.

— Gabrielle est entière, sincère et généreuse, continua Archie. Un peu compliquée parfois, comme toutes les femmes…

Martin approuva de la tête. Sur ce terrain, les hommes s'entendaient toujours.

— Gabrielle, poursuivit Archie, c'est la femme d'une vie, c'est une pierre précieuse unique, plus rare encore que ce diamant que je voulais voler.

On leur servit les espressos accompagnés d'un petit plateau de friandises. Archie s'empara d'une pâte de fruits à la figue.

— Gabrielle a du caractère et de la personnalité, mais si on prend le temps d'aller au-delà de l'apparence, on devine en elle les blessures laissées par la vie. Et ça aussi, je sais que tu l'as compris tout de suite.

— Bon, où voulez-vous en venir ? s'agaça Martin avant d'avaler d'un trait son café brûlant.

— Où je veux en venir, p'tit gars ? On ne peut pas dire que tu sois perspicace, hein ? Gabrielle n'a pas besoin d'un gugusse immature qui reste bloqué sur le passé. Elle n'a pas besoin d'un mec supplémentaire qui la fasse souffrir encore plus que les autres. Elle a besoin d'un homme qui soit tout pour elle : son ami, son amant, son confident, son amoureux et même son ennemi parfois... Tu comprends ce que ça veut dire ?

— Cet homme, c'était moi, espèce de con, et ça le serait encore aujourd'hui si vous n'étiez pas venu mettre votre grain de sel.

Excédé, Martin se leva de table et...

Hôpital Lenox
1 h 09

— Réveillez-vous, docteur Giuliani !

L'infirmière alluma les néons de la petite pièce de repos réservée aux médecins de garde. Claire ouvrit les yeux. Elle ne dormait pas. Ça faisait des années d'ailleurs qu'elle ne dormait plus vraiment. Juste des bouts de sommeil grappillés à la nuit par-ci par-là. Des bouts de sommeil qui n'arrivaient plus à la réparer et qui lui laissaient cette impression constante d'usure accompagnée de cernes précoces et déjà indélébiles.

— Voici les résultats du scanner de Martin Beaumont. Il est en hypertension !

Claire chaussa ses lunettes de vue et regarda la radio à la lumière du néon. Ce second scan crâne était alarmant : du sang s'était accumulé entre la dure-mère et le cerveau, formant un hématome de taille inquiétante. À l'intérieur des méninges, plusieurs branches d'une artère avaient dû se rompre en même temps pour créer une telle hémorragie. L'hématome comprimait le cerveau à l'intérieur de la boîte crânienne et, si on n'agissait pas immédiatement, les vaisseaux sanguins se comprimeraient à leur tour, privant les cellules de leur oxygène et entraînant des lésions irréversibles.

Il fallait opérer d'urgence pour avoir une chance de l'évacuer, mais l'organisme de Martin était déjà tellement affaibli que Claire doutait qu'il survive.

— Prévenez l'anesthésiste, on le monte au bloc !

Zone des départs
1 h 12

Archibald poussa la porte du *Harry's Bar*.

L'ambiance cosy et feutrée rappelait les clubs londoniens, avec boiseries en acajou, fauteuils Chesterfield en vieux cuir et banquettes en velours bordeaux.

Il traversa le fumoir et rejoignit Martin qui s'était installé au comptoir pour siroter un mojito.

En avisant le cocktail du jeune flic, il ne put retenir une moue sceptique :

— C'est plutôt une boisson de gonzesse, non ?

Martin prit sur lui de l'ignorer.

Archibald détailla en connaisseur l'impressionnante sélection de whiskies ordonnés derrière le bar comme les livres anciens d'une bibliothèque. Tout à coup, son regard s'éclaira en apercevant un trésor : un Glenfiddich Rare Collection de 1937, le plus vieux scotch au monde.

Il s'en commanda un verre et contempla avec satisfaction la robe ambrée du précieux liquide.

— Laisse la bouteille sur la table, mon garçon ! réclama-t-il au barman.

Martin l'observait du coin de l'œil. À présent, Archie respirait les effluves de son verre avec un plaisir non dissimulé, se délectant des odeurs de caramel, de chocolat, de pêche et de cannelle. Puis il prit une gorgée du single malt et en savoura longuement les arômes subtils.

Il servit un verre qu'il proposa à Martin :

— Goûte-moi ça, p'tit gars ! Tu vas voir, c'est autre chose que ta bibine.

Martin soupira, mais Archibald avait chatouillé sa curiosité. À son tour, il but une gorgée de whisky et, sans être un spécialiste, se laissa séduire par les parfums complexes du puissant nectar.

— Alors ? Qu'est-ce que tu en penses ?

— C'est vrai que ça déchire ! admit Martin en reprenant une lampée de scotch.

— Tu sais que tu commences à me plaire ! Allez, viens, on va s'asseoir au calme, proposa-t-il en emportant avec lui la bouteille de Glenfiddich.

Martin hésita à le suivre. Il en voulait terriblement à Archibald, mais il n'avait pas le courage de passer ses dernières heures tout seul. Et puis la compagnie de son éternel ennemi lui plaisait au moins autant qu'elle l'indisposait.

Les deux hommes s'installèrent sur des canapés en cuir qui encadraient une table basse en acacia et en manguier vernis.

Avec son mobilier cossu, l'endroit avait un esprit « club pour gentlemen », celui du « bon vieux temps » où les hommes se retrouvaient pour déguster un havane et un cognac avant d'entamer une partie de bridge en écoutant Sinatra.

— Je t'offre un cigare ?

Martin déclina la proposition :

— Vous êtes au courant qu'il y a d'autres plaisirs dans la vie que de boire, fumer ou voler des tableaux ?

— Oh, ça va, ne viens pas me donner de leçons avec ton shit et ton Coca Zero. Si tu crois que c'est meilleur pour la santé !

Martin fronça les sourcils. Archie eut un mince sourire :

— Eh oui, moi aussi, je te connais un peu, Martin Beaumont...

— Et vous connaissez quoi au juste ?

— Je sais que tu es quelqu'un de courageux et de sincère. Je sais que tu es idéaliste, que l'on peut te faire confiance et que, dans ton genre, tu as du cœur.

— Mais...

— Mais quoi ?

— Lorsqu'on commence par un wagon de compliments, généralement c'est pour annoncer un déluge de reproches, non ?

Archie écarquilla les yeux.

— Des reproches ? Oui, je peux t'en faire si tu veux.

Martin releva le gant :

— Allez-y, ne vous gênez pas.

— D'abord, tu ne comprends pas les femmes.

— Moi, je ne comprends pas les femmes !

— Non. Enfin, tu vois en elles des choses que d'autres n'ont pas vues, mais tu ne les comprends pas lorsqu'elles te parlent. Tu ne sais pas les décoder.

— Ah oui ? Expliquez-moi un peu...

Archibald plissa les yeux tout en cherchant un exemple.

— Quand une femme te dit *non*, ça veut souvent dire *oui, mais j'ai peur*.

— Mouais, continuez.

— Quand elle te dit *peut-être*, ça veut souvent dire *non*.

— Et quand elle dit *oui* ?

— Quand elle dit *oui*, ça veut dire *oui, peut-être*.

— Et pour dire *oui* tout court ?

Archie haussa les épaules.

— *Oui* tout court, ça n'existe pas en langage féminin.

Martin était dubitatif :

— À mon avis, vous êtes meilleur voleur que psychologue…

— Peut-être que je manque d'expérience récente, concéda Archibald.

— Et si on parlait plutôt de Gabrielle ?

— C'était d'elle qu'on parlait, p'tit gars, je croyais que tu l'avais compris…

— Pourquoi avez-vous cherché à nous séparer ?

Archie leva les yeux au ciel :

— Mais c'est tout le contraire, imbécile ! C'est moi qui suis venu te chercher, moi qui ai tout fait pour que tu te lances à ma poursuite, moi qui t'ai attiré jusqu'à San Francisco pour que tu la retrouves, parce que je savais qu'elle ne t'avait pas oublié !

Le ton était monté.

— Et après ? demanda Martin.

— Après, c'est vrai que j'ai pris peur et que j'ai voulu te tester, admit Archibald.

— Vous avez tout gâché !

— Non, parce que sans moi, tu n'aurais jamais eu le courage de venir la retrouver ! Parce que c'est ça ton problème, Martin Beaumont : tu as peur !

Martin n'était pas certain de comprendre. Archie insista :

— Tu connais la phrase de Mandela : *c'est notre lumière, pas notre ombre, qui nous effraie le plus*. Ce qui te fait peur, p'tit gars, ce ne sont pas tes faiblesses, ce sont tes qualités. C'est flippant, n'est-ce pas, de se dire que l'on a beaucoup d'atouts dans sa manche ? C'est tellement plus rassurant de baigner dans sa médiocrité en maudissant la terre entière...

— Qu'est-ce que vous cherchez à me dire ?

— Je cherche à te donner un conseil : mets tes peurs entre parenthèses et prends le risque d'être heureux.

Martin regarda Archibald. Sur son visage, nulle trace de menace ou d'animosité. Seulement de la compréhension. Pour la deuxième fois, Martin se sentit lié à lui par une drôle de fraternité.

— Tout à l'heure, vous m'avez dit que vous aviez deux nouvelles, une bonne et une mauvaise.

— C'est justement là où je voulais en venir.

— Quelle est la mauvaise nouvelle ?

Archibald ménagea son effet puis annonça :

— La mauvaise nouvelle, c'est que c'est toi qui y retournes, p'tit gars ! lança-t-il en posant devant lui sa carte d'embarquement comme on abat un carré d'as.

Départ	Destination	Date	Heure	Siège
Zone	*Vie*	26 déc.	7 h 05	32F
des départs		2008		

— Je ne comprends pas.

— Tu croyais en avoir fini avec les amours et les emmerdes ? Ben non, ce n'est pas si simple : tu rentres à ma place.

— Un troc ?

— Oui. Les cartes d'embarquement ne sont pas nominatives. Rien ne nous empêche de les échanger.

— Pourquoi vous faites ça ?

— Oh, ne va pas t'imaginer que je me sacrifie. Moi, de toute façon, je n'avais plus la force ni la possibilité de réaliser mes rêves.

— Vous êtes souffrant ?

— Condamné serait plus juste : un sale cancer.

Martin hocha la tête, tandis qu'un voile de tristesse passait devant ses yeux.

— Et... pourquoi moi ?

À présent, le bar s'était vidé. Seul le barman continuait à essuyer ses verres derrière le comptoir.

— Parce qu'il n'y a que toi, p'tit gars, qui as su résoudre l'équation. Qui as eu le courage de me suivre jusqu'ici. Parce que tu as été plus malin que le FBI, les mafieux russes et toutes les polices du monde réunies. Parce que tu réfléchis avec ta tête, mais aussi avec ton cœur. Parce que tu as pris des coups dans la gueule, mais que tu tiens toujours debout. Parce que, d'une certaine façon, toi c'est moi, sauf que tu vas réussir là où j'ai échoué : tu vas savoir aimer...

McLean leur versa deux derniers verres qui asséchèrent la bouteille de whisky. Ils levèrent leur godet et, tout en trinquant, procédèrent à l'échange de leurs billets.

Puis Archie regarda sa montre et quitta sa chaise.

— Tu m'excuses, mais il ne me reste plus beaucoup de temps et j'ai une dernière chose à faire avant demain matin.

Il enfila son manteau puis, après une hésitation :

— Tu sais, à propos de Gabrielle... Elle peut

paraître compliquée, mais elle est limpide en réalité. Ne la fais pas souffrir, pas même une seule minute.

— Promis, dit Martin.

— Bon, je ne suis pas très doué pour les adieux…

— Bonne chance.

— Bonne chance à toi, p'tit gars.

27

Anywhere out of the world[1]

Que me reste-t-il, de t'avoir aimée ?
Reste que ma voix, sans écho soudain
Restent que mes doigts, qui n'agrippent rien
Reste que ma peau, qui cherche tes mains
Et surtout la peur, de t'aimer encore
Demain presque mort.

Charles AZNAVOUR

Hôpital Lenox
3 h 58

Pour la première fois depuis longtemps, un vrai sourire éclairait le visage de Claire Giuliani.

---

1. *N'importe où hors du monde*, poème de Charles Baudelaire.

L'opération s'était remarquablement bien passée. Elle avait ouvert la boîte crânienne afin d'évacuer l'hématome de Martin.

L'intervention se terminait. Elle regarda le moniteur : les constantes étaient bonnes. Le jeune Français avait une constitution vraiment solide !

Claire était contente. Son iPod branché sur des enceintes diffusait une chanson de Bob Marley.

Zone des départs
3 h 59

No Woman No Cry de Bob Marley passait à plein volume dans les enceintes de l'aérogare.

Martin déambulait devant le mur de verre qui donnait sur les pistes bordées de balises lumineuses. Les aires de stationnement s'étalaient à perte de vue, accueillant des dizaines d'avions identiques : des long-courriers quadriréacteurs à double pont, dont la chorégraphie régulière était orchestrée par une immense tour de contrôle aux parois bleutées.

Habité par une faim de vivre et une confiance retrouvée, Martin repassait dans sa tête le film de ces six derniers mois : depuis son premier affrontement avec Archibald sur un pont de Paris jusqu'à l'étrange discussion de cette nuit dans ce bar d'*out of the world*. Six mois pendant lesquels il avait vécu, sans en prendre conscience, une mue violente qui l'avait fait devenir un homme. Cette dernière conversation l'avait libéré de ses peurs. Désormais, il se sentait adoubé, investi d'une mission.

Dans ce long couloir tapissé de lumière, il serrait dans la main sa nouvelle carte d'embarquement léguée par Archie : son sésame, son bon de retour vers la vie et l'amour.

Dans ce long couloir tapissé de lumière, il avait envie de courir et de crier son soulagement.

Dans ce long couloir tapissé de lumière, il revivait.

Zone des départs
4 h 21

Le restaurant était vide. On avait éteint tous les lustres de la grande salle. La faible clarté qui s'élevait des plinthes créait une ambiance de boîte de nuit silencieuse, désertée par ses danseurs.

Recroquevillée sur sa banquette, des mèches de cheveux collées sur son visage défait, Lizzie dormait d'un sommeil agité.

Martin la couvrit de sa veste avant de s'asseoir dans le fauteuil en face d'elle.

Elle avait quatorze ans ; il en avait bientôt trente-cinq.

Elle aurait pu être sa fille.

Il ne la connaissait que depuis quelques heures, mais il se sentait des devoirs envers elle.

Il alluma une cigarette qu'il fuma silencieusement en fermant les yeux.

L'enfance…

Son enfance à lui…

Les souvenirs affleuraient, ni bons ni mauvais. Un écho qu'il aurait voulu lointain, mais qui résonnait toujours fort.

La banlieue, Évry…

L'ambiance parfois carcérale de la cour de récré.

Pour être en accord avec lui-même, il avait toujours pris la défense des plus faibles, au risque parfois de le payer très cher : mise à l'écart, rétorsion, reconnaissance inexistante de ceux qu'il avait aidés.

Mais il n'avait eu aucun mérite à le faire.

Que le plus fort protège le faible au lieu de l'opprimer ou de l'ignorer : il portait ça en lui, comme un idéal de fraternité.

Un idéal qui l'avait toujours guidé et lui avait permis, même aux heures les plus sombres de son métier, de se regarder dans la glace sans détourner les yeux.

Zone des départs
4 h 35

Archibald pressa le pas. Le sol était lisse et argenté comme un miroir.

Il avait déjà parcouru des kilomètres, mais où qu'il aille, l'aérogare lui donnait l'impression de se dupliquer à l'infini. Il avait traversé une succession de halls, emprunté une dizaine de tapis roulants, parcouru plusieurs galeries marchandes, rien n'y faisait : impossible de s'éloigner durablement de ces baies vitrées, immenses et transparentes, qui abolissaient la séparation entre le bâtiment, le ciel et la mer.

Comme celui de Hong Kong, l'aéroport semblait émerger d'une île artificielle. Tout y était épuré, moderne, trop neuf, telle une construction attendant son inauguration.

Archie regarda l'heure sur les écrans d'affichage et crispa la main sur sa carte d'embarquement. Il ne lui restait que quelques heures avant le départ, mais depuis qu'il s'était réveillé dans cet endroit hors du monde, une évidence s'imposait à lui. Peut-être était-il naïf, peut-être faisait-il fausse route, mais il devait aller au bout de son idée. Chaque fois qu'il croisait un « permanent » de l'aéroport – vigile, serveur, commerçant, personnel d'entretien –, il s'arrêtait pour lui poser la même question. Au début, il avait fait chou blanc, mais la vendeuse de macarons du stand Ladurée l'avait orienté sur une piste. Et lui avait rendu espoir.

Il sentait qu'il approchait de l'heure de vérité, de ce moment qui pourrait racheter tous les autres.

Après tout, au milieu de son lot de misères, la vie réservait parfois de vrais instants de grâce. Pourquoi la mort serait-elle différente ?

Zone des départs
6 h 06

Lizzie fut réveillée par l'odeur du cacao.

Lorsqu'elle ouvrit les yeux, le jour se levait sur les pistes. Le soleil n'allait pas tarder à darder ses premiers rayons dans un ciel encore rose et violacé.

Malgré une nuit de sommeil, elle n'était pas très vaillante : les habits froissés, les cheveux emmêlés, les ongles rongés jusqu'au sang.

Elle se frotta les paupières, mit un moment à réaliser où elle se trouvait et regarda avec terreur l'horloge murale puis l'écran de verre translucide qui affichait le programme des départs.

Elle fouilla dans sa poche pour en sortir son billet d'avion.

Départ	Destination	Date	Heure	Siège
Zone	**_Mort_**	26 déc.	9 h 00	6B
des départs		2008		

Plus que trois heures. Plus que trois heures avant la…

— Yaourt grec, framboises fraîches, litchis, pain grillé et un bon chocolat chaud ! lança Martin enjoué en posant sur la table un plateau de petit déjeuner.

Il lui sourit, s'installa à côté d'elle sur la banquette et lui beurra une tartine.

Elle but une gorgée de cacao avant de croquer à belles dents la tranche de pain grillé. On ne vivait pas que d'amour et d'eau fraîche, même dans la zone des départs…

- - Tiens, le facteur est passé, plaisanta-t-il en lui tendant une enveloppe.

Le regard indécis, elle restait immobile, tenant la missive entre les mains.

— Eh bien, ouvre !

Elle décacheta l'enveloppe pour y trouver un nouveau billet d'avion.

Départ	Destination	Date	Heure	Siège
Zone	**_Vie_**	26 déc.	7 h 05	32F
des départs		2008		

— L'heure du départ est avancée, expliqua Martin, mais la destination n'est pas la même !

— Ça veut dire que je ne vais plus mourir ? demanda-t-elle pleine d'espoir.

— Non, Lizzie, tu ne vas plus mourir.

Sa lèvre trembla, sa gorge se serra :

— Mais comment...

— C'est Archibald, expliqua Martin, l'homme qui était là avec nous, hier soir. Il a laissé son billet pour toi.

— Pourquoi a-t-il fait ça ?

— Parce qu'il est très malade et qu'il n'a plus beaucoup de temps à vivre.

— Je ne l'ai même pas remercié !

— Je l'ai fait pour toi, la rassura-t-il.

Des larmes affleurèrent dans les yeux de l'adolescente.

— Et vous ?

— Ne t'inquiète pas pour moi, répondit Martin

en se forçant à sourire. Par contre, j'ai besoin que tu me rendes un service.

— Un service ? demanda-t-elle en s'essuyant les yeux avec sa manche.

— Tu m'as bien dit que tu vivais à Pacific Heights…

— Oui, confirma-t-elle, juste derrière Lafayette Park.

— Alors, si nous sommes vraiment dans le coma, tu vas te réveiller à l'hôpital Lenox.

— C'est là qu'on m'a conduite lorsque je me suis ouvert le menton en jouant au basket !

Elle désigna une très fine cicatrice qui partait de la commissure de ses lèvres.

— Wahou ! s'extasia Martin. Tu n'as pas eu trop mal ?

— Non, je suis une dure ! dit-elle avec une certaine fierté. Il lui fit un clin d'œil et lui expliqua ce qu'il attendait d'elle :

— Lorsque tu seras en état de parler, tu demanderas à voir une femme qui s'appelle Gabrielle.

— C'est un médecin ?

— Non, c'est la femme… c'est la femme que j'aime. Elle ne put refréner sa curiosité :

— Et elle, elle vous aime ?

— Oui, hésita-t-il. Enfin, c'est compliqué… Tu sais ce que c'est, hein ?

— Ouais. Les histoires d'amour, ça reste complexe, même quand on est adulte, n'est-ce pas ?

Il approuva de la tête.

— Oui, c'est toujours la même galère. Sauf qu'un jour, c'est à la fois la bonne personne et le bon moment, alors il paraît que tout devient simple et limpide.

Elle hocha la tête.

— Et Gabrielle, c'est la bonne personne ?

— Oui, sourit Martin. Et c'est le bon moment aussi.

— Qu'est-ce que je dois lui dire ?

Hôpital Lenox
6 h 15

— Docteur, on a un problème avec notre patient mystère !

Elliott prit les résultats du scanner hépatique que lui tendait l'infirmière.

Archibald avait une hémorragie au niveau du foie.

Il chaussa ses lunettes : la plaie était profonde, causant un épanchement abondant derrière le lobe droit.

Comment était-ce possible ? Il n'avait rien suspecté lors de la première intervention quelques heures auparavant.

Il fallait le rouvrir d'urgence, même si une nouvelle laparotomie risquait de le tuer.

Et merde !

Zone des départs
6 h 56

— Hé Lizzie !

Devant la porte n° 6, la file des passagers se raccourcissait au fur et à mesure que progressait l'embarquement de ceux qui avaient la chance de « revenir ».

La jeune fille se retourna. Martin l'avait rattrapée pour lui dire une dernière chose :

— Plus de conneries, OK ?

Elle baissa la tête. Martin continua :

— La mort-aux-rats, le désherbant, les poignets ouverts, les médocs, tu oublies, d'accord ?

— D'accord, dit-elle en esquissant un sourire.

Le premier depuis longtemps.

— Et puis, ne te bile pas : l'amour, c'est formidable, mais il n'y a pas que ça dans la vie.

— Ah non ? demanda-t-elle sérieuse.

Si, il n'y a que ça qui compte. Que ça qui soit vraiment important... pensa-t-il. Mais il choisit de se montrer rassurant :

— La famille, les amis, les voyages, les livres, la musique, les films, c'est pas mal non plus, hein ?

— Oui, concéda-t-elle sans enthousiasme.

L'adolescente était à présent la seule à ne pas avoir embarqué.

— Allez, bon voyage ! lui dit Martin en lui mettant une petite tape sur l'épaule.

— À bientôt ? demanda-t-elle en tendant sa carte à l'hôtesse.

Il lui sourit et lui adressa un ultime signe de la main.

Puis elle disparut.

7 h 06

Claire Giuliani se pencha par la fenêtre de sa voiture :

— Vas-y pépé, avance ! cria-t-elle à l'intention du conducteur de la grosse berline qui se traînait devant elle.

Sa Coccinelle mauve était bloquée dans les embouteillages.

— C'est pas vrai ! Sept heures du matin, le jour de Noël, et déjà des bouchons ! explosa-t-elle.

En plus, il pleuvait des cordes et sa vieille guimbarde n'aimait pas l'eau.

L'habitacle enfumé était saturé par les accords de guitare des Doors et les beuglements alcoolisés mais géniaux de Jim Morrison sur une version pirate de *L.A. Woman.*

Au beau milieu de la chanson, un musicien eut l'idée saugrenue de jouer un air au clavecin de Mozart.

Claire écrasa sa cigarette en fronçant les sourcils.

Non, ce n'était pas dans la chanson, c'était simplement son téléphone portable.

Au bout du fil, son infirmière préférée, à qui elle avait laissé des instructions pour être prévenue de l'évolution de la santé de « ses » deux patients.

Visiblement, l'état de Martin Beaumont s'était dégradé brutalement. Les résultats du scanner faisaient apparaître une hémorragie non contrôlée au niveau du pancréas. Étrange. Sur le scan de cette nuit, les lésions ne lui avaient pas semblé si importantes...

Il fallait le rouvrir, mais combien de temps l'organisme de cet homme résisterait-il à un tel traitement ?

Globules rouges, leucocytes, plaquettes, plasma…
Le sang.

Le sang sali et empoisonné d'une gamine de quatorze ans.

Depuis plusieurs heures, le liquide rouge était pompé par le dialyseur pour être débarrassé de ses substances toxiques avant d'être restitué, une fois épuré, dans les veines de Lizzie. Un traitement de choc, reproduisant en un temps record ce que les reins auraient dû faire en deux jours.

Allongée, les yeux clos, l'adolescente avait subi une épuration intestinale. On lui avait donné du charbon activé et de fortes doses de vitamine K1 pour assainir son sang dont la coagulation était bloquée par la mort-aux-rats.

Désormais, sur le moniteur, les constantes étaient bonnes.

Désormais, plus rien ne s'opposait à ce que Lizzie ouvre les yeux.

Et c'est ce qu'elle fit.

Hôpital Lenox
Salle d'attente des urgences
7 h 32

Gabrielle inséra deux pièces de monnaie dans la machine à café.

Elle n'avait pas dormi depuis 48 heures.

Les oreilles bourdonnantes, les jambes en coton, le corps parcouru de frissons, elle ne savait même plus si c'était le jour ou la nuit, midi ou minuit.

Elle avait discuté avec Elliott qu'elle connaissait depuis longtemps et avec cette chirurgienne qui s'occupait de Martin. Les deux médecins ne lui avaient guère laissé d'espoir.

— Vous êtes Gabrielle ?

Les yeux dans le brouillard, elle se retourna pour se retrouver face à un homme d'à peu près son âge, les vêtements aussi fripés, le visage aussi creusé et les yeux aussi fatigués, sauf qu'une lueur de soulagement éclairait son regard.

— Ma fille Lizzie vient de sortir du coma après une intoxication, expliqua-t-il. Et la première chose qu'elle a réclamée, c'est votre présence.

— Pardon ?

— Elle prétend avoir un message pour vous.

— Il doit y avoir erreur, je ne connais pas de

Lizzie, répondit-elle laconiquement, toujours murée dans sa douleur.

Il tenta de la retenir, la suppliant presque.

— Ces trois dernières années, depuis la séparation d'avec ma femme, je crois que je n'ai pas vu ma fille grandir. En tout cas, je suis certain de ne pas lui avoir assez parlé, ou plutôt de ne pas l'avoir assez écoutée. Je crois que nous sommes prêts, elle et moi, à essayer de dialoguer et de nous faire davantage confiance. Elle m'a fait promettre de tout faire pour vous conduire jusqu'à elle, alors je me permets d'insister : accordez-lui quelques minutes, s'il vous plaît.

Gabrielle fit un effort surhumain pour sortir de son apathie.

— Vous dites qu'elle a un message pour moi ?

— Oui, un message d'un certain Martin.

Hôpital Lenox
Bloc 1 & 2
7 h 36

Elliott ouvrit l'abdomen d'Archibald par une incision large allant du pubis au sternum.

Claire incisa la paroi abdominale de Martin.
Fais-moi voir ce que tu as vraiment dans le ventre, handsome[1].

Elliott compressa le foie avec ses deux mains, inspectant chaque lésion et essayant de stopper l'hémorragie.

Ça pisse le sang de partout là-dedans !
Tamponnements, hémostases, drainages : Claire fit son possible pour stabiliser son patient.

La plaie était profonde et saignait abondamment. Elliott écarta les berges pour débrider ce qui pouvait l'être, puis il entreprit un triple clampage, dans l'espoir de pouvoir suturer la brèche au fil résorbable.

À travers ses lunettes de chirurgien, Claire essayait d'évaluer la blessure et ce qu'elle voyait l'inquiétait. Elle suspectait une rupture du Wirsung associée à une lésion duodénale.
T'es pas verni, hein ?
Pour l'instant, elle ne pouvait pas faire grand-chose. Une fois qu'il serait complètement

1. Beau mec.

stabilisé, il faudrait l'ouvrir une troisième fois et tenter une chirurgie digestive lourde.

Mais serait-il encore vivant d'ici là ?

Elliott s'activait, mais il sentait qu'Archibald ne gagnerait pas son dernier combat. On l'avait déjà beaucoup transfusé et il avait enduré bien plus que ce qu'un corps humain pouvait supporter d'ordinaire. L'âge, la maladie, les blessures multiples, les organes qui lâchaient de tous les côtés…

Lorsque le corps atteint ses limites, lorsque la vie s'en va, peut-on faire autrement que de la laisser partir ?

Hôpital Lenox
Salle de réa
7 h 40

— Ton père m'a dit que tu voulais me parler ?

— Oui.

Lizzie avait la gorge serrée et le teint diaphane. Elle regardait Gabrielle avec un mélange de fascination et de compassion.

— J'étais là-bas, avec eux, commença-t-elle.

— C'est où « là-bas » ? C'est qui « eux » ? demanda Gabrielle d'un ton froid.

— J'étais avec Martin et Archibald, dans le coma.

— Tu étais dans le coma *en même temps qu'eux*, corrigea Gabrielle.

— Non, persista Lizzie avec force malgré sa voix encore faible. J'étais *avec eux*. Je leur ai parlé et Martin m'a demandé de vous transmettre un message.

Gabrielle leva la main pour l'empêcher d'en dire davantage.

— Écoute, je suis désolée. Tu dois être très fatiguée et un peu perturbée par ce qui t'arrive, mais je ne crois pas en ces choses.

— Je sais. Martin m'a prévenue que vous ne me croiriez pas.

— Et alors ?

— Alors, il m'a fait apprendre une phrase par cœur : *Chère Gabrielle, je voulais simplement te dire que je repars demain en France. Simplement te dire que rien n'aura plus compté pour moi que les quelques moments passés ensemble.*

Gabrielle ferma les yeux tandis qu'un frisson glacé lui parcourait l'échine. La première phrase de la première lettre, celle par laquelle tout avait commencé…

— Martin m'a chargée de vous dire qu'il avait changé, continua Lizzie. Qu'il avait compris certaines choses et que votre père était quelqu'un de bien.

Malgré la douleur, Gabrielle n'était pas prête à tout accepter, mais elle devait se rendre à l'évidence : les propos de cette jeune fille n'étaient pas pure divagation.

— Il t'a dit autre chose ? demanda-t-elle en venant s'asseoir à côté d'elle, sur le bord de son lit.

À présent, Lizzie grelottait sous son mince pyjama d'hôpital. Elle baissa les paupières pour mieux se concentrer.

— Il ne veut pas que vous soyez inquiète pour lui…

Dans un geste maternel, Gabrielle remonta le drap et repoussa une mèche de cheveux collée sur son visage.

— Martin prétend qu'il va trouver un moyen de revenir…

Lizzie parlait de plus en plus difficilement :

— Lorsqu'il ferme les yeux et qu'il vous imagine tous les deux plus tard, il a toujours en tête les mêmes images : du soleil et des rires d'enfants…

Gabrielle en avait assez entendu. Elle caressa le front de l'adolescente pour lui faire comprendre qu'elle pouvait se reposer maintenant.

Puis elle se leva. Comme une somnambule, elle sortit de la chambre et traversa plusieurs couloirs avant de s'écrouler sur une chaise, la tête entre les mains.

Au milieu de son esprit embrumé, une voix se fraya un chemin. Une voix proche et lointaine, venue du passé, qui lisait les phrases d'une lettre vieille de près de quinze ans.

Je suis là, Gabrielle, de l'autre côté du fleuve.
Je t'attends.
Le pont qui nous sépare peut sembler en mauvais état, mais c'est un pont solide, construit avec des rondins d'arbres centenaires qui ont bravé des tempêtes.
Je comprends que tu aies peur de le traverser.
Et je sais que tu ne le traverseras peut-être jamais.
Mais laisse-moi un espoir.

Elle se leva brusquement. Sur son visage, la détermination avait remplacé la peur. Si ce que Lizzie lui avait raconté était vrai, il y avait peut-être une personne qui pouvait aider Martin et Archibald.

Elle appela l'ascenseur pour rejoindre le parking souterrain où était garée sa voiture. Elle attendit quelques secondes puis, impatiente, dévala les escaliers le cœur battant.

Tu vas voir, Martin Beaumont, si j'ai peur de traverser ce pont.

Tu vas voir si j'ai peur de venir te chercher…

Zone des départs
7 h 45

Archibald continuait à avancer dans la Zone.

Toujours plus vite, toujours plus loin.

Plus il avançait, plus la Zone se dépouillait : le sol était toujours plus brillant, les vitres toujours plus fines et transparentes, les couloirs toujours plus longs, inondés d'une lumière qui vous donnait le tournis.

À présent, il savait que ce territoire n'était plus dangereux, car il en avait passé les épreuves et déjoué les pièges.

La Zone n'était pas le lieu où tout finit, mais le lieu où tout commence.

La Zone n'était pas un lieu de hasard, mais de rendez-vous. La Zone était un lieu où convergeaient le passé, le présent et le futur.

Un lieu où la foi remplaçait la rationalité.

Un lieu où l'on passait de la peur à l'amour.

8 h 01

Une pluie tenace, entremêlée d'éclairs et de coups de tonnerre, s'abattait sur la ville depuis plusieurs heures.

Gabrielle avait remonté la capote de son cabriolet, mais la violence de l'orage noyait le pare-brise sous un déluge que les essuie-glaces de la vieille Ford Mustang peinaient à évacuer.

La jeune femme avait beau connaître la route par cœur, elle dut se concentrer pour ne pas rater la sortie 33 qui menait à un quartier sans charme de la banlieue sud, où l'on avait regroupé certains immeubles administratifs.

Elle se gara sur le parking en plein air d'un bâtiment grisâtre d'une dizaine d'étages : le centre de soins Mount Sinery.

Dans le hall, l'hôtesse l'accueillit par son prénom et lui donna un badge visiteur. Gabrielle la remercia et prit l'ascenseur pour le dernier étage : celui des patients à l'hospitalisation de longue durée. Depuis presque quinze ans, ces gestes répétés une fois par semaine étaient devenus mécaniques.

La dernière chambre du dernier couloir portait le numéro 966.

Gabrielle entra dans la pièce et s'avança vers la fenêtre pour relever le store et laisser entrer la lumière grise du dehors.

Puis elle se tourna vers le lit :

— Bonjour, maman.

28

Je t'aimerai encore...

*Quand l'orchestre s'arrêtera, je danserai
encore...
Quand les avions ne voleront plus, je volerai
tout seul...
Quand le temps s'arrêtera, je t'aimerai
encore...
Je ne sais pas où, je ne sais pas comment...
Mais je t'aimerai encore...*

Le temps qui reste,
chanson écrite par Jean-Loup DABADIE
et interprétée par Serge REGGIANI.

**Zone des départs
8 h 15**

— Bonjour, Valentine.
Un sécateur dans une main, un arrosoir en métal

laqué dans l'autre, Valentine préparait l'ouverture de sa boutique. Au milieu des parois de verre et des murs blanc immaculé de l'aéroport, la devanture détonnait. Elle avait le charme et le cachet d'antan et ressemblait aux étals des fleuristes des faubourgs parisiens.

Valentine se retourna. Elle avait vieilli, bien sûr. Son visage portait les stigmates du temps, mais ses cheveux courts, son allure sportive et l'intensité de son regard rappelaient la jeune femme éclatante qu'elle avait été. Elle avait surtout gardé ce je-ne-sais-quoi de magique qui, aux yeux d'Archibald, la rendait plus délicate qu'une sculpture de Michel-Ange, plus harmonieuse qu'une toile de De Vinci, plus sensuelle qu'un modèle de Modigliani.

Leurs gorges se nouèrent, leurs regards se cherchèrent, leurs yeux se voilèrent.

— Je savais bien que tu finirais par venir, dit-elle avant de se blottir dans ses bras.

Banlieue de San Francisco
Centre de rééducation de Mount Sinery
9 h 01

Gabrielle avança vers le lit et prit la main de sa mère dans la sienne. Le visage de Valentine semblait serein, son souffle était palpable, mais ses yeux, pourtant grands ouverts, regardaient désespérément le vide.

— Je ne vais pas bien, maman, je dérive…

Valentine avait sombré dans le coma en décembre 1975, à la suite de l'accident cardio-vasculaire qui avait suivi son accouchement. Depuis trente-trois ans, seuls un enchevêtrement de perfusions et une sonde d'alimentation la maintenaient artificiellement en vie, sans oublier l'aide d'une infirmière et celle d'un kiné qui chaque jour la massait pour éviter la formation d'escarres.

Gabrielle caressa doucement le front de sa mère, dégageant une mèche de cheveux, comme pour la recoiffer.

— Maman, je sais que ce n'est pas ta faute, mais tu m'as tellement manqué pendant toutes ces années…

Dans les premiers mois après l'accident, les médecins avaient diagnostiqué un état végétatif persistant. Pour eux, il n'y avait pas de doute : Valentine n'était pas consciente et il n'y avait aucune chance qu'elle se rétablisse un jour.

— Je me sens seule et abandonnée depuis si longtemps, confia Gabrielle.

Même si la presse médiatisait parfois des cas miraculeux de sortie de coma, il était acquis pour le corps médical que si un patient ne montrait aucun signe de conscience après un an, ses chances de retrouver une activité cérébrale étaient quasi nulles.

Et pourtant…

Pourtant, il était si tentant d'y croire encore.

Valentine avait des cycles d'éveil suivis de périodes de sommeil. Elle respirait sans assistance, gémissait, remuait, sursautait, même si on prétendait qu'il s'agissait de réflexes et non de gestes volontaires.

— Sans personne à mes côtés, je n'ai plus la force de continuer. Sans personne à mes côtés, vivre me tue.

Gabrielle avait lu des dizaines de livres, visité des centaines de sites web. Et elle avait vite compris que, même pour les spécialistes, l'état végétatif demeurait un mystère. Personne ne savait *vraiment* ce qui se passait dans la tête des malades…

— Maman, il y a forcément un sens à tout ça ! Tu as survécu plus de trente ans emmurée dans ton silence. Si ton corps a résisté toutes ces années, c'est bien pour quelque chose, non ?

Dix ans après l'accident, la mère de Valentine avait été tentée par le renoncement. À quoi servait-il de s'acharner ? À quoi servait-il de refuser de faire son deuil ? Plusieurs fois, elle avait été sur le point de donner son accord pour que l'on cesse d'alimenter sa fille et qu'elle s'éteigne par déshydratation, mais en fin de compte, elle n'avait jamais pu s'y résoudre.

À cet égard, le rôle d'Elliott Cooper avait été déterminant. Le chirurgien s'était beaucoup investi dans le suivi de l'état de santé de Valentine, renouvelant chaque année les examens et les IRM pour coller au rythme des progrès de l'imagerie médicale.

En examinant la matière blanche du cerveau de Valentine, Elliott avait acquis la conviction que les prolongements des neurones qui avaient été dissociés par l'accident s'étaient lentement régénérés, mais pas suffisamment pour la faire sortir du coma.

Pour lui, le cerveau de Valentine n'était pas éteint. Il était plutôt en veilleuse, après avoir traversé une succession de stades allant du coma jusqu'à l'état végétatif, avant de se stabiliser dans un état de conscience minimale.

Gabrielle se rapprocha encore de sa mère. Dehors, l'orage grondait et la pluie s'abattait en cataracte, fouettant les vitres et faisant trembler les vieux stores déglingués.

— S'il y a un peu de vrai dans tout ce qu'on dit… si quelque part tu peux m'entendre… si toi aussi, tu es là-bas, avec eux… alors, il faut que tu m'aides !

Souvent, elle avait l'impression que sa mère esquissait un sourire lorsqu'elle entrait dans la pièce ou lorsqu'elle lui racontait quelque chose d'amusant. Elle se plaisait à penser que ses yeux s'humidifiaient lorsqu'elle lui confessait ses malheurs, ou qu'elle la suivait parfois discrètement du regard lorsqu'elle se déplaçait. Mais était-ce la réalité, ou seulement ce qu'elle voulait croire ?

— Fais un miracle, maman ! supplia-t-elle. Trouve un moyen pour me ramener Martin. C'est le seul homme que je veux, c'est le seul que j'aime et c'est aussi le seul qui me fera devenir celle que je veux être...

Zone des départs
8 h 23

Dans les bras l'un de l'autre, Valentine et Archibald étaient entourés de fleurs fraîches : roses couleur lavande, strelitzias aux reflets framboise, orchidées et lis nacrés.

— Tu vois, dit Archibald, j'ai tenu ma promesse : celle d'aller te chercher n'importe où, si un jour je devais te perdre.

Elle le regarda avec tendresse.

— Tu ne m'as jamais perdue, Archie.

— Pourtant, notre bonheur a été si court ! À peine quelques mois...

— Mais on ne s'est jamais vraiment quittés. Pendant toutes ces années, j'étais là pour Gabrielle et toi, et j'ai toujours veillé sur vous.

Elle respirait la sérénité et la confiance. Archibald au contraire était tourmenté, plein de remords et de culpabilité.

— Tu as l'air heureuse, constata-t-il.

— C'est à toi que je le dois, mon amour. Je te l'ai déjà dit : c'est toi qui m'as guérie. Sans ton souvenir, sans ta présence, je n'aurais pas eu le courage d'attendre aussi longtemps.

— J'ai tout gâché, Valentine, pardonne-moi. Je n'ai pas su élever notre fille, je n'ai pas su l'aimer, je n'ai pas su l'aider. Pour moi, vivre sans toi, ça… ça n'avait plus de sens.

Elle lui caressa la joue avec sa main.

— Je sais que tu as fait de ton mieux, Archie. Et ne crois surtout pas que je t'en veux.

Archibald regarda la petite horloge ouvragée posée près de la caisse enregistreuse. Les minutes défilaient à toute vitesse. À peine avait-il retrouvé Valentine qu'il s'inquiétait de la perdre à nouveau.

— Je dois m'en aller, expliqua-t-il en sortant son billet.

Une larme soudaine coula le long de sa joue pour se perdre dans sa barbe. La première depuis trente-trois ans.

421

— C'est trop dur de te perdre une seconde fois, dit-il en baissant la tête.

Valentine ouvrit la bouche pour répondre, mais un bruit violent les fit se retourner.

Sans qu'ils s'en rendent compte, le couloir par lequel Archibald était arrivé s'était refermé. Il était à présent bloqué par une paroi de verre sur laquelle un homme tambourinait pour essayer de les rejoindre.

Martin !

Archibald se rapprocha de la vitre.

Le p'tit gars n'était pas parti !

Bien sûr que non. Il avait dû laisser son billet à la gamine, mais était-ce vraiment une surprise ?

Les coups d'épaule succédèrent aux coups de pied, toujours sans résultat.

Archibald empoigna alors l'une des deux chaises métalliques situées à l'entrée de la boutique et la précipita de toutes ses forces sur le mur transparent. Elle lui revint comme un boomerang. Il renouvela la manœuvre pour aboutir au même échec.

Rien à faire.

À présent, les deux hommes se faisaient face, séparés par moins d'un mètre. Si loin, si proches.

Ils sentaient le souffle de la mort qui les cernait.

Pourquoi la Zone leur infligeait-elle cette dernière épreuve ?

Archibald regarda Valentine, cherchant à puiser en elle un peu de la sagesse qui lui manquait.

Elle s'approcha à son tour de la paroi. Elle savait qu'au sein de la Zone, comme en chacun de nous, des forces contraires s'affrontaient sans relâche.

Le combat de la lumière et des ténèbres.

Le combat de l'ange et du démon.

Le combat de l'amour et de la peur.

— Tout procède d'une logique, dit-elle en se tournant vers Archibald. Toutes nos actions ont un sens. Et c'est toujours en nous qu'on trouve leur solution.

De l'autre côté de la vitre, Martin avait tout entendu.

Cette barrière de verre, c'était sa peur, il le sentait. Cette peur qu'il n'était jamais parvenu à dépasser.

Si l'amour était le seul antidote à la peur et si la solution se trouvait toujours en nous, alors...

Le diamant.

La Clé du paradis.

Il fouilla dans la poche de sa veste : le diamant ovale était toujours là, fascinant, brillant d'un bleu sombre, symbole de pureté et de bonne fortune pour peu qu'il ne soit pas acquis par quelqu'un de cupide.

Il approcha la pierre mythique de la vitre.

Il avait peut-être tous les défauts du monde, mais il n'était pas cupide.

Et à bien y réfléchir, ce qui l'avait conduit à

entrer en possession du diamant, c'était son amour pour Gabrielle. Un amour maladroit, immature, mais tellement fort et sincère.

Il posa la pointe du joyau sur la paroi et, d'un geste ample, raya la surface vitrée pour y dessiner une ligne de fracture circulaire.

Bien joué, p'tit gars ! pensa Archibald qui se saisit de la chaise et la projeta devant lui.

Cette fois, la vitre vola en mille morceaux, libérant un passage pour Martin.

— Et maintenant, on fait quoi ? demanda Archibald.

— Maintenant, tu me laisses lui parler, répondit Valentine.

**Zone des départs
8 h 40**

Un rayon de soleil frappa la devanture de la petite boutique et fit briller ses boiseries extérieures.

Valentine avait invité Martin à s'installer autour d'une longue table à tréteaux qui jouxtait le magasin. L'établi était recouvert de vases qui accueillaient des compositions florales surprenant par leur originalité et leur créativité. Les iris sauvages se mélangeaient aux coquelicots éclatants, aux tournesols flamboyants, aux tulipes panachées et aux œillets rouges comme le sang.

— Tu sais, je te connais bien, commença Valentine.

Elle ouvrit une Thermos gainée de cuir et leur servit deux tasses de thé avant de poursuivre :

— Toutes ces dernières années, Gabrielle m'a tellement parlé de toi : et Martin par-ci, et Martin par-là…

Ses gestes étaient lents et posés, comme si elle restait indifférente à l'urgence de la situation.

— Lui aussi, il me parlait souvent de toi, fit-elle en désignant son mari.

Un peu à l'écart, Archibald se rongeait les sangs près de la porte d'embarquement. L'accueil des passagers venait de commencer et une foule compacte et silencieuse se pressait docilement pour s'installer à l'intérieur de cet avion où les deux hommes avaient leur place réservée.

— Pas une semaine sans qu'il me donne des nouvelles du p'tit gars, plaisanta Valentine.

Martin la regardait avec fascination : même inflexion de voix que sa fille, même port de tête altier, même intensité du regard.

— Tu sais pourquoi Gabrielle n'est pas venue à ton rendez-vous à New York ?

Le visage de Martin se figea et, pendant quelques

secondes, cette question qui l'avait tant tourmenté flotta douloureusement dans l'air avant que Valentine ne lui en livre l'explication.

— À l'automne 1995, lorsque la grand-mère de Gabrielle est décédée, elle lui a laissé une lettre pour la prévenir de mon existence. Tu te rends compte : pendant vingt ans, ma propre fille m'avait crue morte alors que j'étais dans le coma !

Martin accusa le coup. Il tourna la tête et son regard se perdit dans les bulles colorées d'une sculpture florale où une fleur de lune[1] donnait l'impression d'avoir été givrée dans une eau translucide.

— Gabrielle a appris la nouvelle au début des vacances de Noël, continua Valentine. Elle avait déjà bouclé sa valise pour aller te retrouver, mais cette révélation l'a anéantie. Au début, elle passait ses journées à l'hôpital, prostrée à mon chevet en me suppliant de me réveiller. Pendant trois ans, elle est venue tous les jours tant elle était persuadée que sa présence m'aiderait à sortir du coma.

Dans les haut-parleurs de l'aéroport, une voix incita les derniers passagers à se présenter aux comptoirs d'enregistrement.

---

1. *L'Epiphyllum oxypetalum* est une plante, souvent appelée « fleur de lune », dont les fleurs n'éclosent qu'une fois par an, à la tombée de la nuit, et se fanent dès le lendemain matin.

Indifférente à cette agitation, Valentine prit une gorgée de thé avant de poursuivre :

— Tu n'as pas à avoir peur, Martin. Gabrielle est exactement comme tu la devines : amoureuse et fidèle, aspirant au « tout pour l'autre ». Tant que tu seras là pour elle, elle sera là pour toi.

— Mais je ne peux pas rentrer, expliqua Martin en montrant son billet.

— Si, tu peux, affirma Valentine en sortant de la poche de son gilet un carton jaunâtre épinglé par la pointe en inox d'un pique-fleurs.

Martin examina le document. C'était un très vieux billet d'avion un peu particulier.

Départ	Destination	Date	Heure	Siège
Zone des départs	*Vie*	–	–	–

— Pourquoi n'y a-t-il pas de date et d'heure de retour ?

— Parce que c'est un billet open[1], répondit-elle. Tu pars quand tu veux.

Il écarquilla les yeux. Il n'était pas certain de bien comprendre.

1. Billet qui impose une date de départ, mais qui donne la possibilité au voyageur de choisir sa date de retour librement.

— Pendant trente-trois ans, vous aviez la possibilité de revenir ? Mais pourquoi n'avez-vous pas… ?

Elle leva la main pour l'interrompre :

— Dans mon coma, j'entends tout, Martin, en particulier les pronostics très sombres des médecins. Je serais revenue à la vie, mais dans quel état ? Après mon accident vasculaire cérébral, mon corps s'est figé dans une paralysie complète et irréversible. Je ne voulais pas être un poids, ni pour Archibald ni pour Gabrielle. En choisissant de rester ici, je me donnais le rôle de la Belle au bois dormant. Un rôle plus facile à jouer que celui de légume avec des yeux vivants. Tu comprends ?

Il fit oui de la tête.

— À présent, j'ai besoin que tu me rendes un service, Martin.

— Vous voulez que j'accepte votre ticket ?

Valentine baissa la tête. La poussière du soleil levant caressait les brins de lilas disposés devant elle dans un vase bleu de Chine.

— Je veux surtout que tu me donnes le tien…

29

Eternally yours

> *Un baiser fait moins de bruit qu'un
> canon, mais l'écho en dure plus longtemps.*
>
> Oliver WENDELL HOLMES

**Zone des départs
Piste n° 1
9 heures**

L'avion arriva au début de la piste et s'immobilisa.

— Décollage dans une minute, prévint une voix de femme depuis le poste de pilotage.

L'appareil avait de larges hublots, des sièges confortables et des allées lumineuses.

Valentine agrippa la main d'Archibald.

— Tu sais que c'est la première fois qu'on prend l'avion ensemble...

— Tu as peur ? demanda-t-il.

— Avec toi, jamais.

Il se pencha vers elle et l'embrassa, presque timidement, comme si c'était la première fois.

Zone des départs
Piste n° 2
9 heures

Arrivé au début de la piste, le gros-porteur stoppa net, en attente de l'autorisation de décollage. Ses quatre moteurs bourdonnaient doucement.

Assis côté hublot, Martin sentit que ses yeux le brûlaient. La faute à la fatigue ? Au soleil aveuglant qui se réverbérait sur l'asphalte ? À la tension accumulée ces derniers jours ? Au grand vide qu'il ressentait au creux de son ventre, à l'issue de ce voyage au plus profond de lui-même, aussi bien éprouvant que salvateur ?

À présent, les deux avions se faisaient face, sur ces pistes parallèles, point de départ de destinations radicalement opposées.

Ils prirent leur élan au même moment, en faisant vibrer le bitume sous les roues de leur train principal.

Au moment de se croiser, une sorte d'interférence secoua les deux appareils, rappelant aux voyageurs que l'amour et la mort n'avaient finalement que deux lettres de différence.

— Maintenant, nous serons ensemble pour toujours, constata Valentine.

Archibald hocha la tête et serra encore plus fort la main de sa femme. Depuis le jour où il avait posé les yeux sur elle, il n'avait jamais rien désiré d'autre.

Seulement être avec elle.

Pour l'éternité.

Lorsqu'ils atteignirent le bout de la piste, les deux avions argentés se cabrèrent avec grâce.

Au moment de quitter le sol, Martin sentit une douleur brutale irradier chaque parcelle de son corps comme s'il s'enflammait.

Et puis tout devint blanc...

San Francisco
Hôpital Lenox
9 h 01

Au chevet de son ami, le docteur Elliott regardait fixement l'écran du scope et son tracé désespérément plat. À ses côtés, le jeune interne qui l'assistait ne comprenait pas ce qui retenait son mentor de prononcer l'heure du décès.

— C'est fini, docteur ?

Elliott ne l'entendit même pas. Archibald avait son âge. Ils étaient de la même génération et se connaissaient depuis plus de trente-cinq ans. C'était douloureux de le voir partir.

— C'est fini, docteur, n'est-ce pas ? répéta l'interne.

Elliott regarda le visage d'Archibald. Il semblait apaisé, presque serein. Le médecin décida de rester sur cette impression.

— Heure du décès 9 h 02, annonça-t-il doucement en lui fermant les paupières.

Banlieue de San Francisco
Centre de rééducation de Mount Sinery
9 h 01

Gabrielle avait appelé un médecin et une infirmière.

L'état de santé de sa mère s'était dégradé sans raison apparente. Après s'être brutalement emballé, son cœur était maintenant en train de lâcher.

— Position à deux cents joules ! indiqua le médecin en appliquant pour la seconde fois les palettes sur le torse de Valentine.

Le premier choc électrique n'avait pas permis de synchroniser les contractions des muscles du myocarde. Ce nouvel essai n'y parvint pas davantage. Pendant un moment, le médecin tenta un massage cardiaque, comprimant avec la paume de sa main la poitrine à un rythme régulier, mais il avait compris que le combat était déjà perdu.

Restée seule avec sa mère, bien après qu'elle eut été déclarée morte, Gabrielle lui trouva un visage si paisible et si lumineux qu'elle en fut réconfortée.

— Au revoir maman, murmura-t-elle en lui donnant un dernier baiser.

San Francisco
Hôpital Lenox
Salle de repos du personnel médical
9 h 02

Claire Giuliani inséra deux pièces de cinquante cents dans la machine à café. Elle appuya sur le bouton « cappuccino », mais le distributeur ne délivra pas de gobelet et le liquide crémeux se répandit sur la grille en ferraille avant de couler sur ses chaussures.

Y a qu'à moi que ça arrive ! se désola-t-elle.

Furieuse, elle tambourina sur le monnayeur autant pour évacuer sa mauvaise humeur que dans l'espoir de récupérer au moins quelques pièces.

Pour ne rien arranger, son bip clignota en émettant un son strident. Elle quitta la pièce pour rejoindre en hâte le service de réanimation.

— C'est incroyable ! lança une infirmière à son arrivée. Votre patient, il s'est réveillé !

Qu'est-ce que tu racontes, cruchasse ? Comment tu veux qu'il se réveille avec ce qu'on lui a donné pour l'anesthésier ?

Elle se pencha vers Martin. Les yeux clos, immobile, il respirait régulièrement. Claire en profita pour vérifier ses constantes qu'elle trouva plutôt satisfaisantes.

Elle allait repartir lorsque... Martin ouvrit les yeux.

Il regarda lentement autour de lui, puis, dans un geste libératoire, arracha les perfusions qui entravaient sa gorge, son nez et ses bras.

Il était de retour.

Épilogue

San Francisco
6 mois plus tard

Un cabriolet Mustang rouge baiser émergea dans la lumière pâle du petit matin.

Le vieux coupé arriva devant le musée d'Art moderne au sud du Financial District, à quelques pas des jardins printaniers et des jets d'eau du Yerba Buena Center. Temple de l'art contemporain, le bâtiment à l'architecture innovante ressemblait à un cylindre de verre qui, tel un puits de lumière, jaillissait d'un empilage de cubes en briques orangées.

— Si c'est une fille, je trouve que « Emma » est très joli. Ou alors « Léopoldine » si on veut être originaux... affirma Martin.

Assis sur le siège passager, il portait encore une minerve souple, séquelle de son accident. C'était sa première escapade depuis sa sortie du coma, après six mois d'hôpital et de rééducation.

— Léopoldine ! Mais tu vas bien, toi ? Je te rappelle qu'il faut *d'abord* faire des enfants avant de choisir leur prénom. Et franchement, ce matin, nous avons d'autres chats à fouetter...

Avec grâce et souplesse, Gabrielle bondit sur la chaussée. En ce dimanche matin, la rue était déserte, encore baignée par la fraîcheur et le calme de l'aurore.

Martin s'extirpa de la voiture avec difficulté en s'appuyant sur sa canne en noyer, à la poignée torsadée.

Gabrielle ne put s'empêcher de le taquiner :

— Tu es très sexy comme ça, chéri. On dirait Dr House !

Il haussa les épaules et se pencha à l'arrière du cabriolet pour détacher le tendeur qui retenait trois caisses d'emballage en bois, serrées les unes contre les autres.

— Laisse-moi faire, réclama Gabrielle en empoignant la première d'où dépassait le visage déstructuré d'une toile de Picasso.

Ces caisses contenaient les trésors volés par Archibald au cours des vingt dernières années. Ses peintures préférées pour lesquelles il n'avait jamais demandé de rançon, des toiles mythiques d'Ingres, Matisse, Klimt ou Goya... qui allaient bientôt réintégrer leur place dans les différents musées du monde.

En guise d'héritage, Archibald avait donné à sa fille l'adresse secrète où étaient entreposés les tableaux, lors de leur discussion à la fois douloureuse et salvatrice dans la petite crique San Simeon.

En trois allers-retours et moins de deux minutes, Gabrielle avait déposé toutes les caisses devant l'entrée du célèbre musée.

Lorsqu'elle revint vers la voiture, elle remarqua qu'il restait une toile, à demi camouflée derrière les sièges : l'autoportrait de Van Gogh avec, sur fond turquoise, le regard halluciné du peintre, sa barbe et ses cheveux de feu.

— Celui-là, on pourrait peut-être le garder, hasarda Martin.

— Tu plaisantes, j'espère !

— Allez ! Juste un ! insista-t-il. En souvenir de ton père. Le tableau de notre première rencontre sur le Pont-Neuf !

— Pas question ! On a choisi d'être honnêtes et on doit l'être jusqu'au bout !

Mais Martin n'était pas décidé à capituler :

— Admets que ça aurait de la gueule dans notre appartement ! Ça donnerait un côté classieux à notre salon. Je n'ai rien contre tes meubles IKEA, mais...

439

— Ils sont très bien, mes meubles, le coupa-t-elle.

— Mouais, ça dépend des points de vue.

Avec une pointe de regret, il se résolut à restituer le chef-d'œuvre. En claudiquant, il fit donc à son tour quelques pas vers le musée pour y déposer la toile de « L'homme à l'oreille coupée ».

Puis il regagna le cabriolet qui démarra en trombe.

La Ford Mustang descendit l'avenue Van Ness puis tourna sur Lombard Street.

Le soleil levant colorait la ville d'une intense lumière rosée qui changeait de ton à chaque minute, tandis que le vent du large portait vers le sud une odeur marine estivale.

Au loin, drapé d'une fine robe laiteuse, le Golden Gate détachait sa silhouette immense et familière que saluait le concert incessant des cornes de brume des ferries et des voiliers.

Gabrielle prit la bretelle pour rejoindre le pont et s'arrêta sur la file de droite à l'endroit exact où Martin et Archibald avaient livré leur dernier duel.

— À toi de jouer ! dit-elle.

Comme six mois auparavant, Martin claqua la portière et enjamba les plots qui balisaient la piste cyclable.

Il se pencha avec appréhension et aperçut les vagues écumantes qui déferlaient contre les piliers solidement plantés dans l'océan. Le visage battu par le vent, Martin mesurait pleinement la chance miraculeuse qu'il avait d'être toujours en vie.

La main dans la poche, il sentait les facettes douces du diamant qui roulaient entre ses doigts.

— Fais un vœu ! lui cria Gabrielle.

Il sortit le poing de sa veste et l'ouvrit au vent. Dans sa paume, la Clé du paradis resplendissait comme mille soleils.

À la voir irradier ainsi, nul n'aurait pu se douter qu'elle avait porté malheur à la plupart de ceux qui l'avaient possédée.

Hors de question de la garder ; hors de question de la rendre au groupe financier à qui elle appartenait et qui d'ailleurs n'avait pas osé la réclamer.

Alors, Martin regarda la pierre précieuse une dernière fois et de toutes ses forces la précipita dans le Pacifique

De la part du p'tit gars, songea-t-il en adressant une pensée muette à Archibald.

Antibes, 6 juin 2008
Montrouge, 16 mars 2009

Entre nous

On se croise tous les matins dans le métro et les bus parisiens.

On se croise l'après-midi, à la terrasse des cafés et sur les bancs des parcs publics.

On se croise le week-end et lors des départs en vacances, dans les wagons du TGV ou sur les sièges étroits des avions.

On se croise et, parfois, j'ai la chance de vous regarder lire mes histoires et de vous entendre discuter de mes personnages.

On se croise dans les milliers de courriers que vous me faites l'honneur de m'envoyer et que je lis sans exception.

On se croise dans les librairies, lors de séances de dédicaces. Quelques mots échangés, un sourire, un regard : pas besoin d'en dire ou d'en faire trop. Je comprends et vous comprenez.

On se croise et ça me fait du bien.

Parce que ça me donne envie de continuer à vous raconter des histoires.

Pour perpétuer cette relation étrange et belle, nouée au fil des livres.

Pour prolonger ce lien particulier que les articles de presse ou les émissions de télé ne traduiront jamais.

Mais ce n'est pas essentiel.

L'essentiel, pour moi, c'est juste de vous dire merci.

Merci d'attendre mes histoires.

Merci de les faire vivre.

Merci de les partager.

À bientôt, entre deux pages...

Guillaume, 24 mars 2009

Table des matières

Deuxième partie
Les rues de San Francisco

Troisième partie
La compagnie des anges

Composé par Nord Compo
à Villeneuve-d'Ascq (Nord)

Achevé d'imprimer en janvier 2015
par CPI à Barcelone

POCKET – 12, avenue d'Italie – 75627 Paris cedex 13

Dépôt légal : octobre 2013
S24580/03